SUSANNE KRONENBERG

Rheingrund

FAMILIENANGELEGENHEITEN NORMA Tanns neuer Auftrag führt die Private Ermittlerin von Wiesbaden in die beschauliche Weinbaulandschaft des Rheingaus und hinauf auf die Höhen des Rheinsteigs. Ruth Diephoff, Yogalehrerin und Witwe eines Rheingauer Winzers, kann sich nicht damit abfinden, dass sich ihre Tochter Marika im Rhein ertränkt haben soll. Nun gibt es erstmals seit ihrem spurlosen Verschwinden vor 15 Jahren eine konkrete Spur, der Norma nachgehen will: Kai K. Lambert war Marika Inkens Geliebter. Ging sie mit ihm ins Ausland?

Auch Marikas Tochter, die 17-jährige Inga, ist sehr an Lambert interessiert, denn sie wird von einer brennenden Frage gequält: Ist er ihr leiblicher Vater? Seit einem heimlichen Vaterschaftstest weiß sie genau, dass es Bernhard Inken, Inhaber einer Wiesbadener Medienagentur, nicht sein kann …

© Fotostudio-Marlies, Bad Camberg

Susanne Kronenberg, geboren in Hameln und seit Jahren im Taunus heimisch, entdeckte während des Studiums der Innenarchitektur ihr Faible für das Bauhaus mit all seinen Facetten und seiner Geschichte. Den Wunsch, die Architektur mit dem Schreiben zu verbinden, verwirklichte sie zunächst als Redakteurin für eine Bauzeitschrift. Als Dozentin für Kreatives Schreiben gibt die Autorin Kurse und Workshops. Sie ist Mitglied des »Syndikats« und Mitgründerin der Wiesbadener Autorengruppe »Dostojewskis Erben«. »Tod am Bauhaus« ist der achte Fall für Kronenbergs Wiesbadener Privatdetektivin Norma Tann.

SUSANNE KRONENBERG

Rheingrund

NORMA TANNS ZWEITER FALL

GMEINER

Immer informiert

Spannung pur – mit unserem Newsletter informieren wir Sie
regelmäßig über Wissenswertes aus unserer Bücherwelt.

Gefällt mir!

Facebook: @Gmeiner.Verlag
Instagram: @gmeinerverlag
Twitter: @GmeinerVerlag

Besuchen Sie uns im Internet:
www.gmeiner-verlag.de

© 2009 – Gmeiner-Verlag GmbH
Im Ehnried 5, 88605 Meßkirch
Telefon 0 75 75/20 95-0
info@gmeiner-verlag.de
Alle Rechte vorbehalten
7. Auflage 2023

Lektorat: Claudia Senghaas, Kirchardt
Herstellung: Mirjam Hecht
Umschlaggestaltung: U.O.R.G. Lutz Eberle, Stuttgart
unter Verwendung eines Fotos von photocase.com, rokit_de
Druck: Custom Printing Warschau
Printed in Poland
ISBN 978-3-89977-801-4

.

1

Dienstag, der 8. April

Ruth Diephoff stand am Küchenfenster und hielt das Enkelkind auf dem Arm. Sie winkte der Tochter zu, die unten vor dem Haus die Reisetasche aufnahm und in ein Taxi stieg, das sie zum Hauptbahnhof bringen sollte. Die junge Frau wollte zu einem Wochenendseminar nach Frankfurt. Mehrere Zeugen sahen sie in Wiesbaden in den Zug steigen. Bei dem Seminar kam sie jedoch nicht an.

»Seit diesem Tag fehlt von Marika Inken jede Spur.«

Lutz Tann beendete seine Zusammenfassung und blickte Norma erwartungsvoll an. Er war überraschend im Büro erschienen, als sie die Belege für die Steuererklärung sortierte und für jede Ablenkung dankbar war. Mit einem Griff räumte sie einen Packen Rechnungen vom Besucherstuhl und bot Lutz einen Kaffee an, der ihrem Schwiegervater nicht schwarz und stark genug sein konnte. Lutz unternahm einen unsinnigen Versuch, die Katzenwolle vom Kissen zu klopfen, bevor er mit einem eleganten Beinschwung Platz nahm, am Becher nippte, den Kaffee lobte und beiläufig anmerkte, er habe vielleicht einen Auftrag für sie.

Norma deutete auf die Papierstapel auf dem Schreibtisch. »Ich übernehme jeden Fall, der mich davon abhält, diese Zettel abzuheften.«

»Sogar einen Fall, der 15 Jahre alt ist?«

Er beobachtete, wie sie den Topf von der Kochplatte nahm, einen Schwall Milchschaum auf den Kaffee goss und mit dem Becher in der Hand zur Tür ging. Draußen auf der Fensterbank maunzte der Kater. Leopold stolzierte herein und hielt schnurstracks auf den Gast zu. Sanft wie ein Kätzchen strich er ihm um die Waden. Lutz gab sich unempfänglich für Schmeicheleien und beachtete das Tier nicht.

Norma kehrte an den Schreibtisch zurück. »Dann lass mal hören.«

In wenigen Sätzen berichtete Lutz von seinem Anliegen. Er kannte Ruth Diephoff von verschiedenen Wohltätigkeitsvereinen, in denen sich beide engagierten. Die Mutter wollte sich mit dem ungeklärten Schicksal der Tochter nicht abfinden und wartete Tag für Tag auf ein Lebenszeichen. Die Polizei war damals von einer Selbsttötung ausgegangen. Marika Inken galt als höchst labil, berichtete Lutz. Die junge Frau litt seit der Geburt ihres Kindes unter Depressionen und hatte bereits einen Selbstmordversuch hinter sich. Allerdings fand man weder einen Abschiedsbrief noch die Leiche.

Norma hatte noch nie von Marika Inken gehört. Als die junge Frau im Rheingau verschwand, sammelte sie selbst als ehrgeizige Polizeianwärterin ihre ersten Berufserfahrungen in Bremen.

»Marika wäre nicht die erste Selbstmörderin, die der Rhein für sich behalten hat«, fuhr Lutz fort. »Ruth kann und will diese Erklärung nicht akzeptieren und unternimmt immer neue Anläufe, Licht ins Dunkel zu bringen. Ich muss dich warnen: An der Geschichte ist bisher eine Reihe von Privatdetektiven gescheitert.«

»Und trotzdem bittest du mich, den Fall zu übernehmen?«

Er hob abwehrend die Hände. »Ganz und gar nicht! Ich bin nur der Bote, weil Ruth mich darum gebeten hat. Sie erhofft sich von dir ein besonderes Verständnis. Gerade du könntest dich in ihre Situation hineinversetzen, glaubt Ruth.«

Norma beobachtete den Kartäuserkater, der die Bemühungen um Lutz aufgegeben hatte und sich die Regentropfen vom Fell leckte. Wenn es um die persönliche Betroffenheit geht, wäre Lutz der bessere Detektiv, dachte sie. Es war sein Sohn, der im vergangenen Sommer für viele Tage vermisst wurde.

»Warum wünscht Ruth ausgerechnet jetzt einen neuen Versuch?«

Lutz räusperte sich. »Marika war damals 27 Jahre alt. In zwei Wochen jährt sich der Tag ihres Verschwindens.«

Norma zögerte. »Das alles klingt wenig aussichtsreich. Ist ihr überhaupt damit gedient, wenn sie sich neue Hoffnungen macht?«

»Ruth ist eine starke Frau. Sie weiß, was sie tut. Hast du noch einen Kaffee für mich?«

Norma nahm den Becher entgegen und schenkte nach. Die Tür wurde aufgestoßen. Der Briefträger packte mit einem Gruß die Post auf den Schreibtisch und verschwand so behände, wie er gekommen war. Norma blätterte den Stapel flüchtig durch: eine Rechnung, drei Werbebriefe, ein von Hand beschrifteter Umschlag. Sie las den Absender und musste an sich halten, den Brief nicht umgehend im Papierkorb verschwinden zu lassen.

»Unangenehme Post?«, fragte Lutz. »Vielleicht vom Gericht?«

Wie immer, wenn sie seine Besorgnis und Fürsorge spürte, fühlte sie sich zwischen Dankbarkeit und Aufbegehren hin- und hergerissen. Ohne sein Eingreifen hätte sie diesen Frühling nicht erlebt und wäre an der Seite eines ausgestopften Bären zu Tode gekommen. Zuvor hatte Lutz eisern zu ihr gehalten, solange Arthur unauffindbar war, und selbst dann nicht an ihr gezweifelt, als sie in den Verdacht geriet, darin verwickelt zu sein. Alle Ungereimtheiten und Beschuldigungen hatten seine wohlwollende Zuneigung nicht schwächen können.

»Nichts von Bedeutung!« Sie deckte das unwillkommene Schreiben mit der Werbung zu.

Lutz drehte den Kaffeebecher in den Händen. »Ruth meint, es habe sich etwas Neues ergeben. Vielleicht eine Spur.«

»Ich werde mit ihr reden.«

Der Gast erhob sich. Vor der Tür wandte er sich um. Zögernd sagte er: »Hast du dich entschieden, was mit der Wohnung geschehen soll?«

Sie vermutete, er hatte die Frage vor sich hergeschoben, weil er wusste, dass er damit einen wunden Punkt ansprach. Ihr letzter Versuch, die Wohnung in der Taunusstraße auszuräumen, in der sie einst gemeinsam mit Arthur gelebt hatte, war nach dem Durchsehen der ersten Schubladen gescheitert. Lutz hatte kurz überlegt, selbst dort einzuziehen. Die Wohnung wäre ein bequemeres Domizil als die Villa Tann im Nerotal, die er allein bewohnte. Andererseits mochte er sein Elternhaus noch nicht aufgeben. Abgesehen davon, würde sein Umzug Norma nicht davor bewahren, die Wohnung zu räumen.

»Warum ziehst du nicht selbst dort ein?«, fragte er. »Nichts gegen dein Nest unterm Dach, aber in der Taunusstraße hättest du allen Komfort. Und der Platz reicht allemal für ein schönes Büro.«

»Ich vermisse keinen Komfort, und dieses Büro genügt mir. Gibst du mir die Adresse von Ruth Diephoff?«

Er lachte. »Hätte ich beinahe vergessen.«

Er überreichte ihr eine Visitenkarte und verabschiedete sich.

Ruth Diephoff betrieb eine Yogaschule in ihrem Wohnhaus. Norma betrachtete die Karte neugierig. Anschließend warf sie die Werbebriefe in den Papierkorb und versenkte den beunruhigenden Umschlag mit spitzen Fingern in der unteren Schublade.

2

Mittwoch, der 9. April

Am darauffolgenden Morgen stattete Norma ihrer früheren Arbeitsstätte einen Besuch ab. Das Kommissariat lag auf halber Strecke zwischen dem Stadtteil Biebrich am Rheinufer und der Wiesbadener Innenstadt an einer viel befahrenen Straße.

Irene Maibaum, die allseits geschätzte Sekretärin der Abteilung, war allein im Büro und zeigte sich erfreut. Zugleich regte sich ein berechtigtes Misstrauen. »Was willst du, Norma?«

Norma strahlte sie an. »Dich wiedersehen! Du warst meine liebste Kollegin. Wie geht es dir?«

Irene zeigte auf den Eingang. »Schließe besser die Tür! Sonst kommen womöglich Dirk und Luigi hereinspaziert.« Sie seufzte. »Nun sag schon: Name? Fall?«

»Wie kommst du darauf?«

Es folgte ein zweiter Seufzer mit deutlicher Ergebenheit. »Weil du nur hier hereinschneist, wenn du etwas willst! Wen schnorrst du eigentlich an, wenn ich in Pension bin?«

»Du und aufhören? Wie sollen die Kollegen ohne dich zurechtkommen?«

»Bevor ich vor Rührung in Tränen ausbreche: Welche Akte brauchst du?«

Wenig später war Norma über die Vermisstensache ›Marika Inken‹ im Bild; zumindest aus der Sicht der Kollegen, die damals ermittelten. Das Material erwies sich als wenig ergiebig, was in sich bereits als Spur zu werten war. Für Polizei und Staatsanwaltschaft blieben keine Zweifel, dass Marika Inken ihrem Leben selbst ein Ende gesetzt hatte. Der Ehemann Bernhard Inken schien unverdächtig, etwas mit dem Tod seiner Frau zu tun zu haben. Damit war die Untersuchung rasch beendet.

Der nächste Weg führte sie zu Ruth Diephoff. Norma hatte sich für ein unverbindliches Vorgespräch angemeldet. Sie freute sich auf die Fahrt in den Rheingau. Die Regentage waren überstanden. Das sonnige Frühlingswetter schien wie gemacht für einen Ausflug ins Grüne. Sie fuhr von Biebrich aus in westlicher Richtung. Hinter Schierstein verließ sie die Rheinebene und steuerte den Polo bergauf, vorbei an zart blühenden Obstbaumwiesen und bald darauf durch Martinsthal hindurch. Ruth Diephoff wohnte oberhalb des Winzerdorfs an einem steil aufragenden Hang. Das Anwesen war leicht zu finden: Ein Weingut mit dem einzigen Wohnhaus weit und breit. Knorrige Weinreben umschlangen die grob verputzten Mauern, als hätten sie sich der Aufgabe verschworen, den wuchtigen Bau zusammenzuhalten. Norma stellte den Polo neben dem Tor ab und warf durch das geschmiedete Gitter einen Blick in den Innenhof. Die Nebengebäude wirkten frisch gestrichen und waren in einem deutlich besseren Zustand als das Wohnhaus selbst.

Sie klingelte an der Haustür aus getöntem Glas, die nicht zum rustikalen Charme des Hauses passen wollte. Für die Yogaschule gab es eine zweite Klingel. Im Garten schlug ein Hund an. Ruth Diephoff schien erfreut, als hätte sie Normas Erscheinen ungeduldig erwartet, und führte sie über eine steile Treppe hinauf in das Wohnzimmer. Norma warf einen Blick auf die Schwarz-Weiß-Fotos an der Wand, die Szenen der Weinlese zeigten und aus den 50er-Jahren stammen mochten. Dazwischen hingen Porträts von Männern und Frauen mit abgearbeiteten und lebensklugen Gesichtern.

Ruth trat näher heran. »Die Familie meines Mannes hat das Weingut über viele Jahrzehnte betrieben. Das ist nun Vergangenheit. Mir gehören nur noch das Haus und ein Garten, der so steil ist, dass der Hund sein einsames Vergnügen damit hat. Die Weinberge musste ich nach dem Tod meines Mannes verkaufen. Ein befreundeter Winzer hat alles übernommen.«

»Kam Ihr Mann bei einem Unfall ums Leben?«

Ruth blickte zum Fenster, aus Normas Perspektive ein postkartenblauer Himmelsausschnitt. »Nein, das Herz setzte aus. Die Krankheit zog sich über Jahre hin. Die Arbeit entglitt ihm immer stärker. Eigentlich sollte Marika den Betrieb weiterführen. Sie hat in Geisenheim Weinbau studiert, und der Tag ihres Abschlusses war für meinen Mann der schönste Tag im Leben. Wie stolz er auf seine Tochter war! Aber wie so oft kam alles anders. Wollen wir uns setzen?«

Der flache Couchtisch war mit zwei Tassen und einer Teekanne gedeckt. Das Teelicht flackerte. Neben dem Stövchen lag ein prall gefüllter Ordner mit der Aufschrift ›Marika‹: Die Unterlagen der anderen Privatdetektive, vermutete Norma, um die sie im Telefongespräch gebeten hatte.

Ungeschickt sank sie auf das Sofa nieder. »Gab es Probleme zwischen Ihrem Mann und Marika?«

Ruth setzte sich in den Sessel gegenüber. Sie lehnte sich nicht zurück und hielt sich gerade. »Es ging überhaupt nicht. Sie ist ganz die Tochter ihres Vaters. Zwei Hitzköpfe, die aufeinanderprallten. Der Praktiker gegen die Studierte. Es konnte nicht gut gehen. Marika heiratete Bernhard und arbeitete ab sofort in der Agentur.«

»Um was für eine Agentur handelt es sich?«

»Es geht um Film und Fernsehen. Unter anderem vermittelt mein Schwiegersohn zwischen Drehbuchautoren, Produktionsfirmen und den Sendeanstalten.«

Norma nickte. Wiesbaden war ein beliebter Standort für Leute, die sich mit Film und Fernsehen beschäftigten, und zudem ein bevorzugter Wohnort für Mitarbeiter des Zweiten Fernsehens, das in der Nachbarstadt Mainz auf der gegenüberliegenden Rheinseite angesiedelt war.

Ruth schenkte Tee ein. »Als mein Mann starb, wollte Marika das Weingut nicht aufgeben. Aber wir waren hoch verschuldet, sie musste den Plan begraben. Bernhard hätte es sowieso nicht gewollt.«

Norma fragte sich, ob Ruth die Yogaschule betrieb, weil sie trotz ihres Alters Geld verdienen musste. Sie warf sich mit Schwung nach vorn und griff nach der Tasse. »Erzählen Sie mir von dem Tag, als Ihre Tochter verschwand.«

Ruth trank Tee und ließ sich mit der Antwort Zeit. »Marika wollte zu diesem Seminar in Frankfurt. Die Kleine hatte Fieber, und Marika war unsicher, ob sie überhaupt fahren sollte. Ich habe ihr zugeredet und dachte, es täte ihr gut, andere Leute zu treffen. Oft denke ich, wenn sie nur hier geblieben wäre …«

Sie warf Norma einen gequälten Blick zu.

Norma probierte den Tee, einen durchscheinenden Darjeeling mit dem Duft von Zitrone. »Worum ging es in diesem Seminar?«

»Das Thema hieß ›Lebensbewältigung und neue Perspektiven‹. Marika machte sich Vorwürfe, weil das Weingut verloren war. Sie glaubte, sie hätte ihren Vater nicht genug unterstützt.«

Norma stellte die Tasse ab. »Frau Diephoff, ich habe mich erkundigt. Die ermittelnden Beamten kamen damals zu dem Schluss, dass Marika sich das Leben genommen hat. Sie hatte es schon einmal versucht.«

Ruths Antwort kam ohne ein Zögern, wie zurechtgelegt. Vermutlich hatte sie wieder und wieder über dieser Frage gebrütet. »Es stimmt, Marika war depressiv. Nach Ingas Geburt kam sie deswegen in Behandlung und verbrachte mehrere Wochen in der Klinik. Für die Polizei war der Fall schnell erledigt.«

»Vieles spricht dafür. Man fand Marikas Reisetasche unter der Schiersteiner Brücke. An genau der Stelle, an der sie bei ihrem ersten Versuch ins Wasser gestiegen war.«

Ruth legte die Hände auf die Knie. »Trotzdem glaube ich, dass meine Tochter lebt. Irgendwo auf der Welt. Bevor ich sterbe, will ich Gewissheit. Ich dachte, dass gerade Sie … Sie haben selbst erlebt, wie es ist, wenn ein geliebter Mensch nicht nach Hause kommt.«

Rundfunk und Regionalfernsehen hatten, ebenso wie der ›Wiesbadener Kurier‹ und das ›Tagblatt‹, über das Geschehen im August berichtet, und der Prozess würde das Thema in die öffentliche Aufmerksamkeit zurückbringen.

Entschlossen schob Norma jeden Gedanken daran zur Seite. »Persönliche Betroffenheit ist für eine Ermittlung nicht unbedingt von Vorteil.«

»Vielleicht nicht für die Nachforschungen selbst. Aber für den Einsatz, mit dem Sie an die Aufgabe herangehen werden. Das erhoffe ich mir von Ihnen.«

Norma vermutete, ein straff aufrechtes Kreuz war die

einzige Haltung, in der es sich in diesem Möbelstück überleben ließ. Sie rutschte auf die Kante vor. »Was lässt Sie
glauben, dass Marika noch leben könnte? Hat sie sich bei
Ihnen gemeldet?«

Ruth schüttelte den Kopf. »Das nicht. Aber ich bin
überzeugt, sie ist in Tasmanien.«

»Tasmanien! Ausgerechnet! Wie kommen Sie darauf?«

Ruth sah auf und richtete den Blick ihrer klaren grauen
Augen beharrlich auf Norma. »Neulich haben Bernhard
und ich gestritten. Heftig gestritten.«

»Weswegen?«

»Zuerst ging es um Inga. Dazu müssen Sie wissen, dass
meine Enkeltochter bei mir aufwächst, was oft nicht einfach ist. Ein Wort gab das andere, und bald stritten wir
uns wegen Marika. Bernhard hat mir vorgeworfen, ich
pflege ein allzu rosiges Bild von meiner Tochter. ›Hast du
gewusst, dass sie eine Affäre hatte, deine feine Tochter!‹,
schrie er. Er war völlig außer sich.«

»Eine Affäre mit wem?«

Ruth stieß die Luft aus, als machte ihr der Streit noch
immer zu schaffen. »Der Mann heißt Kai Kristian Bieler.
Kristian mit K.«

Norma überlegte. Der Name wurde in den Polizeiakten nicht erwähnt.

»Bieler stammt aus Dresden wie Bernhard und Martin«, erklärte Ruth.

Ein Mann namens Martin tauchte in den Berichten auf,
erinnerte sich Norma. »Sie sprechen von Martin Reber?
Er war damals in der Agentur Ihres Schwiegersohns angestellt.«

Ruth nickte zustimmend. »Das ist er noch heute. Martin
ist der Lektor der Agentur. Alle drei waren eng befreundet;

damals in der DDR. Bernhard und Martin kamen Anfang der 8oer-Jahre nach Wiesbaden. Beide sind auf abenteuerliche Weise aus dem Land geflohen. Bieler musste bis zur Wende warten. Bernhard gab ihm Arbeit in der Agentur, obwohl Bieler …«

»Was war mit ihm?«

»Er war in keiner guten Verfassung. Psychisch, meine ich. Doch er fing sich mit der Zeit. Vier Jahre später bekam Bieler den Auftrag, Reiseberichte über Tasmanien zu drehen. Er reiste einige Wochen vor dem Tag ab, an dem Marika verschwand, und kehrte nicht mehr zurück. Mir ist nie aufgefallen, dass zwischen den beiden etwas war. Wenn doch, haben sie es gut verheimlicht.«

Aber offensichtlich nicht vor dem Ehemann. Oder hatte er erst später davon erfahren? »Wo war Bernhard, als Marika ins Taxi stieg?«

Ruths Blick wurde misstrauisch. »Wie meinen Sie das?«

Norma lächelte freundlich. »Ich stelle nur die Fakten zusammen. Wie sollte ich mir sonst ein Bild machen?«

»Natürlich, entschuldigen Sie. Bernhard war bei mir.«

»Er war hier im Haus, während Marika abreiste?«

»Nein, nein, er kam später. Auf meine Bitte hin. Ich hatte ihn angerufen. Bernhard war in seinem Fitnessclub. Dort hielt er sich zu der Zeit an jedem Freitagabend auf, wenn er es irgendwie einrichten konnte. Heutzutage ist er lieber auf dem Golfplatz unterwegs.«

»Am besten erzählen Sie von Anfang an«, schlug Norma vor.

Ruth atmete tief ein. »Also, Marika verabschiedete sich und stieg ins Taxi.« Sie hatte dem Wagen nachgesehen und anschließend die Kleine ins Bett gebracht. Inga war fiebrig und quengelte. Es dauerte eine Weile, bis sie Ruhe gab. Als das Kind schlief, ging Ruth in den Garten, um nach den Arbeiten an der Terrasse zu sehen. »Ein sehr nasser Winter lag hinter uns, und die alte Trockenmauer hatte nachgegeben, bis der Terrassenhang abrutschte. Der Garten sah verheerend aus. Eine neue Mauer musste her und der Hang wieder hergestellt werden. Ich hatte meinen Schwiegersohn gebeten, sich darum zu kümmern.«

Die Männer hätten über mehrere Tage zügig gearbeitet, fuhr Ruth fort. Am Freitag war die Mauer gebaut, und der Bereich dahinter sollte am kommenden Montag mit Erde aufgefüllt werden. Die Arbeiter hatten einen kleinen Bagger mitgebracht, die Maschine allerdings so schief am Hang abgestellt, dass Ruth befürchtete, er könne abrutschen und die neue Mauer beschädigen. Sie rief ihren Schwiegersohn auf der Mobilnummer an. Bernhard versprach, innerhalb der nächsten 15 Minuten zu ihr zu kommen und sich der Sache anzunehmen.

»Dann fragte er nach Inga. Zu der Zeit war er noch ganz verrückt nach dem Kind. Als er hörte, dass Inga Fieber hatte und Marika trotzdem gefahren war, wurde er ärgerlich. Er sah auch als Erstes nach der Kleinen. Inga war wieder aufgewacht.«

»Wie ärgerlich war er?«

»So ärgerlich, wie sich jeder besorgte Vater aufführt. Nicht mehr und nicht weniger.«

»Können Sie sagen, um wie viel Uhr Bernhard bei Ihnen war?«

»Er kam kurz vor 19 Uhr«, sagte sie, ohne nachzudenken. »Ich habe mir die Nachrichten angesehen, während er sich um das Kind kümmerte.«

Zur selben Zeit, genauer, um 18.55 Uhr, stieg Marika auf dem Wiesbadener Hauptbahnhof in die S-Bahn nach

Frankfurt. Das bewiesen glaubwürdige Zeugenaussagen, wie Norma aus dem Protokoll wusste.

»Ihr Gedächtnis ist ausgezeichnet.«

Ruth lächelte hintergründig. »Das Wissen verdanke ich weniger meiner Erinnerung als meinem Tagebuch. Seit ich ein junges Mädchen bin, führe ich über meinen Tagesablauf Buch. Möchten Sie noch Tee?«

Während Ruth die Teetassen auffüllte, fragte Norma: »Und später sah Bernhard sich im Garten um?«

»Gegen 8 Uhr gingen wir zusammen hinaus. Er stimmte mir zu und fand die Lage des Baggers ebenso bedenklich. In der Baufirma war niemand zu erreichen. Bernhard wollte den Bagger mit Balken abstützen, und ich schlug vor, er solle oben beim Gartenhaus nachsehen. Mein Mann hatte dort früher immer Holz gelagert; er konnte sich von nichts trennen.«

Sie sei ins Haus gegangen, um nach Inga zu sehen, erzählte Ruth. Das Kind war aufgewacht und weinte. Ruth las ihr vor und legte sich zu ihr. Dabei schlief sie selbst ein. Als sie wach wurde, lief draußen ein Motor.

»Bernhard hatte es geschafft, den Bagger zu starten. Ich sah nur die Scheinwerfer, es war inzwischen dunkel. Als ich hinauskam, sagte Bernhard, das Holz sei morsch und nicht zu gebrauchen gewesen.«

Viel blieb nicht mehr zu tun, erklärte Ruth. »Bernhard hatte mit der Baggerschaufel einen Erdhügel aufgefüllt und den Bagger darauf abgestellt. So war das Gerät gut aufgehoben. Am Montag flachsten die Leute herum, weil Bernhard ihnen so viel Arbeit abgenommen hatte.«

Norma trank einen Schluck Tee und stellte die Tasse ab. Besser, sie stand auf, bevor ihr Rücken durchbrach. Sie trat an das Fenster heran und schaute auf die Terrasse unterhalb. Die angrenzende steile Böschung war mit Rosen bepflanzt, und die Kante der Mauer, die den Hang hielt, wurde von einer Reihe blaugrüner Lavendelbüsche überwuchert. Ein brauner Hund ruhte mit ausgestreckten Beinen auf dem Treppenabsatz.

Sie wandte sich zu Ruth um, die unbeweglich im Sessel ausharrte, als absolviere sie eine Asana. »Sie sagten, damals habe Bernhard sich sehr um seine Tochter gesorgt. Das klingt, als hätte sich sein Verhältnis zu Inga später geändert. Wann fing das an?«

Ruth dachte einen Augenblick nach. »Schwer zu sagen. Inga blieb bei mir, nachdem Marika fort war. Erst ist es mir gar nicht aufgefallen, dass er sich immer weniger um sie kümmerte. Ich schob es auf seine Sorgen um Marika. Später glaubte ich, es läge an mir, und ich hätte das Kind zu sehr vereinnahmt.«

»Sehen Sie das heute genauso?«

Ruth erhob sich mit der Grazie einer Balletttänzerin. »Wir haben beide Fehler gemacht.«

Sie trat zu Norma ans Fenster heran. »Inga sieht ihrer Mutter sehr ähnlich. So sehr, dass es mich jedes Mal trifft, wenn ich sie ansehe. Aber ihr Charakter ist völlig anders. Inga ist ein sehr stilles, verschlossenes Mädchen. Marika ist aufbrausend. So wie ich leider auch.«

»Ich nahm an, ein Mensch, der Yoga praktiziert, sei besonders ausgeglichen«, entgegnete Norma verwundert.

»Man kann Yoga gerade deswegen ausüben, um vielleicht zu dieser Ausgeglichenheit zu finden«, erwiderte die Yogalehrerin schmunzelnd.

Der Hund war in den Garten getrottet und ging unsichtbaren Spuren im Rasen nach.

Ruth verfolgte seinen Weg mit den Blicken. »Inga leidet sehr unter den Spannungen in der Familie. Sie ist überzeugt, ihr Vater würde sie nicht lieben.«

»Liebt er sie?«

»Sie wendet sich immer stärker von ihm ab.«

»Das beantwortet meine Frage nicht.«

Ruth wandte sich Norma zu. Sie musste den Kopf heben, um Norma in die Augen zu sehen. »Sie nehmen es genau, das gefällt mir. Zu Ihrer Frage: Die Antwort heißt nein. Bernhard liebt seine Tochter nicht. Und auch das schmerzt mich. Er ist doch der Vater!«

3

Norma ging zum Wagen, um den Ordner abzulegen, der von den vergeblichen Nachforschungen ihrer glücklosen Vorgänger zeugte, und nahm bei der Gelegenheit die Regenjacke heraus. Noch schien die Sonne, aber wer wollte dem Aprilwetter trauen? Über dem Wald bauschten sich dunkle Wolken auf. Auf der linken Seite des Grundstücks führte ein Fußweg steil bergauf und hielt sich dicht an den Zaun aus rostigem Maschendraht. Innerhalb der Umzäunung wucherte eine Hecke blühender Sträucher. Norma folgte dem Pfad, bis sich auf halber Höhe eine Lücke auftat und die Sicht auf das Haus freigab. Die Terrasse lag im Sonnenschein. Die Mauer, die das ansteigende Rosenbeet hielt, erwies sich als mächtiger, als der Blick aus dem Fenster hatte vermuten lassen. Sie war mannshoch und aus flachen grauen Steinen errichtet.

Der braune Hund lugte angespannt durch die Lavendelbüsche. Als er die Spaziergängerin bemerkte, stutzte er einen Moment, sprang dann die Treppe herunter und jagte bellend heran. Ein Labrador, vermutete Norma, doch allzu gut kannte sie sich mit Hunderassen nicht aus. Als sie ihn freundlich ansprach, verstummte er und folgte ihr bergauf, wie das Rascheln in der Hecke verriet. Hinter dem oberen Ende des Grundstücks, das sich schmal und lang gestreckt den Hang hinaufzog, begann der Wald. Der Pfad mündete auf einen unbefestigten Weg, der dem Verlauf des Waldrands folgte. An einem Baumstamm entdeckte Norma eine auffällige Markierung, ein blaues Rechteck, das von einer weißen Schlangenlinie durchzogen wurde, in der man ebenso den Lauf des Rheins erkennen konnte wie den Buchstaben R: Das Zeichen des Rheinsteigs. Norma verschnaufte für einige Atemzüge und wandte sich nach rechts. Der Wanderweg verlief hier eben und führte unmittelbar hinter Ruth Diephoffs Garten entlang, der sich auch auf dieser Seite hinter Zaun und Hecke versteckte. Der Hund hatte im Gestrüpp einen Durchlass gefunden und zwängte sich mit eifrigem Hecheln am Draht entlang. Auf der Anhöhe herrschte ein kühler Wind. Sie blieb stehen und zog den Reißverschluss zu. Dabei fiel ihr hinter den Büschen ein verblasstes Blau auf. Eine Bretterwand? Vielleicht der Giebel des Gartenhauses, von dem Ruth gesprochen hatte? Im Näherkommen erkannte sie die Umrisse einer Hütte und gelangte nach einem kurzen Wegstück zu einem Tor, hinter dem ein Plattenweg zum Gartenhaus hinunterführte, das auf dieser Seite halb in den Hang gegraben war. Vom Tor aus waren nur die obere Kante der Rückwand zu erkennen, in der ebenerdig ein Fensterband verlief, und darüber das Ziegeldach mit faustgroßen Löchern. Bei einem Fenster fehlte die Scheibe.

Norma betrachtete den Hund hinter dem Drahtgitter, der wiederum sie aufmerksam musterte. Mit harmloser Miene, sofern ihr Hundeverstand sie nicht täuschte. Gemächlich trottete er heran und beschnupperte die Hand, die Norma gegen die Maschen drückte. Ein heftiges Rütteln an der Klinke brachte ihr die Erkenntnis, dass die Tür – wie zu erwarten – abgeschlossen und der Hund – wie zu hoffen – nicht zu einem Angriff zu bewegen war. Sie nahm den Bund Dietriche aus der Jackentasche. Der Hund betrachtete ihr Tun mit schief gelegtem Kopf; ein braunes Schlappohr halb über dem Auge hängend, das andere in der Luft baumelnd. Löwenmut sah anders aus.

»Du bist ein lieber Kerl, nicht wahr? Du machst bestimmt keinen Lärm.«

Das Schloss war frisch geölt und ließ sich nach wenigen Versuchen öffnen. Entschlossen drückte sie das Tor auf und schlüpfte durch den Spalt in den Garten hinein. Der Labrador hielt den Einbruch für ein Spiel und alberte um ihre Beine herum, als sie den Plattenweg hinunterging. In der Vorderfront des Häuschens befand sich, umrahmt von zwei kleinen Fenstern, eine schlichte braune Tür. Der Hund hob den Kopf und trabte voraus. Vor der Schwelle blieb er stehen, schaute sich zu Norma um, als erwarte er ihre Unterstützung, bevor er wild aufheulend am Holz kratzte.

Aus dem Innern der Hütte klang eine junge Stimme: »Halt die Klappe, Arlo!«

Die Tür wurde aufgerissen, und Norma stand einem Mädchen gegenüber. Schmal, dunkelhaarig und in einen übergroßen Norwegerpullover gehüllt, strafte sie den Hund mit Missachtung. Das Gesicht war verweint. Sie wischte sich mit dem Handrücken über die Augen und fixierte Norma mit abweisender Miene.

»Wer sind Sie? Was wollen Sie?«

»Mein Name ist Tann. Du bist Inga, nicht wahr?«

»Sind Sie die neue Privatdetektivin? Woher weiß Ruth überhaupt, dass ich hier bin?«

»Deine Großmutter hat mich nicht geschickt. Ehrlich gesagt, sie hat keine Ahnung, dass ich mich hier oben umsehe. Schwänzt du den Unterricht?«

Inga stützte sich in den Türrahmen, als müsste sie die Hütte vor Norma beschützen. Die weiten Ärmel rutschten herunter und legten sehr magere Oberarme frei. »Ich gehe nicht mehr zur Schule. Ich arbeite.«

Eine Spur Stolz schwang in der dünnen Stimme mit.

»Hier?«, fragte Norma verblüfft.

»Unsinn. In der Agentur natürlich.«

»Bei deinem Vater also. Und heute hast du frei?«

Ein vernichtender Blick streifte Norma. »Was geht Sie das an?«

»Pure Neugierde. Eine Berufskrankheit. Entschuldigung, ich sollte wohl Sie sagen.«

Ein missmutiges Einlenken: »Schon gut. Noch bin ich nicht 18.«

»Wir können uns gern duzen. Ich heiße Norma. Lässt du mich rein?«

Das Mädchen zögerte, nahm endlich die Hände herab und trat beiseite. Arlo nutzte die Lücke und trottete voraus. Die Hütte bestand aus einem einzigen Raum. Vor einem der Fenster stand ein Weinfass, das als Tisch diente. Daneben waren zwei Holzstühle aufgestellt, die einen neuen Anstrich vertragen hätten. Auf dem Fass lag ein Briefumschlag. Die linke Stirnwand war mit Regalen zugebaut, in denen lange Reihen verstaubter Weinflaschen lagerten. Davor stand ein brusthohes Rüttelpult. Die Öffnungen, die eigentlich Sektflaschen vorbehalten waren, blieben ungenutzt. Gegenüber befand sich ein Sofa mit altmodischen Rundungen, dessen Schäbigkeit nicht einmal das Zwielicht beschönigen konnte. Der Bezug war von Flecken übersät, und hier und da bohrte sich eine Sprungfeder unternehmungslustig ins Freie. Es gab ein quietschendes Geräusch, als Arlo auf das Sofa sprang und sich zwischen den Drähten wie eine Katze zusammenrollte.

Inga setzte sich neben das Fass und deutete wortlos auf den zweiten Stuhl.

Auch Norma nahm Platz. »Bist du oft hier?«

Inga streckte die Hand aus und zog den Brief zu sich heran. »Manchmal.«

»Und deine Großmutter?«

»Ich nenne sie Ruth. Sie will das so. Ruth kommt niemals hierher. Jedenfalls nicht mehr, seit der Großvater tot ist.« Sie schob den Brief zwischen den Fingern hin und her. »Der Großvater starb ein paar Monate nach meiner Geburt. Das Gartenhaus war sein Refugium, sagt Ruth.«

»Und jetzt ist es dein Reich.«

Das Mädchen sah zum Fenster hinüber. Das Wetter war umgeschlagen. Draußen heulte der Wind auf und blies Regentropfen gegen die Scheibe. »Ich bin hier nur Gast. In Wahrheit gehört die Hütte den Schlangen. Hier unter dem Holzboden verbringen sie den Winter. Und im Sommer legen sie dort ihre Eier ab. Manchmal, wenn es ganz still ist, kann man hören, wie sie dort unten durch das Laub kriechen.«

Norma hielt unwillkürlich nach Löchern in den Dielen Ausschau. In Ingas monotone Stimme kam Leben, als sie fragte, ob Norma schon einmal eine Äskulapnatter gesehen habe.

Als Norma verneinte, lächelte das Mädchen verständnisvoll. »Man muss ihre Verstecke kennen und braucht Glück und eine Menge Geduld. Ich habe schon viele Äskulapnattern beobachtet. Sie sind wunderschön.«

Norma hatte davon gehört, dass es in den Weinbergen des Rheingaus vereinzelte Exemplare dieser Schlangenart geben sollte, und stellte sich eine Art größere Blindschleiche vor. Ein wenig bunter vielleicht.

Diese Vermutung löste bei Inga heftiges Unverständnis aus. »Blindschleichen sind keine Schlangen, sondern Eidechsen ohne Beine. Das weiß man doch!«

»Meine Dummheit«, räumte Norma ein.

»Außerdem sind die Äskulapnattern viel größer als Blindschleichen.«

»Wie groß denn?«

Inga breitete die Arme aus. »Wenn sie ausgewachsen sind: Anderthalb bis an die zwei Meter.«

»Herrje!« Norma nahm sich vor, beim Gehen gut auf den Weg zu achten.

Inga lachte. »Keine Sorge, die Schlangen haben mehr Angst als du! Außerdem sind sie ungiftig und völlig harmlos.«

»Weshalb faszinieren dich die Schlangen?«

Inga überlegte. »Sie stammen aus einer anderen Zeit. Sie sind frei und unabhängig. Ganz anders als zum Beispiel ein Hund. Arlo würde keinen Tag ohne Menschen aushalten. Du scheinst keine Schlangen zu mögen. Oder doch?«

»Darüber habe ich noch nicht nachgedacht. Aber ich glaube, es ist unwichtig, ob mir die Schlangen gefallen oder nicht. Nicht entscheidend für die Schlangen, meine ich. Es kommt darauf an, sie zu achten wie jedes andere Lebewesen auch.«

Inga betrachtete sie mit erwachender Neugierde. »Das stimmt. Deshalb esse ich kein Fleisch.«

Norma lächelte. »Wie ich.«

»Ehrlich? Oder sagst du das nur so?«

»Ich war jünger als du jetzt, als ich diesen Entschluss fasste.«

Die Regenwolken verdunkelten die Hütte. Ingas Elfengesicht erschien mit einem Mal zart und verletzlich.

»Ruth will, dass du nach meiner Mutter suchst. Kannst du dir vorstellen, dass Marika am Leben ist?«

Norma erklärte geduldig, dass nach Lage der Akten und der vergangenen Zeit wenig Hoffnung bestünde. »Ich habe deiner Großmutter versprochen, es trotzdem zu versuchen.«

Inga legte die Hand auf den Umschlag. »Suchst du dabei auch nach anderen Leuten? Nach Bekannten von meiner Mutter, meine ich?«

Im Hintergrund fiepte der Hund im Schlaf.

Norma wartete, bis er still war. »Denkst du an eine bestimmte Person?«

»Bernhard hat den Namen erwähnt. Das war, als er neulich mit Ruth gestritten hat. Der Mann heißt Bieler. Kai Kristian Bieler.«

Dass sich Ingas farblose Wangen dunkel färbten, blieb Norma im Zwielicht nicht verborgen. Das Mädchen schob ihr den Umschlag zu. Der Brief war zerknittert vom mehrfachen Herausnehmen, Lesen und Zusammenfalten und übersät von Tränenflecken. Norma überflog die wenigen Zeilen. Das Schreiben war an Inga gerichtet. Ein Vaterschaftstest, Ergebnis negativ. Die DNA beider Personen schließe eine verwandtschaftliche Beziehung aus, hieß es lapidar.

Der herausfordernde Blick des Mädchens besaß nichts Kindliches mehr. »Ich habe es immer gewusst. So wie er mit mir umgegangen ist, all die Jahre. Bernhard Inken ist nicht mein Vater. Ich will meinen wirklichen Vater finden. Und das muss Kai Kristian Bieler sein!«

4

Die Sonne fiel mit verlockender Pracht durch die Jalousie und malte ein Streifenmuster auf die Schreibtischplatte. Martin Reber klimperte missmutig auf der Tastatur herum. Draußen erblühte der Frühling, und er hockte wie ein Gefangener im Büro und wartete auf die Nachricht eines Drehbuchautors, von dem er nichts hielt, anstatt mit dem Mountainbike im Rheingau unterwegs zu sein. Seine Überstunden zählte er seit Jahren nicht mehr. Zum Ausgleich nahm er sich die Freiheit, nach Lust und Laune für einen halben Tag zu verschwinden. Aber Bernhard lag an diesem Autor, und er umgarnte ihn wie eine Diva. Das angekündigte Exposé sollte von Martin umgehend und mit gebührendem Respekt begutachtet und beantwortet werden.

Martin rief ungeduldig das Postfach auf: Nur der Newsletter einer Börsenzeitschrift, auf den er jetzt keine Lust hatte. Stattdessen klickte er auf seinen persönlichen Ordner und öffnete das Tourenbuch, in dem er alle Routen in Stichworten festhielt, mit Fahrzeiten, zurückgelegten Strecken und Höhenmetern, und dazu das Wetter und mögliche Besonderheiten notierte. Auch über die geplanten Touren führte er genau Buch. Er gehörte nicht zu denen, die ins Blaue hinausradelten, und hielt sich ehrgeizig an die geplanten Strecken und veranschlagten Zeiten. Zurzeit war er meistens auf dem Rheinsteig unterwegs, seiner Lieblingsroute im Rheingau. Er ergänzte seine Berichte mit Aufnahmen der Digitalkamera: Immer wieder dieselben

Motive, zu den unterschiedlichen Tages- und Jahreszeiten. Manchmal fotografierte er auch schlichte Dinge, die ihm auffielen; ein toter Vogel am Wegrand, eine seltsame Blüte zwischen den Sträuchern.

Als er das Album mit den neusten Bildern betrachtete, wurde die Tür aufgestoßen. Bernhard erschien mit einem Stapel Manuskripte unter dem Arm.

»Weißt du, wo Inga steckt? Das Sekretariat ist seit Stunden nicht besetzt.«

Martin wechselte mit einem Mausklick auf den Bildschirmschoner. »Sie hat sich heute Morgen bei mir krank gemeldet.«

Bernhard trat einen Schritt vor. »Wieso ruft sie nicht mich an? Als ihren Chef und Vater?«

»Was hättest du ihr gesagt?«

»Dass sie ihre Zipperlein gefälligst hier auskurieren soll. Falls sie überhaupt krank ist. Sie schleicht doch wieder durch den Wald. Auf der Suche nach Kriechtieren!«

»Wenn das deine Antwort ist, musst du dich nicht wundern, warum sie nicht dich anruft. Sondern mich.«

Bernhard winkte ab. »Spiel du nur weiter den lieben Onkel Martin! Ist das Exposé angekommen?«

Martin öffnete das Postfach. »Immer noch nichts! Eigentlich sollte ich dankbar sein. Mir wird übel von dem Gesülze, das der Kerl zusammenklaubt.«

Bernhard lachte. »Oh, wie sie leidet, die zarte Künstlerseele!«

Martin schwang auf dem Drehstuhl herum. So wie Bernhard vor ihm stand, breitbeinig, den massigen Oberkörper vorgebeugt, und mit überheblicher Gönnerhaftigkeit auf ihn herabschaute: Martin hätte ihn am liebsten mitten ins Gesicht geschlagen. Ein Verlangen, das ihn in letzter

Zeit öfter überkam. Er ballte die Faust, blieb aber sitzen. »Hauptsache Quote! Zählt gar nicht mehr, wofür wir einmal eingetreten sind?«

Bernhard stöhnte affektiert. »Nicht doch, Martin! Erspare *du* mir *dein* Gesülze. Bert van der Val ist der angesagte Autor zurzeit. Seine Geschichten kommen an. Die Redakteure sind gierig auf Berts Bücher. Auch auf dieses Buch, jede Wette. Und da will *ich* wieder abkassieren!«

Der letzte Film, der nach einem Drehbuch aus van der Vals Feder entstanden war, hatte die Kritiker gleichermaßen entsetzt, wie er das Fernsehvolk entzückte. Bernhard lag viel daran, einen solchen Erfolg zu wiederholen.

Martin fand so viel Geldgier abstoßend. »Immer geht es nur um dich!«

Bernhard stellte sein Lächeln ein. »Reiß dich zusammen, Martin. Vergiss nicht, wer dir jeden Monat dein Konto füllt. Für den Job, den du hier machst, könnte ich jederzeit eine diplomierte Hochschulabsolventin kriegen. Die zudem einen hübscheren Anblick bietet als du.«

Martins Faust begann zu kribbeln. »Willst du mir kündigen?«

»Heute noch, wenn du so weitermachst! Das ist nicht der erste Warnschuss. Denk daran!«

Bernhard drehte auf dem Absatz um und schlug die Tür hinter sich zu. Martin blieb verwirrt zurück. Es war nicht seine Art, Bernhard zu provozieren, und trotzdem geschah es ihm in letzter Zeit immer wieder. Das empfahl sich nicht für den Dinosaurier dieser Agentur, vor dessen Tür die junge und ehrgeizige Konkurrenz mit den Hufen scharrte. Obwohl bald 50, würde er kaum auf der Straße landen. Dazu besaß er zu gute Kontakte in der Branche. Aber er hatte sich in Bernhards Firma eine ökologische

Nische erobert, in der es sich gemütlich überleben ließ, und war wenig scharf auf den Kampf in der Arena der Eitelkeiten.

Er versenkte sich in die erste Fotografie: Ein schmaler Pfad neben einer Brombeerhecke, die uralte Weinstöcke überwucherte, links vom Weg ein Abhang, dessen bedrohlichen Absturz die Aufnahme nur ahnen ließ.

Der nächste Besucher kündigte sich mit einem federleichten Klopfen an. Inga schaute durch den Türspalt. Sie wirkte beunruhigt, aber das war nichts Ungewöhnliches. Irgendwie schien sie immer auf dem Sprung. Wie ein Wildtier im Käfig; scheu und empfindsam, aber zu jeder Sekunde bereit, das Leben bis zum Tod zu verteidigen. Dieser Vergleich kam ihm nicht zum ersten Mal in den Sinn.

Sie lächelte unsicher. »Kann ich dich sprechen?«

»Nur zu! Geht es dir wieder besser?«

Sie schloss die Tür hinter sich. »Nee, gar nicht. Ich bin nur gekommen, weil ich mit dir reden wollte.«

»Lass dich nicht von Bernhard erwischen.«

Sie rückte den Besucherstuhl an den Schreibtisch heran und setzte sich, die Beine gekreuzt, sodass sich die Füße mit den Außenseiten berührten. Die hellen Sportschuhe waren beschmutzt, als käme sie geradewegs von einer ihrer einsamen Touren zurück. Auch Inga war in jeder freien Stunde im Rheingau unterwegs, wenn auch aus anderen Motiven als er. Äußerlich glich sie Marika bis aufs Haar. Kindlich zart und zerbrechlich. Wer sie nicht kannte, unterschätzte ihre Energie und Ausdauer.

»Ich hatte befürchtet, du bist unterwegs. Bei dem schönen Wetter!«

Er deutete auf den Bildschirm. »Ich warte auf das Van-der-Val-Exposé.«

Inga verzog den Mund. »Liebesleid und Meeresbrandung?«

»Winzerglück in der Drosselgasse! Uns bleibt nichts erspart.«

Inga schaute auf ihre Schuhe. »Norma Tann hat mich mit in die Stadt genommen.«

Martin überlegte kurz. Ruth hatte den Namen neulich erwähnt. »Die Privatdetektivin?«

»Sie ist nett. Ich darf sie duzen.«

Wieder ein neuer Versuch, der so ernüchternd enden würde wie alle anderen. »Ruth sollte damit aufhören. Das bringt doch nichts. Sie quält sich damit.«

Inga sah auf. Ärgerlich sagte sie: »Falsch! Nicht Ruth quält sich! Sie wird von meiner Mutter gequält. Ruth muss endlich Bescheid wissen! Warum meldet Marika sich nicht? Nicht meinetwegen. Ich brauche sie nicht.«

»Rede nicht so, Inga! Marika ist deine Mutter!«

Inga schnaufte. »Eine Supermutter, die ihr Kind zurücklässt! Ich habe überhaupt die Supereltern. Willst du das Neuste von meinem sogenannten Vater wissen?«

Er flüchtete sich in die übliche Antwort: »Bernhard liebt dich, wie ein Vater seine Tochter nur lieben kann.«

»Nur dass ich davon nichts merke. Du nimmst ihn immer in Schutz!«

»So ist das unter Freunden. Immerhin kenne ich Bernhard seit der ersten Klasse. Und er hat mich herausgeholt.«

Sie schaute nach unten und hob nacheinander in schnellem Wechsel die vertauschten Zehen wie bei einer gymnastischen Übung. »Ihr wart zu dritt, nicht wahr? Früher in der DDR. Du. Bernhard. Und Kai Kristian Bieler.«

Sie ließ die Fußspitzen ruhen und sah ihn an.

Martin schaute zum Fensterbrett. Der fröhliche kleine

Buddha, ein Geschenk von Ruth, ließ sich die Sonne auf den Bauch scheinen. »Kai ist seit 15 Jahren fort! Neuseeland, oder so.«

»Tasmanien. Marika ist bei ihm!«

»Wie kommst du darauf?«

Sie hob die Beine und ordnete die Füße. »Weil er mein Vater ist!«

»Kai soll dein Vater sein? Und Marika ist bei ihm?« Martin lachte laut auf. »Warum hat sie dich dann nicht mitgenommen? Damit die kleine heile Familie gemeinsam in Tasmanien, oder welchem gottverlassenen Land auch immer, leben kann.«

Das war grausam. Er wusste nicht, warum er das gesagt hatte. Sie sank in sich zusammen, schmiegte den Kopf auf die Knie und verschränkte die Finger im Nacken. Er hörte das Schluchzen und beugte sich vor. Als er zögernd die Arme ausstreckte, schreckte sie hoch.

Er riss die Hände zurück. »Das war dumm von mir.«

Sie wischte sich mit dem Hemdsärmel über die Augen. »Geht schon wieder.«

Er rollte an den Schreibtisch heran und suchte nach einem Päckchen Taschentücher, fand aber nichts und drückte die Schublade wieder zu. »Ruth hat mir erzählt, was Bernhard behauptet. Dass Marika und Kai … Wieso weißt du davon? Hat Bernhard es dir gesagt?«

Inga strich sich die Haare aus dem Gesicht. »Der redet nichts Privates mit mir. Nee, ich habs mit anhören müssen. So laut, wie sie gestritten haben. Hier!«

Sie griff hinter sich und zog einen Umschlag aus der Hosentasche. Martin überflog das Schreiben. Es fiel ihm leicht, den Überraschten zu spielen. Er besaß Übung im Heucheln. Dieses Gespräch war ein weiterer Mosaikstein in dem Lügenbild, das er für sie bastelte, seit sie Bernhards Vaterschaft misstraute. Sie zweifelte daran, seit sie alt genug war, über biologische Zusammenhänge nachzudenken. Bernhard mit seiner Lieblosigkeit hatte sich nicht die geringste Mühe gegeben, ihren Argwohn zu besänftigen. Warum auch? Was sollte ihm ein Kuckuckskind bedeuten? Er hatte das Kind der Schwiegermutter überlassen und sich damit begnügt, jeden Monat eine Summe zu überweisen, die weit unter dem Beitrag des Golfclubs lag. In der Firma behandelte er sie wie eine beliebige Schreibkraft.

In ihren Augen blitzte Triumph auf. »Ich habe es immer gewusst!«

Martin dagegen gab sich erschüttert. »Ich kann das nicht glauben.«

»Ich werde es beweisen! Sobald Norma ihn gefunden hat, brauche ich nur ein paar ausgerissene Haare.«

»Hast du Ruth davon erzählt?«

Seit Marikas Verschwinden war er mehr und mehr in die Rolle des Vertrauten hineingewachsen. Das galt für beide, für Inga wie für deren Großmutter. Kaum ein Tag verging, ohne dass Ruth ihn anrief. Wegen Marika. Wenn sie mit Inga zerstritten war. Oder weil Arlo eine Amsel erwischt hatte. Ein Grund fand sich immer. Von dem Vaterschaftstest hatte sie nichts erzählt.

Ingas Antwort beruhigte ihn. »Ich weiß nicht, wie ich es ihr sagen soll. Und Bernhard erst! Ich wollte vorher mit dir reden. Du hilfst mir immer, wenn ich in der Klemme stecke.«

»Liebe Inga!«

Er griff nach ihrer Hand. Die Haut fühlte sich kühl an. Darunter spürte er die dünnen Fingerknochen. »Behalte dein Geheimnis eine Weile für dich, Inga! Wir dürfen nichts überstürzen. Diese Neuigkeit wird eine Menge Unruhe bringen. Womöglich kostet sie dich deinen Job. Oder glaubst du, er wird dich behalten, wenn er weiß, dass du nicht seine Tochter bist?«

An die eigenen Konsequenzen mochte er gar nicht denken.

5

Kai Kristian Bieler war seit 15 Jahren die erste heiße Spur im Fall Marika. Diese Wendung schenkte Norma einen Vorteil gegenüber ihren Vorgängern, deren Aktivitäten sich weitgehend damit erschöpft hatten, die Vernehmungsprotokolle zu analysieren und bereits bekannten Aussagen nachzugehen. Hinweise auf Bieler tauchten nirgends auf, weder in den Unterlagen der drei Privatdetektive noch in den Aufzeichnungen der Polizei. Normas erste Recherchen ergaben, dass Bieler Deutschland wenige Wochen vor Marikas Verschwinden verlassen hatte. War die junge Frau ihrem Geliebten ins Ausland gefolgt und hatte alle Brücken hinter sich abgebrochen?

Der zweite gute Grund, nach Bieler zu suchen, war Ingas Frage nach ihrem leiblichen Vater. Als das Mädchen die Auseinandersetzung zwischen Ruth und Bernhard belauschte, zündete der neue, fremde Name ihre Fantasie. Was lag näher, als dem Geliebten der Mutter das Vaterglück zu unterstellen? Zumal Bernhard Inken – wie der DNA-Vergleich bewies – für diese Rolle zweifelsfrei ausschied. Norma glaubte zu verstehen, was in dem Mädchen vorging. Inga suchte einen Platz im Leben, einen sicheren Ort mit Menschen, denen sie vertrauen durfte. Die Mutter hatte sie verlassen, der vermeintliche Vater entzog sich der Verantwortung. Nun sollte eine Lichtgestalt namens Kai Kristian Bieler diese Lücke füllen.

Inga war in ihrem Verlangen nicht rücksichtslos. Sie wollte die Großmutter schonen, bis alle Zweifel ausgeräumt waren, und hatte Norma um Stillschweigen gebeten; ein Wunsch, der Norma in Verlegenheit brachte. Ihre Auftraggeberin war Ruth, die damit ein Recht auf alle neuen Erkenntnisse besaß. Anderseits fühlte Norma auch eine gewisse Fürsorgepflicht gegenüber ihren Mandanten. Ruth war zweifelsohne eine starke Persönlichkeit. Jedoch auch sie stieß an ihre psychischen Grenzen. Norma entschied sich für einen Mittelweg. Ruth sollte von Ingas Problem erfahren. Aber es musste nicht sofort sein. Zunächst galt es, Bieler überhaupt zu finden.

Tasmanien. Norma dankte der seltsamen Fügung, die einen ehemaligen Wiesbadener Kriminalkommissar ausgerechnet auf diese abgelegene Insel gesandt hatte. Marcel Thimm gehörte einmal zu ihren liebsten Kollegen im Kommissariat und hatte einige Jahre früher den Dienst quittiert, um nach Tasmanien auszuwandern und dort eine Schweizerin zu heiraten. Inzwischen führte seine Frau ein Hotel, und er begleitete Wandergruppen durch die Nationalparks. Norma erreichte jedes Jahr eine Weihnachtskarte mit der Einladung zu einer Trekkingtour und hin und wieder eine E-Mail mit Grüßen. Sie wusste, Marcel konnte das Ermitteln auch in seiner neuen Heimat nicht lassen. Er wurde nach Lust und Laune für Touristen und Einheimische tätig und sagte begeistert zu, als sie ihn um Hilfe bat. Während Marcel alle Register zog und Norma per Mails auf dem Laufenden hielt, nutzte sie ihre eigenen Möglichkeiten und Kontakte. Leider ohne Ergebnis. In Deutschland fand sich von Bieler keine Spur, und sie setzte alle

Hoffnungen auf Tasmanien. Tage später schickte Marcel die ernüchternde Nachricht: Bieler hatte die Insel verlassen und blieb in Australien unauffindbar. Die heiße Spur war sehr rasch abgekühlt, und es gab nicht den geringsten Hinweis auf Marika.

So musste Norma den Auftrag nach nur einer Woche als festgefahren, wenn nicht gar als gescheitert betrachten. Mit diesem Ergebnis trat sie am frühen Nachmittag erneut die Fahrt in den Rheingau an.

Ruth war im Vorgarten beschäftigt. Sie nahm die Nachricht mit hoheitsvoller Gelassenheit entgegen und legte wortlos Korb und Rosenschere beiseite. Der Labrador begrüßte Norma wie eine gute Bekannte. Ruth eilte ihrem Gast voraus und führte sie über den Rasen zur Steintreppe, die den Terrassenhang teilte und zwischen unbelaubten Rosenstöcken in einem Bogen nach oben führte. Einen Tee lehnte Norma höflich ab. Was sie zu sagen hatte, brauchte wenig Zeit. Ruth bat sie, sich trotzdem zu setzen. Die Korbsessel erwiesen sich als erfreulich bequem. Ruth stützte sich auf die Armlehnen und verharrte wie eine Statue. Der Labrador zu ihren Füßen, der den Kopf mit einem Grunzen auf die Steinplatte senkte, und die zerknitterte Wachsjacke verliehen ihr den Anschein einer englischen Lady. Norma schaute der Handvoll Herbstlaub hinterher, das sich vom Wind über die Terrasse treiben ließ. Sie nahm die Hände von der Mappe auf ihren Knien und zog die Jacke zusammen. Eben noch sommerlich warm in der Frühlingssonne, zogen nun dunkle Wolken über das Haus und warfen flüchtige Schatten auf die Granitplatten.

»Sollen wir besser hineingehen?«, fragte Ruth gastfreundlich.

»Nicht meinetwegen. Die Aussicht ist zauberhaft.«

Das Weingut war umschlossen von terrassierten Hängen mit langen Reihen dicht an dicht stehender Rebstöcke, die die Landschaft gliederten und einen scharfen Kontrast zu dem sich darüber erhebenden schwarzgrünen Band des Waldes bildeten. In der anderen Richtung fiel der Blick auf das Rheintal mit seinen eng aufeinander folgenden Weindörfern und dem in einem breiten Bett strömenden Wasser.

Ruth ließ endlich die Lehnen los und legte die Hände wie Schalen ineinander. »Sie haben mir von Anfang an keine Versprechungen gemacht, Frau Tann. Und trotzdem … ich hatte so sehr gehofft. Und wenn Sie es selbst in Tasmanien versuchen? Ich würde selbstverständlich für die Reise und alle weiteren Kosten aufkommen.«

Norma war auf diese Bitte gefasst, und das Ziel klang verlockend, obwohl sie so gut wie nichts über die Insel wusste. Zu dem wenigen, das ihr dazu einfiel, gehörte der tasmanische Beutelteufel, dem man die Laune eines gereizten Stiers nachsagte. Allerdings, Norma war in gewissen Dingen altmodisch und besaß Prinzipien. Dazu gehörte der Entschluss, einer Klientin nicht mit einem aussichtslosen Auftrag das Geld aus der Tasche zu ziehen.

Die Sonne eroberte den Himmel zurück. Norma blinzelte und drehte sich aus dem Licht heraus. Behutsam erklärte sie: »Mein Kollege kennt sich auf der Insel sehr gut aus und hat die besten Kontakte, die ein ehemaliger Polizist nur haben kann. Trotzdem konnte er keinen Hinweis darauf finden, dass Ihre Tochter jemals dort eingereist ist. Allerdings hat man Bieler tatsächlich häufig mit einer Frau gesehen. Eine Frau mit Kind. Es gibt ein Foto von allen dreien.«

Marcel war, wie auch immer, an eine Aufnahme geraten, die auf einem Fest entstanden war, und hatte die Bilddatei per Mail geschickt. Der Ausdruck war von einer miserablen Qualität, reichte aber aus, um erkennen zu lassen, dass es sich bei der Frau im Abendkleid – blond und beinahe so groß wie der stolz lächelnde Mann neben ihr – unmöglich um die zierliche, dunkelhaarige Marika Inken handeln konnte. Der aufgeweckte Junge an ihrer Hand mochte vier oder fünf Jahre alt sein. Norma öffnete die Mappe mit den Unterlagen, die sie über Marika zusammengestellt hatte, und wollte das Bild herausnehmen, als der Hund aufsprang und winselnd zur Treppe lief. Unten auf der Straße, die von der Terrasse aus nicht zu sehen war, schlug eine Autotür zu.

Ruth reckte den Hals. »Das kann nur Martin sein! Arlo ist verrückt nach ihm. Und mir ist er der beste Freund. Er steht mir Tag für Tag zur Seite wie ein Sohn.« Kühl fügte sie hinzu: »Von meinem Schwiegersohn kann ich das nicht sagen.«

Martin Reber also, Bernhard Inkens Jugendfreund und Mitarbeiter in dessen Agentur für Film und Medien. Umwuselt von dem Hund, durchquerte er den Garten und stieg die Treppe hinauf. Auf halbem Weg hielt er inne und schaute zur Terrasse herauf. Er trug eine enge Radlerhose, ein dazu passendes Trikot und war von mittelgroßer Statur. Drahtig, beinahe mager, ein Sportlertyp mit hoher Stirn, das verbliebene Haar früh ergraut. Um seinen Hals baumelte ein roter Kunststoffstick, der zu erkennen gab, dass Reber seine Radtouren mit Musikgenuss würzte und Norma zu der stillen Frage verleitete, welche Art von Musik das sein mochte.

Oben angekommen, lächelte er entschuldigend. »Wenn ich gewusst hätte, dass du Besuch hast, Ruth. Ich möchte nicht stören.«

»Aber nicht doch!« Ruth umarmte ihn herzlich. »Ich habe dir von Frau Tann erzählt.«

»Die Privatdetektivin.« Er reichte Norma die Hand, setzte sich und legte einen Schlüsselbund auf den Tisch. Der Hund drückte ihm den Kopf auf das Knie, himmelte ihn an und ließ sich kraulen.

»Wohin geht deine Tour heute?«

»Am Kloster Eberbach vorbei und weiter in Richtung Geisenheim«, antwortete Reber. »Ich starte hier und lasse den Wagen vor dem Haus stehen, wenn es dir recht ist.«

»Selbstverständlich.« Ruth bedachte ihn mit einem liebevollen Blick, bevor sie sich Norma zuwandte. »Martin nimmt seinen Sport sehr ernst.«

»Gibt es etwas Neues über Marika?«, fragte Reber.

Norma zog das Foto aus der Mappe. »Ich gehe davon aus, dass es sich bei dieser Frau nicht um Ihre Tochter handelt.«

Ruth nahm das Blatt entgegen und wollte sich die Enttäuschung nicht anmerken lassen. »Das ist Bieler, keine Frage. Aber niemals Marika! Sie war anderthalb Köpfe kleiner als er.«

Norma fasste den Inhalt von Marcels Ermittlungen zusammen. »Bieler lebte zwei Jahre mit Frau und Kind in Hobart. Er drehte Dokumentarfilme über die Nationalparks. Es heißt, später sei er mit der Familie nach Australien gezogen. Darüber hat mein Kollege leider nichts Konkretes ermitteln können. Bielers Spur verliert sich. Ich wäre gern mit genaueren Informationen zu Ihnen gekommen.«

Ruth verschränkte die Arme. Norma fröstelte, und Ruths versteinerte Miene wärmte die Atmosphäre nicht auf. Sie wirkte für einen Augenblick so unnahbar, dass

Norma sich fragte, wie stark Inga von dieser Seite der Großmutter geprägt sein mochte.

Norma richtete eine Frage an Martin Reber: »Wussten Sie von dem Verhältnis zwischen Marika und Bieler?«

»Erst seit ein paar Tagen, weil Ruth mir davon erzählte. Damals ist mir nichts dergleichen aufgefallen.«

Als er von dem Hund abließ und Ruths Hand ergriff, reagierte das Tier blitzschnell, schnappte sich den Schlüssel vom Tisch und rannte davon.

Reber stieß einen Fluch aus und sprang auf. »Biest! Wenn er den Schlüssel wieder vergräbt!«

Er pfiff und schrie nach dem Hund, der – angefeuert von dieser Aufmerksamkeit – mit der Beute im Fang über den Rasen jagte.

Ruth seufzte ergeben. »Arlo ist ein lieber Kerl. Leider zudem ein unverbesserlicher Dieb.«

Norma unterdrückte ein Lächeln. »Was stellt er mit seinem Diebesgut an?«

»Das meiste bringt er zurück!«, versicherte Ruth.

»Fragt sich nur, wann und in welchem Zustand«, knurrte Reber und schrie wieder nach dem Hund. »Arlo! Hierher!«

Der Hund zog unermüdlich seine Kreise, bis Reber nichts anders übrig blieb, als hinunter auf den Rasen zu gehen, wo es ihm nach einer Weile endlich gelang, dem Hund die Beute abzunehmen. Mit dem hoch erhobenen Schlüsselbund winkte er zur Terrasse herauf und verabschiedete sich.

Auch Norma erhob sich.

Ruth begleitete sie zur Treppe. »Marika hat selten über ihre Ehe gesprochen, aber ich habe genügend mitbekommen. Bernhard ist ein schwieriger Mensch. Rechthaberisch und überempfindlich, wenn Sie mich fragen. Es brauchte keinen anderen Mann, um die beiden auseinanderzutreiben. Marika allein konnte die Ehe nicht retten.«

»Eine gescheiterte Ehe«, sagte Norma bedächtig, »erklärt nicht, warum eine Frau ihre zweijährige Tochter zurücklässt. Und sich nie wieder bei ihrer Mutter meldet.«

»So ist Marika: Entweder-oder! Dazwischen gibt es für sie nichts. Sie lebt irgendwo auf der Welt. An einem schönen Ort und ist glücklich. Ich lasse mir nicht einreden, sie hätte sich umgebracht! Sie werden doch nicht aufgeben, Frau Tann?«

»Ich sehe im Augenblick keinen weiteren Anhaltspunkt als Bieler. Aber der Mann scheint unauffindbar.«

»Bitte suchen Sie weiter.«

»Was auch immer herauskommt: Das Ergebnis könnte schmerzlich sein.«

Ruth zögerte nicht. »Wenn es nur die Wahrheit ist. Ich brauche endlich Gewissheit.«

Sie bat Norma, das Gartentor zu schließen, damit der Hund nicht auf die Straße lief. Im Augenblick zählten für den Labrador nur die Maulwürfe. Bis zum Nacken steckte er in einem frisch ausgehobenen Loch und kümmerte sich nicht um Norma, die mit raschen Schritten den Rasen überquerte.

Warum hatte Bernhard seine Vorwürfe gegen Bieler so lange für sich behalten? Die Frage gab Anlass zu allerlei Spekulationen. In Normas Vorstellung baute sich ein Spinnennetz auf. Fest gewebt aus Liebe, Hass und Eifersucht.

6

Für den Rückweg nahm sie die Autobahn, die weniger schöne, aber schnellere Alternative für die Fahrt aus dem Rheingau nach Wiesbaden. Seit der Trennung von Arthur wohnte sie in Biebrich, Wiesbadens südlichem Stadtteil. Sie liebte den Blick auf die Platanen am Rhein und das graziöse Schloss mit seiner ausgewogenen Symmetrie. Die Wohnung mit zwei Zimmern, Küche und Bad, die sich allesamt so eng und schräg zeigten, wie es nur unter dem Dach möglich war, befand sich zwei Stockwerke über dem Büro im Erdgeschoss. Auf der mittleren Etage wohnte die Hausbesitzerin, die Lehrerin Eva Vogtländer. Bei der Suche nach einer Bleibe hatte Norma wenig Auswahl gehabt. Genau genommen war diese Wohnung die einzige, die sie bekommen konnte; mit dem Glücksfall, dass auch der Laden leer stand, nachdem der Blumenhändler in Rente gegangen und ohne Nachfolger geblieben war. Norma hatte nichts anderes vorzuweisen als das ehrgeizige Ziel, ihren Lebensunterhalt als Private Ermittlerin zu verdienen. Von Arthur wollte sie sich keinen Unterhalt bezahlen lassen, obwohl ohne sein Versagen in Kolumbien nicht hätte geschehen können, was geschehen war, und Norma Polizistin geblieben wäre. Eva ließ sich von der Androhung unregelmäßiger Mietzahlungen nicht abschrecken. Sie fand den Gedanken, eine echte Privatdetektivin zu beherbergen, auf ihre Weise romantisch. Den Ausschlag aber gab Leopold, der sich zu Norma hingezogen fühlte und dessen Versorgung dank Norma gesichert war, wenn Eva die Wochenenden bei ihrem Freund in Köln verbrachte.

Der Feierabendverkehr hatte früh eingesetzt, und der Weg über die Autobahn erwies sich als Zeitfalle. Ein Stück vor der Ausfahrt nach Biebrich gerieten die Kolonnen auf beiden Spuren ins Stocken. Norma nutzte die Pausen und dachte über Marika nach. Was konnte der jungen Frau zugestoßen sein? Drei Varianten waren möglich. Zum einen der Freitod. Wenn Marika sich tatsächlich umgebracht hatte, musste man – nach allem, was menschenmöglich war – dankbar sein, dass die junge Mutter nicht das Kind mit in den Tod genommen hatte. Ruths Hoffnung, die Tochter führe auf einem hübschen Fleckchen Erde ein beschauliches Dasein, setzte einen Liebhaber voraus, der Marika die Flucht und zumindest den Start in das neue Leben finanzierte. Marika hatte weder vor noch nach ihrem Verschwinden größere Geldbeträge von einem der bekannten Konten abgehoben, und die Ermittlungen konnten kein geheimes Konto zum Vorschein bringen. Wer kam in Frage, falls es diesen Mann überhaupt gab? Tatsächlich Bieler, wie Ruth annahm?

Blieb noch die dritte Möglichkeit, die Norma nicht gefiel, die sich aber hartnäckig in ihre Überlegungen drängte. War Marika ermordet worden? Wurde sie zum Opfer einer Beziehungstat, wie so viele, denen Mord und Totschlag das Leben kostete? Bernhard Inken besaß ein Motiv – Eifersucht – und zugleich ein Alibi. Seine Fürsprecherin war ausgerechnet Ruth. Er befand sich in ihrem Haus, während Marika mit der S-Bahn in Richtung Frankfurt fuhr. Andere Männer aus Marikas Umfeld waren Bieler, der zu der Zeit angeblich längst im Ausland war, und Martin Reber. Hatte Reber einen Grund, Marika zu töten?

Konnte man sich den zuvorkommenden und sich bescheiden gebenden Reber überhaupt als Mörder vorstellen? Diese letzte Frage führte nicht weiter. Norma hatte lernen müssen, dass man besser damit fuhr, jedem Menschen alles zuzutrauen.

Die Autoschlangen setzten sich in Bewegung und lenkten sie von diesen düsteren Vorstellungen ab. Bald war die Ausfahrt zur Biebricher Allee erreicht. Fünf Minuten später hielt Norma vor dem Haus, öffnete das Tor und steuerte den Polo in den Innenhof. Ihr Parkplatz lag neben der Pergola, auf deren Balken sich schüchtern das erste Grün blicken ließ. So manchen Sommerabend hatte sie unter den wuchernden Reben ausklingen lassen, in Gesellschaft von Eva, dem Kater und einer gut gekühlten Flasche Rheingauer Riesling. Sie stellte den Motor aus, blieb aber im Wagen sitzen. Mit einem Mal wurde ihr bewusst, worauf sie sich einließ. Ausgerechnet Norma Tann, formulierte sie einen konkreten Gedanken, die den Polizeiberuf aufgrund psychischer Probleme aufgeben musste und heftig mit den bevorstehenden Gerichtsverhandlungen haderte, ausgerechnet sie wollte gärende Konflikte aufrühren und tief vergrabene Familiendramen ans Licht befördern? Woher sollte sie die Kraft nehmen? Das Durchsetzungsvermögen? Ihre Hände begannen zu zittern. Mit Mühe gelang es ihr, den Schlüssel abzuziehen. Sie spürte, wie das Blut aus dem Kopf in die Beine sackte und der Blick zu flackern begann, und stieß hilflos die Autotür auf. Als ob die kühle Luft eine Ohnmacht verhindern könnte.

Als sie zu sich kam, lag sie mit dem Kopf auf dem Beifahrersitz. Sie rappelte sich hoch, auf der Stirn klebte der kalte Schweiß. Auf unsicheren Beinen schloss sie das Hoftor und ging hinauf in die Wohnung. Das darf mir nicht wieder passieren, schalt sie sich selbst. Der Auslöser war nicht der Fall Marika, erkannte sie, sondern der verdammte Brief, der unten im Büro in der Schublade schmorte! Seit einer Woche lauerte er dort, und sie war seitdem zum zweiten Mal ohnmächtig geworden.

Sie duschte und kochte Kaffee. Vom ersten Schluck bekam sie Magenschmerzen, und sie leerte die Kanne über dem Ausguss aus. Sie brauchte einen klaren Kopf. Das gelang ihr sonst mit einem langen Spaziergang. Manchmal halfen auch die Yogaübungen, die sie sich mit Hilfe eines Buchs anzueignen versuchte. Der überstandenen Angstattacke ließ sich nur mit ausdauerndem Laufen begegnen. Vergangene Woche hatte Norma wieder mit dem Training begonnen.

Hastig streifte sie die Sportkleidung über und trug die staubigen Laufschuhe nach unten. Das Haus lag im ältesten Teil Biebrichs, einem Komplex schmaler Häuser und enger Gassen, der an den Schlosspark grenzte. Zum Rhein war es nur ein Katzensprung. Norma sog die kühle Luft ein. Nieselregen setzte ein, als sie am Ufer entlangtrabte, und erfrischte ihr Gesicht. In Schlangenlinien umging sie die Pfützen im weichen Kies und lief in zügigem Tempo durch die Rheinwiesen. Sie konzentrierte sich auf die Atmung: drei Schritte einatmen, vier Schritte ausatmen, drei Schritte einatmen. Sie fand ihren Rhythmus, und allmählich stellte sich die Zuversicht wieder ein. Bis zum Schiersteiner Hafen trugen die Beine sie mit Leichtigkeit voran, doch der Rückweg kostete Kraft. Unter der Schiersteiner Brücke legte sie eine Pause ein. Das Dröhnen und Rumpeln der Lastwagen und Autos auf der Autobahnstrecke hoch über ihr übertönte den sanften Anschlag der Wellen an das betonierte Ufer und mochte auch die Schreie der jungen Frau verschluckt haben, die an dieser Stelle in den Fluss gestiegen war, um sich mit dem Strom mitreißen zu lassen. Sofern sie es denn getan hatte.

Norma wandte sich vom Wasser ab und trottete weiter. Die Luft biss ihr in die Lunge, und der Puls jagte voran. Entschlossen hielt sie bis zum Ruderverein durch, bevor sie stehen blieb und nach Atem rang. Sie drückte die Faust gegen den Rumpf und ging im Schlenderschritt weiter, um die Seitenstiche zu besänftigen. Eine Frau überholte, rundlich, ältlich, flott unterwegs und kein bisschen aus der Puste, und nickte ihr kameradschaftlich zu. Norma ließ die Hand fallen und sah der Läuferin neidvoll nach. Man kann nicht so anfangen, wie man vor langer Zeit aufgehört hat, schalt sie ihre Unvernunft. In den Monaten nach Kolumbien war sie gerannt, als säße ihr der Teufel auf den Fersen.

Mit müden Beinen näherte sie sich der Platanenallee, die dem Schloss gegenüberlag. Der Herzschlag beruhigte sich, während sie langsam weiterschlenderte. Als sie erneut lostraben wollte, fiel ihr ein Jogger in roter Jacke auf. Er kam ihr mit energischen Schritten entgegen. Stahlgraue Haarspitzen ragten über ein breites Stirnband hinweg. Als der Mann sie erkannte, stoppte er abrupt.

Lutz betrachtete sie mit väterlicher Besorgnis. »Du bist verschwitzt und weiß wie eine Wand. Übertreibe es nicht!«

Norma trocknete sich mit dem Handrücken die Stirn. Ihr war ein wenig übel. »Läufst du heute nicht im Rabengrund?«

Die Villa Tann lag im Nerotal auf der nördlichen Seite der Stadt, und gewöhnlich zog er im Stadtwald seine Runden; am liebsten über den Neroberg, Wiesbadens Hausberg, bis hinunter zum Naturschutzgebiet im Rabengrund.

Die Abwechslung tue ihm gut, meinte er. »Außerdem habe ich in Biebrich zu tun.«

»Weil du zu mir willst?«

Sie freute sich, als er zustimmend nickte.

»Gehen wir ein Stück gemeinsam?«, fragte er und rief: »Immer langsam mit einem alten Mann!«, als Norma das Tempo anzog.

Sie schlugen einen zügigen Wanderschritt ein. Schweigend überquerten sie die Rheingaustraße und wichen einem entschlossen dreinblickenden Paar aus, das sich mit unermüdlichem Stockeinsatz vorankämpfte und den Fußweg für sich allein beanspruchte. Lutz sah dem Paar mit gerunzelter Stirn nach. Im Durchgang zum Schlosspark ließ er Norma den Vortritt. Eine Gruppe Kinder jagte einen Fußball über ein gepflegtes Rasenstück, auf dem vereinzelt hohe Bäume wuchsen. Auf diesem Platz wurde an drei Tagen im Jahr das Wiesbadener Pfingstturnier ausgetragen. Die Rufe der Kinder begleiteten Lutz und Norma bis an den Fuß der Treppe, die zur Rückseite des Schlosses hinaufführte. Oben angekommen, wandten sie sich nach links und bogen auf einen Hauptweg ein, der weit in den Park hineinführte. Norma spürte Lutz' Blicke. Sie wusste, er machte sich Sorgen, ohne zu wissen, wie es wirklich um sie stand. Sie hatte nicht die Absicht, ihm von der erneuten Panikattacke zu erzählen. Er würde keine Ruhe geben und sie zu einer Therapie drängen. Das Letzte, das sie in dieser Situation ertragen könnte, war ein Aufdröseln ihrer Innenwelten.

Lutz blieb zurück. »Wir sind nicht auf der Flucht!«

Unabsichtlich hatte sie die Schritte beschleunigt. Inzwischen war sie auf der Höhe des Wasserbeckens angelangt, aus dem eine Fontäne hoch hinauf in den Abendhimmel sprühte, und wartete ungeduldig. Sie war sich sicher, dass er absichtlich langsam ging, um sie zu schonen.

Lutz schlenderte heran. »Ruth hat mich vorhin angerufen. Sie ist sehr enttäuscht, weil der neue Hinweis nichts ergeben hat. Du hattest recht. Die Sache ist aussichtslos.«

»Ist Ruth auch dieser Meinung?«

»Nein, sie möchte, dass du weitermachst. Aber ich bedaure inzwischen, dass ich dich damit konfrontiert habe. Das war ein Fehler.«

Norma marschierte weiter. »Traust du mir die Ermittlungen nicht zu?«

»Nicht doch! Aber ich muss dich nur ansehen. Du solltest noch nicht arbeiten. Lass es ruhiger angehen, Norma. Bring erst den Prozess hinter dich. Das wird schwer genug.«

»Damit ich an nichts anderes denke? Nein, ich brauche eine Aufgabe. Die Arbeit lenkt mich ab.«

Eine Frau rief ihren Hund und warf einen Ball in die Höhe, der vor dem Wasserbecken aufprallte und ins Gras rollte. Der Mischling jagte mit fliegenden Ohren hinterher und bellte die Fontäne an. Das Spielzeug blieb unbeachtet. Wie oft folgt man der falschen Fährte, überlegte Norma, obwohl die Spur so offensichtlich ist?

Lutz bückte sich und schnürte seinen Schuh neu. Der Hund bellte und blickte neugierig herüber.

»Was weißt du vom Rheinsteig?«, fragte Lutz, als er sich wieder aufrichtete.

»Unter anderem, dass er hier in Biebrich beginnt.«

Sie kannte die Informationstafel am Eingang zum Schlosspark. Der Wanderweg, der mit jedem Jahr mehr Wanderer an den Rhein lockte, führte auf 320 Kilometern von Wiesbaden nach Bonn. Das erste Teilstück folgte dem bequemen Spazierweg am Rheinufer. Dass die Strecke über weite Etappen zu Recht die Bezeichnung ›Steig‹ trug und, auf den Höhen oberhalb des Stromes, über schmale und bisweilen abenteuerliche Pfade führte, wusste Norma aus verschiedenen Berichten in den Wiesbadener Tageszeitungen. Sie verspürte seit Langem selbst Lust, dort zu wandern.

»Ich plane ein Buch über den Rheinsteig«, sagte Lutz.

Sie staunte. »Du willst einen Wanderführer herausgeben? Zwischen all den Büchern über Kunst und Philosophie?«

»Ab und zu veröffentlichen wir auch Regionales. Denk nur an den Wiesbaden-Kalender, der jedes Jahr erscheint. Außerdem wird das kein reiner Wanderführer. Es soll viele Ergänzungen geben. Über die Geschichte und Kultur der Orte entlang des Rheinsteigs. Du könntest mir dabei helfen.«

»Soll ich vielleicht den Text schreiben? Wie ein Protokoll und im Polizeijargon.«

Lutz lachte und sagte: »Zu spät, den Autor habe ich schon. Zusätzlich brauche ich jemanden, der die Wegschilderungen überprüft. In diesem Punkt erscheint mir mein Autor ein wenig nachlässig.«

Norma blieb stehen. »Und wieso denkst du dabei an mich?«

»Du wanderst doch gern! Und auf deine Gründlichkeit kann ich mich verlassen.«

»Ist es nicht eher so, dass du mich an die frische Luft schicken willst? Weil du glaubst, mir könnten die Spaziergänge gut tun?«

»Und wenn es so wäre?«, wandte er ein. »Lass die Suche nach Ruths Tochter sein und hilf mir bei den Recherchen zum Wanderbuch.«

Norma überlegte. »Die Aufgabe könnte mir gefallen. Aber ich gebe deswegen nicht den Fall Marika auf.«

Lutz trat hinter Norma zurück, um einen Trupp Spaziergänger vorbeizulassen, und sagte, als er wieder auf ihrer Höhe war: »Eines musst du wissen. Der Autor heißt Bernhard Inken.«

Norma blieb verblüfft stehen. »Soll ich das einen Zufall nennen?«

Lutz wartete. »Natürlich nicht. Ruth hat die Sache vermittelt.«

Langsam ging Norma weiter. »Inken leitet diese Medienagentur. Wieso arbeitet er an einem Wanderführer?«

»Er betrachtet das Schreiben als Freizeitvergnügen. Der Rheingau und der Rheinsteig sind seine Steckenpferde. Er kennt sich dort bestens aus.«

»Was bedeutet das für mich? Was hätte ich mit Inken zu tun?«

Alle Informationen könnten über den Verlag laufen, versicherte Lutz. Es würde keine Berührungspunkte mit dem Fall Marika geben. »Überlege es dir in Ruhe.«

Er verabschiedete sich. Norma blickte ihm nach, bis er außer Sicht war, ein geschmeidig laufender 60-Jähriger auf sehnigen Beinen.

Ein halbe Stunde später ging sie, von einer zweiten Dusche erfrischt, hinunter ins Büro. Leopold ruhte auf dem oberen Regalboden, seinem Lieblingsausguck, von dem er den Schreibtisch beobachten konnte. Sie schaute zu ihm hinauf, während sie darauf wartete, dass die elektronische Post geladen wurde. Als sie sich dem Bildschirm zuwandte, entdeckte sie unter vielem Überflüssigen eine Nachricht von Marcel Thimm. Die Rechnung über die Bieler-Recherchen? Oder ein freundlicher Gruß?

»Vielleicht lädt Marcel mich aufs Neue zum Trekking ein? Glaub mir, Poldi, irgendwann nehme ich das Angebot an.«

Leopold schnurrte gleichmütig. Er hielt wenig von Anstrengungen, die über das Ausleeren des Futternapfs hinausgingen. Norma öffnete die Mail und fand eine überraschende Neuigkeit vor: Marcel Thimm hatte Bieler gefunden!

Mit der Unterstützung eines australischen Detektivs sei er dem Gesuchten wider Erwarten doch noch auf die Spur gekommen, lautete die Nachricht. Die Nachforschungen waren durch die Tatsache erschwert worden, dass Kai Kristian Bieler den Namen seiner Frau angenommen hatte. Inzwischen nannte er sich Kai K. Lambert. Er arbeitete nach wie vor als Dokumentarfilmer. Und lebte seit einigen Jahren in Berlin!

»Die deutsche Adresse«, schrieb Marcel, »wirst du wohl selbst herausfinden. Wann besuchst du uns endlich? Tasmanien erwartet dich. Herzliche Grüße nach Wiesbaden!«

7

Mittwoch, der 16. April

Als Norma am Morgen darauf die Wohnung verließ und die Treppe hinunterstieg, wurde sie von einem Ziehen in den Beinen gemahnt, das Lauftraining in Zukunft klüger zu dosieren. Sie könnte sich für einen Yogakurs bei Ruth Diephoff anmelden, um einen Ausgleich für Körper und Geist zu finden, überlegte sie, als sie mit steifen Schritten die wenigen Meter über den Gehsteig zurücklegte. Das Schaufenster trennte die Haustür vom Büroeingang. Gegenüber hob die Bäckersfrau grüßend die Hand. Nachdem Arthurs Unauffindbarkeit bekannt wurde, hatte die Nachbarin sie ins Herz geschlossen und begegnete ihr mit respektvoller Liebenswürdigkeit. Leopold wartete auf der Fensterbank und machte einen Buckel, bevor er Norma in den Laden folgte und lautstark sein zweites Frühstück einforderte. Die erste Mahlzeit servierte ihm Eva, bevor sie in die Schule fuhr.

Norma öffnete eine Dose, füllte den Inhalt um und stellte die Futterschüssel auf das Podest. Der Kater fiel darüber her wie ein ausgehungerter Löwe. Auf dem Schreibtisch lag der Zettel, auf dem sie die Ergebnisse der abendlichen Recherchen notiert hatte. Sie setzte sich mit dem Vorsatz, nicht an den Brief in der Schublade zu denken, und sah auf die Uhr. 8.30 Uhr. Ob Inga schon im Büro war? Sie wollte zuerst mit dem Mädchen sprechen, bevor sie Ruth anrief.

Tatsächlich war Inga sofort am Telefon und meldete sich im distanziert-freundlichen Sekretärinnentonfall, der in eine aufgeregte Mädchenstimme umschlug, als Norma ihre Neuigkeiten verkündigte.

»Du hast meinen Vater gefunden!«

»Langsam, Inga! Ich habe Lamberts alias Bielers Adresse ausfindig gemacht. Ob er dein Vater ist, steht in den Sternen. Weiß Bernhard inzwischen von dem Testergebnis?«

»Martin hat mir nahegelegt, damit zu warten. Ich soll mir die Konsequenzen genau überlegen.« Es könnte Ärger geben, erklärte sie, ohne auf die Art dieses Ärgers einzugehen.

»Aber Martin Reber wolltest du dich anvertrauen?«

Sie habe sein Wort, dass er nichts verrate, meinte Inga zuversichtlich. Auf ihn könne sie sich verlassen; schon ihr Leben lang. »Martin ist ein echter Freund.«

Norma betrachtete den Kater, der seinen Napf geleert und sich auf den Besucherstuhl zurückgezogen hatte. Dort lauerte er wie die Sphinx mit angezogenen Pranken. »Und Ruth?«

Inga zögerte. »Ich will nicht, dass sie sich aufregt. Gerade jetzt! Bald jährt sich der Tag, an dem Marika fortging. Das nimmt sie jedes Jahr so sehr mit. Versprichst du mir, das mit meinem Vater vorerst für dich zu behalten?«

»Dein Wunsch bringt mich in die Klemme. Ruth ist meine Mandantin. Sie hat ein Recht auf alle Informationen.«

»Auch wenn man ihr damit wehtut? Bitte, Norma! Lass uns abwarten.«

Norma atmete tief durch. »Ich kann dich verstehen, du willst deine Großmutter schonen. Einverstanden. Ich erzähle Ruth nur, dass ich Lambert gefunden habe. Deinen Vaterschaftsverdacht behalte ich noch eine Weile für mich. Ich werde Ruth fürs Erste auch nichts von dem DNA-Vergleich erzählen. Zufrieden?«

Inga bedankte sich und fragte gespannt: »Bin ich jetzt auch deine Mandantin? Schließlich suchst du nach meinem Vater.«

»Du solltest dich nicht zu sehr in diese Idee verrennen, Inga. Meine Mandantin ist und bleibt allein Ruth. Allerdings, ich muss allen Spuren nachgehen, und dazu gehört auch dein Problem.«

»Und dieser Lambert ist ganz bestimmt Kai Kristian Bieler?«

Alles spräche dafür, versicherte Norma. Sie hatte bis in die Nacht das Internet durchstöbert und war neben allerlei Pressemeldungen und Informationen zu den Dokumentarfilmen schließlich auf einen Lebenslauf des Filmemachers gestoßen. Kai Kristian Bieler stammte aus Dresden, wuchs in der DDR auf und studierte noch zu DDR-Zeiten an der ›Deutschen Hochschule für Filmkunst‹ in Potsdam-Babelsberg. Über einen Abschluss verriet die Quelle nichts. Mehrere Jahre in Bielers Leben blieben im Dunkeln. Die Informationen setzten erst im Jahr 1990 wieder ein. Nach der Wende ging Bieler in den Westen, nach Wiesbaden, um dort in der Film- und Medienagentur eines gewissen Bernhard Inken zu arbeiten. Bald darauf reiste er nach Tasmanien und kehrte erst Jahre später nach Europa zurück. Inzwischen nannte er sich Lambert und hielt sich in Berlin auf, sofern er nicht beruflich auf Reisen war. Der Lebenslauf schloss mit einer Auflistung verschiedener Film- und Fernsehpreise, die ihm verliehen wurden. Schließlich entdeckte Norma ein älteres Interview aus einem Filmmagazin, das der Dokumentarfilmer in Australien gegeben hatte.

Einige wenige Sätze galten der Familie. Danach traf er in Tasmanien auf die Journalistin Silvia Lambert und deren Sohn Lenny; die Frau und das Kind auf dem Foto, wie Norma vermutete. Das Paar heiratete und zog nach Australien um. Bieler nahm den Namen seiner Frau an und adoptierte das Kind.

Inga hatte schweigend zugehört. Als Norma nach den Jugendfreundschaften der Männer fragte, wurden im Hintergrund Stimmen laut, und Inga erklärte flüsternd, sie würde zurückrufen. Kurz darauf zeigte das Display eine Handynummer an.

»Hier auf dem Balkon kann ich frei reden«, erklärte das Mädchen eifrig. »Bernhard, Martin und Kai gehörten zu einer Clique. Bernhard kam zuerst in den Westen. Mit einem Umweg über Bulgarien und Griechenland gelangte er nach Wiesbaden. Martin folgte ein paar Jahre darauf, soweit ich weiß. Auf jeden Fall gab es noch die DDR.«

Norma fragte nach der Gruppe, der die jungen Männer angehörten.

»Das waren lauter filmverrückte junge Leute, sagt Bernhard immer. Er besitzt noch die Filme, die sie als Schüler gedreht haben. Schmalfilme. Bernhard hat sie auf DVD übertragen und beim letzten Sommerfest der Agentur vorgeführt. Er ist furchtbar stolz darauf, obwohl die Filme … na ja, nicht mein Geschmack. Angeblich sind die Filme das Einzige, das er in den Westen mitnehmen wollte.«

»Wie ist er geflüchtet?«

»Er hatte sich in der Rückbank eines Autos versteckt. Dabei ist er fast erstickt und hat Todesängste ausgestanden. Als Kind musste ich mir die Geschichte wieder und wieder anhören. Seine Heldentat! Ein paar Jahre später hat er Martin rübergeholt, wie er es nennt. Hat die Fluchthelfer bezahlt und Martin bei sich aufgenommen.«

Für wie lange mag man danach in der Schuld des anderen stehen?, überlegte Norma.

Inga fragte, was als Nächstes geschehen würde.

»Ich will mich mit Lambert treffen und ihn nach deiner Mutter fragen.«

»Du fährst nach Berlin? Redet ihr auch über mich?«

»Wenn du möchtest. Das ist deine Entscheidung.«

»Kannst du ihm nicht heimlich ein paar Haare …? Ich fälsche die Unterschrift für den Test. Das hat beim letzten Mal super funktioniert.«

»Wir sollten mit offenen Karten spielen, Inga.«

»Wenn es sein muss … Dann erzähle ihm von mir.«

»Ich melde mich, wenn ich aus Berlin zurück bin«, versprach Norma. »Jetzt möchte ich deine Großmutter anrufen.«

Ruth sei den ganzen Vormittag unterwegs, gab Inga zu bedenken. Die Großmutter sei früh am Morgen mit Arlo aufgebrochen, um bei Kaub ein Stück des Rheinsteigs abzulaufen. Ohne Handy. Mobiltelefone lehne sie ab.

Wieder der Rheinsteig, dachte Norma, als sie das Gespräch beendet hatte. Das Thema schien allgegenwärtig. Ein Artikel fiel ihr ein, den der ›Kurier‹ in der Wochenendausgabe gebracht hatte. Sie suchte die Zeitung aus dem Altpapier heraus und legte den Abschnitt beiseite, damit sie den Bericht später in Ruhe lesen konnte. Durch so viel Aktivität belästigt, flüchtete Leopold auf das Regal hinauf.

Also war Lambert der Nächste, wenn Ruth nicht zu erreichen war. Seine privaten Adressdaten hatte sie am Abend über die Telefonauskunft gefunden. Unter dem Privatanschluss lief eine Ansage mit einer Geschäftsnummer. Norma kritzelte die Zahlen auf einen Notizblock. Bevor sie dort anrufen konnte, meldete sich ihr Handy. Gedämpft und kaum hörbar läutete es von der Garderobe herüber, die nicht mehr war als eine Hakenleiste an einer weißen Wand. Wohlwollende Besucher bezeichneten den Raum mit den weißen Wänden, dessen Mobiliar aus dem überfüllten Regal, dem Schreibtisch und zwei Stühlen bestand, als gewollt minimalistisch. Andere empfanden ihn als trist und meinten damit vor allem die braunen Bodenfliesen aus den 70er-Jahren. Auf dem gefliesten Sockel reihten sich nun statt Blumenvasen die Aktenordner aneinander.

Norma sprang auf. Oben auf dem Regal gähnte der Kater. Er reckte sich nach Katzenmanier und fuhr sich mit den Vorderpfoten durch den blaugrauen Pelz. Norma wühlte in den Jackentaschen, bis sie das Telefon endlich zu fassen bekam.

»Hast du es dir überlegt, Norma?«, fragte Lutz. »Übernimmst du den Rheinsteig?«

Sie hatte sich längst entschieden, wollte Lutz nur ein wenig zappeln lassen. Zurück am Schreibtisch, fragte sie: »Warum bittest du nicht Ruth? He …!«

Sie schreckte vor dem Kater zurück, der sich wie ein Klotz auf den Schreibtisch plumpsen ließ, um danach, über ihre Schulter hinweg, mit einem weiten Satz auf den Boden zu hechten.

»Norma? Bist du noch dran? Ist was passiert?«

»Alles in Ordnung!« Sie lachte. »Nur ein Scheinangriff von Poldi.«

»Was geht dich der Kater deiner Vermieterin an? Dass du das verfettete Biest überhaupt hereinlässt!«

»Ich mag das verfettete Biest.«

»Selbst schuld!«, schimpfte Lutz. »Wieso sollte ich Ruth fragen?«

»Meinetwegen auch Inga oder Martin Reber. Die gesamte Familie einschließlich Martin Reber ist anscheinend in jeder freien Stunde auf dem Rheinsteig unterwegs.«

»Wie so viele andere auch! Norma, ich will mich nicht auf Freizeitwanderer verlassen. Ich brauche jemanden, der sich auf das Recherchieren versteht.«

»Du übertreibst, Lutz. Ruth könnte das ebenso gut wie ich. Du willst mir nur ein wenig Ablenkung verschaffen.«

»Das gebe ich gern zu. Die Arbeit im Freien wird dir gut tun.«

»Einverstanden, Lutz. Je weniger ich an die kommenden Wochen denken muss …«

»Wir werden den Prozess zusammen durchstehen, Norma.«

Der Hals wurde ihr eng. Lutz hielt unverdrossen zu ihr. Vorwürfe und Ablehnung hätte sie, nach allem, was geschehen war, besser verstanden. Sie räusperte sich, bevor sie erklärte, sie wolle für ein paar Tage nach Berlin. »Der Rheinsteig muss sich gedulden.«

»Du kannst dir die Touren einteilen, wie es dir am besten passt«, versicherte Lutz zufrieden. Er wünschte ihr eine gute Reise, ohne nach dem Anlass zu fragen.

Norma tippte Lamberts Geschäftsnummer ins Telefon. Herr Lambert sei für geraume Zeit auf Reisen, lautete die Auskunft einer jung klingenden Frauenstimme, und eine Handynummer würde grundsätzlich nicht herausgegeben.

Schlechtes Timing, dachte Norma, ohne sich davon abschrecken zu lassen. »Es geht um eine dringende Familienangelegenheit. Sagen Sie ihm, er soll mich bitte anrufen.«

Sie diktierte Namen und Telefonnummer.

Die Dame wiederholte die Angaben. »Sie leben in Wiesbaden? So ein Zufall! Wo Kai doch gerade …«

»Er ist also hier in der Stadt?«

»Das habe ich nicht gesagt!«

Anfängerin! Norma bedankte sich mit besonderem Nachdruck und nahm sich die Liste der Hotels und Gasthöfe in Wiesbaden und Umgebung vor, die ihr schon so manches Mal nützlich war. Sie begann mit den teureren Häusern. Das Hotel, in dem sie endlich fündig wurde, gehört zu der Rubrik ›solide und günstig‹.

»Herr Lambert ist außer Haus«, erklärte der Mann am Telefon bereitwillig. Im Hintergrund klirrte Geschirr, als sei der Anruf in der Küche angenommen worden. »Kann ich Herrn Lambert etwas ausrichten?«

»Danke, ich melde mich wieder«, antwortete Norma und legte auf.

8

Ein Schauer prasselte auf das Autodach, als sie vor dem Opelbad hielt. Nur wenige Wagen standen auf dem Parkplatz des Freibads, das nicht allein bei den Wiesbadener Bürgern als eines der schönsten Freibäder Deutschlands galt und dank der Aussicht sogar Norma, die keine begeisterte Schwimmerin war, immer wieder hineinlocken konnte. Auch das Gebäude selbst, im Bauhausstil errichtet, war sehenswert. Nun im April wartete das Bad noch auf wärmere Tage. Norma begutachtete im Rückspiegel ihre Stirn. Unter dem Haaransatz hatte sie am Morgen einen blauen Fleck entdeckt, eine Folge der Ohnmacht. Beim Draufdrücken tat es weh. Das Make-up, das sie darübergetupft hatte, löste sich auf, und den Rest würde der Regen erledigen. Sie fand keinen Schirm im Wagen, hatte aber wenigstens die Regenjacke dabei.

Mit der Kapuze über dem Kopf stieg sie den steilen Fußweg zum Neroberg hinauf. Der Muskelkater zwickte in den Oberschenkeln; vor allem auf den letzten Schritten, die über rutschiges Pflaster führten. An klaren Tagen bot Wiesbadens Hausberg einen weiten Ausblick über die Stadt und das Rheintal bis hinüber nach Mainz auf der anderen Seite des Stroms. Bei diesem Wetter könnte man mit Glück bis in die Nerotalanlagen unterhalb des kleinen Weinbergs blicken, vermutete Norma und befürchtete, den Weg umsonst zu machen. Und doch: Unter dem gewölbten Dach des Tempelchens hatte ein Mann Schutz gesucht. Norma rief sich das Foto aus Tasmanien in Erinnerung. Darauf zeigte sich Bieler alias Lambert mit schlankem Körperbau, langen Armen und kräftigen Händen. Schulterlanges, gewelltes Haar umrahmte sein Gesicht. Die Gestalt dieses Mannes verbarg sich unter einer unförmigen Wachsjacke. Wie auf Schnüre gezogen, perlten die Regentropfen von der hohen Stirn. Die Haarspitzen krümmten sich zu runden Haken und klebten ihm schwer im Nacken. Die rechte Hand in der Jackentasche verborgen, hielt er sich mit der kräftigen linken Faust eine Digitalkamera vor das Gesicht. Ohne die Füße zu bewegen, schwang er in der Hüfte herum und fing das Panorama der Stadt ein, deren Mosaik aus Dächern, Türmen und Baumkronen im Regen zerfloss.

Norma schob die Kapuze zurück. »Herr Lambert?«

Er wandte sich überrascht um und ließ die Kamera sinken. Die Hornbrille saß verkantet auf der ausgeprägten Nase. Regentropfen verschleierten die Gläser. »Ja, bitte? Entschuldigung, kennen wir uns?«

Unwillkürlich suchte Norma nach Ähnlichkeiten mit Inga. Die dunklen Haare. Das sanft gerundete Kinn. Beides konnte passen. »Kai Kristian Lambert?«

»Woher wissen Sie, wer ich bin?«

Norma wies mit ausgestrecktem Arm auf die menschenleere Grünfläche, die den Pavillon von dem Restaurant und Café trennte, das etwa 50 Schritte entfernt lag. »Weil sonst niemand hier ist! Kein Wunder, bei dem Wetter! Der junge Mann im Hotel hat mir verraten, dass Sie auf dem Neroberg zu finden sind.«

»Lenny? Was fällt dem ein!«

»Bitte, seien Sie nicht zu streng mit ihm.« Norma lächelte versöhnlich. »Ich habe Ihren Sohn angeschwindelt.«

Sie hatte im Hotel nur den Jungen angetroffen und ihm eine Lügengeschichte aufgetischt. Kein Hexenwerk bei dem sympathisch und gutmütig wirkenden Lenny.

Lambert griff nach der Brille und zog das Gestell zur Nasenspitze herunter, um Normas Visitenkarte in Augenschein zu nehmen. »Eine Private Ermittlerin? Ich hoffe, Sie haben einen triftigen Grund, mir die Zeit zu stehlen. Ich bin damit beschäftigt, Material über Wiesbadens Sehenswürdigkeiten zu sammeln.«

»Bei uns gibt es eine Menge zu entdecken.«

Er warf ihr einen nachdenklichen Blick zu, bückte sich dann und bugsierte die Kamera in die Tasche zu seinen Füßen. »Das meiste ist mir bekannt. Ich habe mehrere Jahre in dieser Stadt gelebt.«

»Drehen Sie einen Dokumentarfilm?«

Er tauchte wieder auf. »Ja, über Wiesbaden und den Rheingau. Im Auftrag des Hessenfernsehens. Aber deswegen sind Sie wohl nicht hier?«

Norma schaute zu dem Turm hinüber, dessen eckige Silhouette mit dem dahinter aufragenden Waldrand verschmolz. Nur die weißen Sonnenschirme trotzten der schlechten Sicht und leuchteten herüber. Mehr erinnerte nicht an das schlossartige Hotelgebäude, das in den 8oer-Jahren bis auf die Grundmauern niedergebrannt war und ihr nur von den historischen Aufnahmen aus Lutz Tanns Bildbänden bekannt war.

»Warum gehen wir nicht ins Café?«

Er stimmte zu. »Ich könnte etwas Warmes vertragen.«

Nebeneinander strebten sie – Norma bis zu den Augenbrauen unter der Kapuze versteckt und Lambert ohne Kopfbedeckung – durch den Regen auf den Turm zu. Die Klinkermauern waren schwarz vor Nässe. Sie luden die tropfnassen Jacken an der Garderobe ab und setzten sich an einen Tisch am Fenster. Lambert stellte die Tasche mit der Kamera auf den Stuhl an seiner Seite, als dürfte er sie nicht aus den Augen lassen. Sie waren die einzigen Gäste. Der junge Mann an der Theke schien froh über die Abwechslung und nahm sofort die Wünsche entgegen: Einmal Kaffee, schwarz, und einen Milchkaffee.

Sie warteten. Eine leichte Verlegenheit breitete sich aus. Norma dachte an den blauen Fleck und zupfte eine Strähne in die Stirn.

Lambert strich sich mit gespreizten Fingern die Haarkringel aus dem Kragen, bevor er die Brille abnahm und die Gläser mit einer Papierserviette trocken rieb. »Also, Frau Tann! Warum wollen Sie mich sprechen?«

»Was sagt Ihnen der Name Marika Inken?«

»Sie sprechen von Bernhard Inkens Frau?«

Norma nickte zustimmend.

Lambert wurde erfreulich gesprächig. »Bernhard ist ein Jugendfreund aus Dresden. Was hatten wir nicht alles vor! Hollywood wartete auf uns! Dumm nur, dass zwischen uns und Amerika eine Mauer stand.« Mit der Brille in der Hand beobachtete er den Regen. »Nach der Wende gab Bernhard mir einen Job in der Agentur. Dort lernte ich Marika kennen. Später zog es mich weiter in die Welt hinaus. Wir haben uns seither nicht wiedergesehen.«

»Gab es Streit mit Bernhard?«

Er wandte den Kopf. Wache graublaue Augen. Ingas Augen?

Als störte ihn der Blick, setzte er die Brille wieder auf. »Aber nein! Ich wollte mich in den nächsten Tagen bei ihm melden. Und nun schickt er mir eine Privatdetektivin?«

»Ein Missverständnis, Herr Lambert. Ihr Jugendfreund ist nicht mein Auftraggeber.«

»Wer dann?«

»Ruth Diephoff. Marikas Mutter.«

Sein Blick wurde misstrauisch. »Aus welchem Grund?«

»Marika ist verschollen. Seit 15 Jahren fehlt jede Spur von ihr.«

»Ach, und Sie glauben, ich wüsste darüber Bescheid? Ich höre davon zum ersten Mal. Wann war das genau?«

»Sechs Wochen, nachdem Sie Deutschland verließen. Ist Marika Ihnen nach Tasmanien gefolgt? Oder später nach Australien?«

Er zeigte sich verblüfft. »Wie kommen Sie darauf?«

»Wäre es möglich?«

Er lächelte versonnen. »Bei Marika war alles möglich. Sie war auf ihre Art unberechenbar. Sie kennen bestimmt den Spruch: Himmelhoch jauchzend, zu Tode betrübt.«

»Marika galt als depressiv. Sie hatte einen Selbstmordversuch hinter sich. Wussten Sie davon?«

Sie legte das Foto, das sie aus Ruths Ordner herausgenommen hatte, auf den Tisch und schob es zu Lambert hinüber.

Er betrachtete das Bild, ohne es in die Hand zu nehmen. »Marika hat mir davon erzählt. Es war, bevor ich in den Westen kam. Sie war noch sehr jung.«

»Wissen Sie, warum Marika sich das Leben nehmen wollte?«

Er schwieg einen Augenblick, als überlegte er, wie viel er preisgeben dürfe. »Der Vater war sehr streng, und sie fühlte sich eingeengt. Im Nachhinein war es wohl der eher kindliche Wunsch, ihrem Vater einen Schrecken einzujagen. Ihn zu bestrafen. Sie hat es nicht wirklich ernst gemeint, aber die Strömung im Rhein gefährlich unterschätzt. Wenn Bernhard nicht zufällig vorbeigekommen wäre …«

»Ihr Mann hat sie gerettet?«

»Ja, Bernhard hat sie aus dem Wasser herausgeholt. Allerdings waren sie damals noch nicht verheiratet.« Der Kaffee wurde gebracht. Lambert nahm einen Schluck, bevor er sagte: »Marika war anders als alle Frauen, die ich damals kannte. Aber da spricht ein Blinder von den Farben. Wen kannte ich schon.«

»Waren Sie so schüchtern als junger Mann?«, fragte Norma mit einem Lächeln.

Lambert blieb ernst. »Nennen wir es einen Mangel an Gelegenheit. Ich wurde wegen versuchter Republikflucht verurteilt und eingesperrt. Vier Jahre lang. Ohne die Wende wären es sechs Jahre mehr geworden.«

Die Lücke im Lebenslauf! Norma ließ eine Prise Zucker in den Milchkaffee rieseln.

Lambert hob resignierend die Schultern. »DDR-Schicksal. Ich bin nur einer von vielen. Wen kümmert das heute? Fragen Sie meinen Stiefsohn Lenny! Er ist 21 und kann sich kaum vorstellen, dass es jemals eine innerdeutsche Grenze gegeben hat. Selbstschussanlagen und das MfS hält er für Science-Fiction.«

Er nahm die Tasse mit der linken Hand auf und nippte daran. Norma versuchte sich vorzustellen, wie das sein mochte, in der DDR eingesperrt und Jahre später in eine westliche Welt entlassen zu werden. Wie viel Mut hatte es erfordert, die Flucht zu versuchen? Und wie viel Kraft, sich dem Scheitern zu stellen? Sie schaute wie Lambert zum Fenster hinaus. Der Regen ließ nach. Zwei Spaziergänger kamen von der Bergstation der Nerobergbahn herüber und klappten nach einem Blick in den Himmel die Schirme zusammen.

Lambert setzte die Tasse ab. »Hat Marika das Kind mitgenommen?«

»Nein, Inga blieb bei Bernhard, oder besser gesagt, bei Ruth Diephoff. Marikas Tochter ist heute eine junge Frau. Ich bin auch in ihrem Namen hier.«

»Weil Sie die Mutter finden sollen.«

»Nicht nur. Ich suche auch nach Ingas Vater.«

Lambert starrte sie über die Brille hinweg an. »Sie glauben doch nicht …« Er lachte bemüht. »Wollen Sie andeuten, ich könnte der Vater sein?«

»Könnten Sie?«

Er winkte ab. »Ich mag eine künstlerische Begabung haben und bin Linkshänder. Trotzdem kann ich rechnen. Das Kind ist nicht von mir.«

»Aber es hätte die theoretische Möglichkeit gegeben?«

»Wohl eher die praktische. Ja, durchaus. Mehrmals sogar. Es gab zwei oder drei Phasen, in denen wir uns oft trafen. Marika gehörte zu diesen vielen Rätseln meines neuen, freien Lebens.«

»Und Bernhard?«

»Ich glaube, er hat sich überhaupt nicht vorstellen können, dass sie ihn betrügen könnte. Und von mir hat er es erst recht nicht erwartet. Ich stand tief in seiner Schuld. Er hat mir geholfen und Arbeit gegeben, obwohl mit mir wenig anzufangen war. Ich fühlte mich völlig aus der Bahn geworfen. Diese Haftzeit … Danach ist man nicht mehr derselbe Mensch.«

Er schwieg eine Weile, und Norma hütete sich, ihn zu drängen. Als er weitersprach, erzählte er von Marika. »Sie war genauso haltlos wie ich. Immer wieder unterbrach sie unsere Beziehung. Auch in der Zeit, als sie schwanger wurde, war ich abgemeldet. Bernhard hat sie auf Händen getragen. Er wollte unbedingt Kinder. Eine Familie war für ihn das höchste Glück. Inga war schon ein Jahr alt, als ich für Marika wieder interessant wurde. Das lief aber nur ein paar Wochen. Als ich nach Tasmanien ging, war die Affäre vorbei.«

»Warum haben Sie Europa verlassen?«

Er wandte sich Norma zu. »Ich könnte behaupten: aus Abenteuerlust. Aber das war nicht der Grund. Ich suchte einfach nur einen Platz auf der Welt, der so weit wie möglich von meiner Heimat entfernt war.«

»Um zu vergessen, was in der DDR geschehen war?«

Ein angedeutetes Lächeln. »Das kann man aus dem Gedächtnis nicht löschen wie ein misslungenes Bild von der Festplatte. Das sitzt zu tief.«

»Trotzdem sind Sie vor einigen Jahren nach Deutschland zurückgekehrt.«

»Ich habe es für Lenny getan. Und weil es für mich keinen Unterschied macht, wo ich lebe. Man kann nicht vor sich selbst davonlaufen.«

»Wären Sie mit einem Vaterschaftstest einverstanden?«

»Halten Sie mich für einen Lügner?«, erwiderte er aufgebracht.

»Tun Sie es für Inga. Bitte, sie hat sich so in diese Idee verrannt. Klarheit würde ihr sehr helfen.«

Ihr Lächeln besänftigte seinen Unmut. »Ich denke darüber nach. Rufen Sie mich in den nächsten Tagen an.«

Er sei noch eine Weile in Wiesbaden, um seinen Film vorzubereiten, sagte er und gab ihr eine Karte mit der Mobilnummer.

Norma nahm die Jacke vom Haken. Auf den Fliesen

darunter hatte sich eine Pfütze gebildet. »Fällt Ihnen ein anderer Kandidat ein?«

Er lächelte überraschend unbeschwert. »Ein Kandidat für den Vaterschaftstest? Möglich, aber ich kann Ihnen niemanden nennen. Mir ist es bis heute ein Rätsel, wie sie Bernhard ihre Abenteuer verheimlichen konnte.«

»Was macht Sie so sicher, dass er es damals nicht wusste?«

»Weil er mir sonst das Leben zur Hölle gemacht hätte.«

»Inzwischen weiß er Bescheid.«

»Tatsächlich? Von mir hat er es jedenfalls nicht erfahren. Mal sehen, wie er heute damit umgeht.«

Lambert verließ den Turm vor Norma. Sie zahlte am Tresen und legte beim Hinausgehen die Jacke über den Arm. Draußen schien die Sonne von einem schwarzblauen Himmel und brachte die schlanken Säulen des Pavillons zum Strahlen. Mit der Sonne waren plötzlich die Menschen da. Zwei Kinder rannten über die Ränge der kleinen Freilichtbühne um die Wette. Das Mädchen gewann, und der Junge, chancenlos gegen die ältere und langbeinige Konkurrentin, brach in zornige Tränen aus, um sich gleich darauf von dem Mädchen trösten zu lassen. Norma hielt vergeblich nach Lutz Ausschau, um ihn, falls es der Zufall so wollte, auf seiner liebsten Laufstrecke anzutreffen. Sie nahm sich vor, ihn am Abend anzurufen. Er hatte die ersten Wanderrouten geschickt. Zuvor musste sie sich um Inga kümmern. Deren Enttäuschung wäre nicht so leicht aus der Welt zu schaffen wie der Kummer des kleinen Wettläufers.

Nachdenklich kehrte sie zum Wagen zurück. Durch das junge Grün der Buchen blinkten die vergoldeten Zwiebeltürme der russischen Kirche. Norma blieb stehen. Was hatte Lambert eben gesagt? Die Familie sei Bernhard

Inkens höchstes Glück gewesen. Auch Ruth hatte versichert, wie sehr Bernhard die kleine Inga geliebt habe. Bis die väterliche Zuneigung mit einem Mal versiegte. Weil er in diesem Augenblick erfahren hatte, dass sie nicht seine Tochter war? Auf welche Weise? Von Marika selbst? Ihre letzten Worte vielleicht?

Der Wind frischte auf. Norma begann zu frösteln. Sie warf sich die Jacke über die Schultern und kehrte zum Wagen zurück.

9

Donnerstag, der 17. April

So launisch sich das Wetter in den vergangenen Tagen gezeigt hatte, am Donnerstagnachmittag schien es eisern entschlossen, den Sommer vorwegzunehmen. Eine strahlende Sonne brachte die Erde zum Dampfen, bis der Nebel in zarten Rauchkegeln zwischen den Baumwurzeln emporstieg. Der Wind strich mit frühlingshafter Frische aus dem Rheintal herauf. Martin nahm eine Hand von der Lenkstange und schloss mit geübtem Griff den Reißverschluss am Hals, ohne an Fahrt zu verlieren. Er war mit dem Wagen gekommen, hatte von Eltville aus das Waldgasthaus ›Die Rausch‹ angesteuert und dort das Rad abgeladen. Nun folgte er der Wegmarkierung, einem blauen Schild mit angedeutetem weißen ›R‹, ohne sicher zu sein, ob das Radfahren auf den schmalen Passagen überhaupt erlaubt war. Im Grunde kümmerte ihn das nicht. Bisher hatte sich kaum ein Wanderer beschwert, und wenn, war er im Nu auf und davon. Gleich das erste Stück führte steil ansteigend durch den Buchenwald hinauf auf eine Kuppe, hinter der sich die Landschaft öffnete und den Blick auf den Weinort Kiedrich mit seinem alles überragenden Kirchturm lenkte. Martin hielt an und trank einen Schluck aus der Wasserflasche, beobachtet von neugierigen Schafen, die ihre voluminösen Fellkörper auf viel zu zierlichen Beinen über die Weide trugen. Falls die Tiere blökten, hörte er es ebenso wenig wie das Zwitschern der Vögel. Über die Kopfhörer versorgte ihn der am Hals baumelnde MP3-Player mit seiner Lieblingsmusik aus den 60ern. Beim Weiterfahren hielt er sich rechts und folgte dem Weg am Waldrand und bald in den Wald hinein, bis er wiederum ins Freie gelangte und sich erneut die Sicht auf die vertraute Landschaft des Rheingaus auftat. Hier gab es als Besonderheit den runden Bergfried der Burgruine Scharfenstein zu entdecken. Wie ein Fingerzeig ragte er zwischen den Weinbergen auf. Martin wechselte auf einen befestigten Weg, der ihn noch rascher vorankommen ließ. Mit kraftvollem Tritt hielt er auf den Turm zu, vorbei am ›Weinberg der Ehe‹, auf dem die Gemeinde Kiedrich seit Jahrzehnten für jedes getraute Brautpaar einen Weinstock pflanzte und der Martin auf die Frage brachte, wie viele der Verbindungen wohl noch bestehen mochten.

Energisch trieb er das Rad die Steigung hinauf. Nach dem Auf und Ab entlang des Wanderpfads freute er sich darauf, das Rad laufen zu lassen. Man konnte ihm vieles nachsagen, aber nicht, dass er trödelte. Vor allem nicht, als es nun bergab ging! Mit ›What goes up must come down‹ von ›Blood, Sweat and Tears‹ im Ohr lehnte er sich gegen den Fahrtwind und genoss den Luftzug auf der Stirn. Einen Helm trug er nicht, nur eine Brille, weil seine Augen leicht tränten. Helle Vogelschreie übertönten die Musik und lenkten seine Aufmerksamkeit auf den Bergfried. Ein Dohlenpaar umkreiste die Turmspitze. Als Martin den Blick senkte, bemerkte er etwas Längliches in der prallen Sonne, es lag quer auf dem aufgeheizten Asphalt. Ein Stück Plastik, ein olivgrüner Gartenschlauch. Martin beugte sich vor, beschleunigte nochmals und peilte die Mitte des Schlauchs an: ein willkommenes kleines Hindernis. Als er fast dran war, fiel ihm ein verdicktes Ende des Schlauchs auf. Seltsam. Einen Pedaltritt später wurde der Schlauch lebendig. Eine Schlange! Sie richtete sich im vorderen Drittel auf, hob vom Boden ab und flüchtete mit explosiven Wellenschlägen. Martin erwischte das letzte Stück. Es gab einen Rumpler, und beinahe wäre er kopfüber im Efeu gelandet, das die Grundmauern der Ruine überwucherte. Mit einem halsbrecherischen Schlenker gewann er das Gleichgewicht zurück und sprang vom Rad. Vorsichtig näherte er sich der Schlange. Sie erschien ihm riesig. Lautlos drehte sie den hellen Bauch gegen die Sonne und riss das Maul auf. Martin beobachtete das Tier aus sicherem Abstand und schaute, hin und her gerissen zwischen Ekel und Faszination, seinem Todeskampf zu. Die Schlange wand sich auf der Stelle und versuchte vergeblich, das schützende Dickicht zu erreichen. Der Reifen hatte ihr das Rückgrat gebrochen. Martin erkannte den Abdruck des Profils auf dem zerquetschten Körperteil. Allmählich wurden die Bewegungen schwächer. Zwischen zwei Weinstöcken fand er einen abgebrochenen Ast und schob das Ende mitten unter das Tier. Die Schlange zitterte und krümmte sich, leistete aber keinen Widerstand, als er sie in die Luft hob. Sie öffnete das Maul, hatte aber nicht mehr die Kraft, den Kopf zu heben. Anderthalb Meter, schätzte er und betrachtete die fremdartigen Augen. Über dem Ast baumelnd, starb sie. Angewidert schleuderte er das Tier an den Wegrand, wo es reglos liegen blieb. Eine Äskulapnatter, nahm er an. Ungiftig. Kann eine Länge von knapp zwei Metern erreichen, erinnerte er sich. Inga redete von kaum etwas anderem, und der Rheinsteig wurde begleitet von allerlei Informationsschildern über diese Schlangenart, die im Rheingau und einigen Regionen des angrenzenden Untertaunus überlebt hatte. Diese war allerdings das erste Exemplar, das Martin zu Gesicht bekam.

Hoffentlich hatte das Rad keinen Schaden genommen! Er untersuchte gründlich Gestell und Reifen, konnte aber nichts feststellen. Als er weiterfahren wollte, fiel ihm ein, er könnte einige Aufnahmen von dem Tier machen. Mit dem Stock beförderte er die Schlange zurück auf den Asphalt und holte die Kamera aus der Satteltasche. Vielleicht sollte er die Tierleiche besser verstecken, um nicht die Naturschützer aufzuscheuchen. Inga wäre fix und fertig über den Tod eines ihrer Lieblinge. Er hatte nie verstanden, was sie an den Reptilien begeisterte. Das Mädchen war eine fanatische Schlangenschützerin und hatte in Ruths Garten sogar Nester für die Nattern angelegt. Martin störte sich nicht an Schlangen, solange sie ungiftig und harmlos waren, fand das Aufheben darum aber übertrieben. Die Welt wurde durch ein paar betüddelte Schlangen nicht besser. Wenn es keinen Platz mehr für sie gab, starben sie eben aus. Wie Tausende Tierarten zuvor. Das war der Lauf der Welt.

Er sah sich nach allen Seiten um, konnte aber niemanden entdecken, keinen Wanderer, keinen Winzer und erst recht keinen Naturschützer. Umständlich klemmte er das Unfallopfer zwischen zwei Stöcke und ließ es in eine Mauernische rutschen. Anschließend kratzte er mit dem Stockende trockenes Laub und Erde darüber. Er vergewisserte sich noch einmal, dass ihn niemand beobachtet hatte, und schob das Rad auf den Platz hinter dem Turm, den früheren Burghof, wie er vermutete. Der lauschige Fleck war ringsum von Sträuchern umgeben, und auf der freien Fläche wuchsen zwei krumme Eichen. Die Stirnseite hatte man frei gehalten und einen Aussichtspunkt eingerichtet, von dem aus der Betrachter unmittelbar auf das Städtchen Kiedrich hinabblickte. Martin lehnte das Rad gegen die Mauer, nippte an der Wasserflasche und beendete die Pause, als sich ein lautstarker Trupp Spaziergänger näherte. Der weitere Weg führte ihn in den Ort hinunter, von dort bis zum Rhein und über Eltville zurück. Bei der ›Rausch‹ genehmigte er sich auf der Terrasse das ersehnte Bier, klemmte das Rad auf den Gepäckträger und fuhr mit dem Wagen zurück nach Wiesbaden.

Auf der Autobahn war er mit seinen Gedanken bei den Fotos, die er sich beim Bier direkt auf der Kamera angesehen hatte. Er zögerte, sie Inga vorzuführen – trotz des zweifellos dokumentarischen Werts. Womöglich würde sie ihm nicht glauben, dass die Schlange bereits tot war, als er das Tier entdeckte. Gut gelaunt stellte er das Radio lauter und summte die Melodie mit. Ein uralter Song von ›Pink Floyd‹. Er genoss das Gefühl, sich verausgabt zu haben. Er wollte in der Agentur duschen, sich umziehen und anschließend in aller Ruhe die Korrekturen von Bert van der Vals Manuskript durchsehen. Unvermittelt kam ihm in den Sinn, dass Sandra irgendetwas für den Abend geplant hatte. Er war im Bad, als sie am Morgen an die Tür klopfte, um ihn daran zu erinnern, und er gab seine Zustimmung von sich, ohne hingehört zu haben. Ihm wurde klar, dass er sie anrufen musste.

Donnerstags arbeitete sie nur bis mittags. Anschließend kaufte sie für das Wochenende ein und traf sich danach mit ihrer Freundin Ella im ›Maldaner‹. Sie schätzte Wiesbadens ältestes Café und dessen üppige Torten, eine Vorliebe, die man ihr zum Glück nicht ansah. Sandra war in einem Handwerksbetrieb in Sonnenberg angestellt, sie erledigte die Büroarbeiten. Gleich nach der Wende hatte sie dort angefangen und war geblieben. Es schien ihr zu gefallen, vermutete Martin. Zu Hause sprach sie kaum über ihre Arbeit und hasste es, wenn er Manuskripte und Drehbücher mitbrachte. Seit Nicolas in Irland arbeitete und die Eltern selten besuchen konnte, entwickelte sie einen lästigen Tatendrang. Sie ließ kein Stadtfest aus, weder das Theatrium auf der ›Rue‹ noch die Rheingauer Weinwoche auf dem Schlossplatz. Nicht die ödeste Ausstellung war vor ihr sicher, und am liebsten hätte sie sämtliche Aufführungen des Wiesbadener Staatstheaters und der Bühnen in Mainz und Frankfurt verfolgt.

Der Gedanke an das Theater ließ in seinem Gedächtnis etwas anklingen. Irgendeine Premiere heute Abend? Wie auch immer, musste er sich eingestehen, ich lasse mich mitschleppen wie ein Pudel an der Leine. Zu selten begehrte er auf, blieb zu Hause und malte sich bei einem Glas Wein aus, wie sie einen anderen Mann kennenlernte. In der Jawlensky-Ausstellung oder auf der Kunst- und Antiquitätenmesse. Oder sie fing endlich ein Verhältnis mit ihrem Installateurmeister an. Er würde sie ohne Bedauern ziehen lassen. Fast drei Jahrzehnte Eheleben waren mehr als genug.

Er war 20, Sandra eben 19 geworden, als sie heirateten, blutjung wie so viele Paare in der DDR. Nur ein halbes Jahr nach der Hochzeit kam Nicolas auf die Welt. Sandra war Martin so oft in die Quere gekommen und merkte es nicht einmal. Ihretwegen hatte er die erste Flucht verpasst. Bernhard hatte alles organisiert; der listige Fuchs, der er mit 22 bereits war. Sie wollten einen Urlaub am Schwarzen Meer nutzen und von dort nach Griechenland fliehen. Am verabredeten Ort wartete Bernhard vergeblich auf seinen Freund, der es nicht schaffte, sich von Frau und Kind loszueisen. Sandra hatte in ihrer Arglosigkeit alles vermasselt. Sie wusste bis heute nicht, wie haarscharf sie schon damals an der Trennung vorbeigeschliddert war. Drei Jahre später gelang Martin tatsächlich die Flucht – wiederum dank Bernhard – und Sandra blieb in der trügerischen Hoffnung zurück, er würde sie und Nicolas nachkommen lassen. Martin dachte nicht daran. Er richtete sich darauf ein, die Familie niemals wiederzusehen. Manchmal vermisste er den Kleinen, der darunter leiden musste, als Sohn eines Republikflüchtigen zu gelten. Solche Kinder hatten es nicht leicht in der Schule. Dennoch war Martin das neue Leben jeden Preis wert. Wenn man Wiesbaden auch nicht mit Hollywood vergleichen konnte, so gelang ihm und Bernhard trotz allem, wovon sie als Schüler geträumt hatten. Sie verhalfen Filmen auf den Weg ins Licht.

Nur ein Fantast hatte damit rechnen können, dass die Mauer fallen würde. Eines Tages stand Sandra mit dem Kind an der Hand vor der Tür. Wild entschlossen, die verlorenen Ehejahre aufzuholen. In ihrem Kopf schien es keinen Raum zu geben für die Vorstellung, er könnte sie nicht mehr lieben, und daran hatte sich bis heute nichts geändert. Manchmal hasste er sie wegen ihrer Gutgläubigkeit. Zugleich verachtete er sich selbst für seine Lügen. Sein Leben lang war er den Weg des geringsten Widerstands gegangen. Hatte es allen immer recht machen wollen. Jetzt, so spürte er jeden Tag deutlicher, war er an einen Wendepunkt gelangt. Warum, das wusste er nicht. Vielleicht, lautete einer seiner Erklärungsversuche, kam jeder Mensch mit einem bestimmten Quantum an Geduld auf die Welt, und sein eigener Vorrat war erschöpft. Seltsamerweise machte ihn diese Erkenntnis nicht mutlos. Stattdessen spürte er eine verlockende Aufbruchstimmung, wie damals, als er in den Westen kam. In dieses atemlose Leben, das alles vergessen ließ, was vorher war.

Martins aufkeimender Kampfgeist verschonte selbst Bernhards Lieblingsautoren nicht. Bernhard hatte keinen Schimmer, wie kompromisslos van der Val von Martins Änderungswünschen bombardiert wurde. Zu Recht, selbstverständlich. Bernhards Favorit war es gelungen, Martins durchaus hoch angesetzten Erwartungen an Kitsch und Fantasielosigkeit zu übertreffen. Seine Laune stürzte ins Bodenlose, wenn er allein an die Dialoge dachte. Kein Mensch, ob blaublütig oder nicht, konnte so gestelzt zur Konversation schreiten wie die Schönen und Reichen in van der Vals Traumwelt; sogar für dieses Genre ein Schmalzfass zu viel. Bernhard ließen die Belanglosigkeiten unberührt. Er setzte in Gedanken schon einen Haken hinter die Provision. Seit Tagen stand er in Verhandlungen mit den Redakteuren eines Privatsenders, der dafür berüchtigt war, den Level auf Froschperspektive zu halten. Bei diesem Vergleich fiel ihm die Schlange ein. Dieses widerliche Sich-Winden. Es war abstoßend, und trotzdem hatte er den Blick nicht von dem sterbenden Tier lassen können. Unverhofft stand ihm ein anderes Bild vor Augen, ein anderer Tod. Wie ein Blitz im Gehirn. Das war ihm seit Jahren nicht mehr passiert.

Er trat auf die Bremse und riss das Lenkrad herum. Das Heck brach aus, der Wagen ließ sich einfangen und rollte unversehrt auf dem Standstreifen aus. Ein Lastwagen donnerte mit wildem Hupen vorüber. Martin wischte sich den Schweiß von der Stirn. Sein Herz schlug wie bei einer Bergtour.

Langsam fuhr er zum nächsten Parkplatz und rief zu Hause an.

Sandra ließ sich Zeit und war außer Atem. »Ich bin eben hereingekommen. War noch mit Ella zusammen. Sie hat sich ein neues Kleid gegönnt. Es ist schließlich Premiere.«

Also doch! Und dazu musste er auch noch Ella und ihren zugeknöpften Lebensgefährten erdulden.

»Ach, Schatz ...«

Sandra fiel ihm ins Wort. »Ich habe die Karten vor Wochen gekauft. Du weißt, wie kompliziert das mit Jörgs Arbeitszeiten ist.«

Der große Schweiger arbeitete im Schichtdienst auf dem Frankfurter Flughafen. Obwohl er bei jedem Treffen stumm wie ein Fisch vor sich hin glotzte und sich ein Bier nach dem anderen reinkippte, hatten sich alle Verabredungen nach ihm zu richten. »Ich muss ins Büro. Kannst du nicht allein gehen, Schatz?«

Er holte zu einer längeren Rechtfertigung aus, aber Sandra hörte gar nicht zu.

»Du hast sie wohl nicht alle! Willst du unsere Freunde vor den Kopf stoßen?«

»Ich wusste nicht, dass man mit Leuten befreundet sein kann, die nie ein Wort mit einem wechseln. Ich weiß ja nicht mal, was Jörg auf dem Flughafen so treibt. Ich will es gar nicht wissen.«

Er drückte das Gespräch weg und schaltete das Handy aus.

Das Domizil der Agentur lag an Wiesbadens nördlichem Stadtrand, der bis an die bewaldeten Hänge des Untertaunus heranreichte. Die Adresse ›Unter den Eichen‹ hatte sich im Lauf der Jahre zu einem Zentrum für Medienfirmen aller Art entwickelt. Bernhards Jeep stand auf dem reservierten Platz, alle anderen Firmenparkplätze waren frei, wie nach 17 Uhr zu erwarten war. Inga war sicherlich auch schon gegangen. Martin nahm seine Tasche mit der Kleidung zum Wechseln und schritt dem Gebäude entgegen. Die Radlerschuhe hatte er für die Autofahrt gegen Sandalen getauscht.

Bernhard stand am Schreibtisch und schmeichelte Beschwörungen ins Telefon. Dabei behielt er den Eingang durch die offene Bürotür im Blick. Die strategisch günstige Lage kam ihm oft genug zugute. Mit einem herrischen Winken befahl er Martin heran und bedeutete ihm zu warten, um sich dann demonstrativ abzuwenden und in das Telefon hineinzulauschen, unterbrochen von Beschwichtigungen. Martin lehnte sich gegen den Schreibtisch und betrachtete seine Radlerwaden. Das Trikot war getrocknet, und der Schweißgeruch umhüllte ihn mit einer eigentümlichen Note, die dazu ansetzte, sich konzentrisch im Raum auszubreiten.

Er gab Bernhard ein Zeichen und flüsterte: »Ich gehe duschen!«

Bernhard umfasste das Telefon und hieb mit dem Zeigefinger der freien Hand ein symbolisches Loch in den Teppichboden. »Nichts da! Du bleibst!«

Mit finsterer Miene wich er Martins Blick aus, unablässig bemüht, seinen Gesprächspartner zu besänftigen. »Danke für Ihr Entgegenkommen. Selbstverständlich hat das Konsequenzen. Ich melde mich wieder. Bis dann.«

Sein Ton wandelte sich schlagartig, als er das Telefon auf den Schreibtisch packte, sich zu Martin umdrehte und brüllte: »Van der Val will mir den Vertrag kündigen! Weil er deine Oberlehrermanier nicht erträgt.«

Martin wich einige Schritte zurück. »Der soll sich nicht so anstellen.«

»Du hast ihn einen dekadenten Schmierfinken genannt!«

Martin machte einen entschlossenen Schritt nach vorn. »Ist der Schmierfink auch eine Petze?«

Bernhards schwere Wangen färbten sich dunkelrot. »Nicht nötig! Ich habe deine Mails gelesen.«

Martin erstarrte. »Du warst an meinem Computer?«

Bernhards Gesichtsfarbe regulierte sich bis auf zwei tiefrote Flecken auf Höhe der Nase. Er wirkte abgekämpft. »Dein Passwort ist immer noch ›Superbiker‹. Super originell!«

»Das werde ich sofort ändern.«

»Spare dir den Aufwand. Du bist gefeuert!«

Martin versuchte ein spöttisches Lachen, das als Krächzen versiegte.

»Bemerkenswert, dass du es mit Humor nimmst«, stellte Bernhard mit eiskalter Ruhe fest. »Meine Warnschüsse hast du wohl auch für einen Scherz gehalten? Dir bleiben zehn Minuten. Dann hast du dein Büro geräumt.«

Der nimmt mich auf den Arm, dachte Martin. Das kann er nicht ernst meinen. »Hör zu, ich biege das mit van der Val gerade. Lass mich mit ihm reden und …«

Bernhard sah auf die Uhr. »Neuneinhalb Minuten! Die Zeit läuft. Das Finanzielle regelt mein Anwalt. Raus!«

Verdattert schlich Martin über den Flur. Gott sei Dank war um diese Zeit niemand mehr im Haus. Das Blut schoss ihm ins Gesicht. Was ging in Bernhard vor? Seinen besten Freund so zu demütigen. Im Büro leerte Martin den Papierkorb auf dem Teppichboden aus und räumte den Kleinkram vom Schreibtisch und den Inhalt der Schubladen hinein. Der Computer!, fiel ihm ein. Die Dateien! Die Adressenlisten und Exposés wollte er Bernhard nicht ohne Weiteres überlassen. Und keinesfalls seine privaten Daten. Er startete den Rechner und wartete ungeduldig, bis er einen USB-Stick anschließen und eine Datenübertragung anstoßen konnte. Das würde eine Weile dauern. Für die Ordner müsste er sich Kartons aus dem Archiv holen, überlegte er nüchtern, und nahm den fröhlichen kleinen Buddha von der Fensterbank. Die Figur war aus irgendeinem Stein gefertigt, blank poliert und lag ihm gewichtig im Arm.

Bernhard stieß die Tür auf. »Vier Minuten. Halte dich ran!«

Martin war, als erwachte er aus einem Albtraum. Mit dem Buddha im Arm betrachtete er den Papierkorb auf der Schreibtischplatte, schaute auf das Chaos ringsherum und auf Bernhard, der auf den Schreibtisch zu marschierte.

Er hatte den USB-Stick entdeckt. »Du bist dir für nichts zu schade, du Dieb!«

Bernhard bewies Nerven und wartete ab, bis die Aktion beendet war, bevor er den Datenträger aus dem Rechner zog und in die Hosentasche steckte.

Mit einem Mal erkannte Martin in beunruhigender Klarheit, dass die nächsten Minuten über sein Schicksal entscheiden würden. In dieser Sekunde beschloss er, sein Leben zu ändern. Er wollte sich nicht länger treiben lassen wie ein Stück Holz. Zu allem bereit, umfasste er den Buddha mit beiden Händen und schleuderte ihn gegen Bernhards Kopf. Bernhard stieß ein verwundertes Grunzen aus und sackte in sich zusammen wie ein Boxer im K.o. Der Buddha polterte auf den Fußboden, nahe bei Bernhard, der auf dem Rücken liegen blieb, einen Arm in den Papierberg gestreckt, den anderen dicht an der Seite, als ruhte er sich ein wenig aus. Nur die blutende Stirn beeinträchtigte das friedliche Bild. Rings um die Wunde verfärbte sich die Haut violett. Martin stellte fest, dass er den Niedergeschlagenen mit demselben kühlen Interesse betrachtete wie die verendende Schlange. Allerdings drehte Bernhard sich nicht um die eigene Achse. Er rührte sich kein bisschen. Lag da wie tot.

Martin schlich auf Zehenspitzen zur Tür und spähte auf den Flur hinaus. Alles lag in abendlicher Ruhe. Kein Laut war zu hören. Wann, um Himmels willen, rückte der Putztrupp an? Er war so oft bis in den Abend im Büro, hatte aber niemals auf die Zeit geachtet. Das Blut sammelte sich um Bernhards Kopf herum und versickerte im grauen Teppichbelag. Wie soll ich den Fleck jemals wegkriegen?, dachte Martin in Panik und sah sich in Gedanken mit einem Schrubber auf dem Boden knien. Vorher müsste er die Leiche beseitigen. Wie bloß? Die Fingerabdrücke fielen ihm ein, und er bückte sich hastig zum Buddha hinunter.

Bernhard stöhnte. Schwankend zwischen Erleichterung und Enttäuschung, hob Martin den Buddha in die Höhe und zielte auf Bernhards Stirn.

10

Den Donnerstagvormittag verbrachte Norma mit Aufräumen und Putzen. Hausarbeiten schob sie tagelang vor sich her, obwohl die Räume dank der übersichtlichen Abmessungen in dieser Hinsicht wenig Aufwand erforderten. In der Taunusstraße hatte Arthur eine Hilfe beschäftigt, die sich auch um die Pflanzen und die Post kümmerte, wenn Norma und Arthur auf Reisen waren. Norma bezahlte die Frau weiterhin dafür, zwei Mal im Monat nach dem Rechten zu sehen und die Möbel und Teppiche vom Staub freizuhalten. Noch hatte sie keine Vorstellung davon, wie es mit der Wohnung weitergehen sollte. In der Unzufriedenheit über die mangelnde Entscheidungskraft entwickelte sie einen unverhofften Ehrgeiz, der an diesem sonnigen Morgen nicht einmal die Dachfenster und das Innere der Küchenschränke ungeschoren ließ. Zum Schluss nahm sie sich das Büro vor. Der Kater sträubte die Rückenhaare zur Bürste und floh hinauf aufs Regal, als sie den Staubsauger in Gang setzte und das Sitzkissen von den Katzenhaaren befreite. Während sie die Fliesen wischte, wartete sie auf einen Anruf von Inga. Sie hatte das Mädchen in der Agentur nicht erreicht und unter der Handynummer um Rückruf gebeten.

Norma saß wieder am Schreibtisch, vertieft in den Ordner zum Fall Marika, als sich Inga zur Mittagszeit endlich meldete. Sie habe sich den halben Tag freigenommen, um nach den Schlangen zu sehen, und das Telefon zu Hause vergessen, entschuldigte sie sich und fragte aufgeregt: »Hast du Lambert in Berlin angetroffen?«

»Nicht in Berlin. Hier in Wiesbaden«, antwortete Norma und fasste das Gespräch in wenigen Sätzen zusammen. »Er streitet ab, dein Vater zu sein.«

Es dauerte einen Moment, bis Inga antwortete. »Behaupten kann er viel! Was ist mit einem Vaterschaftstest?«

»Er will darüber nachdenken.«

»Wenn er sich angeblich so sicher ist, warum zögert er überhaupt?«

»Inga, ich verstehe deine Enttäuschung. Versetze dich in Lamberts Situation. Bis gestern wusste er nicht einmal, dass deine Mutter vermisst wird. Lass ihm Zeit.« Sie schlug vor, sich am nächsten Morgen zu treffen und in Ruhe über alles zu reden. »Ich komme gern zu euch raus. Ich möchte sowieso mit Ruth sprechen. Sie weiß noch gar nichts von Lambert.«

»Ich erzähle ihr nichts von ihm. Das überlasse ich dir«, antwortete Inga mit kleinmütiger Stimme.

Norma fragte nach Martin Reber. »Ich möchte ihn etwas fragen. Ist er heute Nachmittag in der Agentur?«

»Bestimmt nicht. Er wollte eine Radtour machen.«

»Weißt du vielleicht, ob er heute Abend zu Hause ist?«

Ein kurzes Nachdenken. »Nee, Martin muss in die Oper.«

Norma lächelte. »Er *muss*?«

Inga schniefte. »Du kennst seine Frau nicht.«

Kurz darauf war Norma auf dem Weg in die Innenstadt. Sie fand in der Sonnenberger Straße einen legalen Parkplatz und freute sich über ihr Glück. Den Schirm konnte sie unbesorgt im Wagen lassen. Das Wetter hatte sich wieder gefangen. In der Mittagssonne spazierte sie durch den

Kurpark. Das lautstarke Schwatzen der Halsbandsitti-che hoch oben in den Buchen begleitete sie auf dem Weg zum Kurhaus, und ein Paar der langschwänzigen Vögel flatterte aufgeregt kreischend über die Fontäne im Teich, ohne damit die geringste Aufmerksamkeit der Enten und Gänse am Ufer und im Wasser zu wecken. Auf mehrere Hundert Tiere hatte sich die Population der großen gras-grünen Papageienvögel, die Nachkommen gewitzter Aus-reißer, im Lauf der Jahrzehnte entwickelt. Man fand die Sittiche in allen Wiesbadener Grünanlagen und entlang des Rheins. Sogar auf die andere Rheinseite, bis in den Main-zer Volkspark, hatten es die pfiffigen Exoten geschafft, war Norma zu Ohren gekommen, die jeglichem Abenteuer-geist Respekt zollte.

Der Kies knirschte unter ihren Sohlen, als sie sich der rückwärtigen Fassade des Kurhauses näherte. Norma durchquerte die Wandelhalle und betrachtete dabei das geometrische Formenspiel des Marmorbodens. Durch den Haupteingang gelangte sie wieder hinaus ins Freie. ›Bow-ling Green‹ nannten die Wiesbadener den Rasenplatz vor dem Kurhaus; ein Name, der sie stets ein wenig amüsierte. Der Platz war geometrisch angelegt. Die Stirnseite führte auf das Kurhaus zu. Eine lange Seite wurde von den Kolon-naden mit der Spielbank begrenzt, die andere von einem Säulengang vor dem Staatstheater flankiert. Gestutzte Pla-tanenalleen begleiteten die Seitenlinien. Norma stieg die Stufen zum Theater hinauf. Eine melancholische Melodie wehte ihr entgegen. An eine Säule gelehnt, spielte ein jun-ger Mann auf der Geige und schaute entrückt auf einen der Kaskadenbrunnen, mit denen sich die beiden Was-serbecken auf der Mittelachse des Platzes schmückten. Im Vorbeigehen las sie das Pappschild mit der Aufschrift

›Russischer Künstler braucht deine Hilfe‹ und ließ etwas Kleingeld in den Geigenkasten fallen. Der Musiker strich weiterhin gedankenverloren über die Saiten.

Vor der Theaterkasse hatte sich eine Schlange gebildet. Norma reihte sich zweifelnd ein, und tatsächlich hieß es: ›ausverkauft‹, als sie endlich an der Reihe war.

Die Frau hinter der Glasscheibe sah sie kopfschüttelnd an, als hätte Norma ebenso gut nach einem Engagement als Operndiva fragen können. »Sie wollen heute Abend in die ›Zauberflöte‹? In die Premierenvorstellung?«

»Und da ist gar nichts zu machen?«

Man merkte der Kartenverkäuferin an, wie gern sie helfen wollte. »Sie könnten es kurz vor der Vorstellung wieder versuchen. Manchmal werden Karten nicht abgeholt. Aber versprechen kann ich nichts!«

»Danke für den Tipp!«

Als Norma sich zum Gehen wandte, trat eine Frau aus der Reihe heraus. »Warten Sie! Ich wollte eine Karte zurückgeben. Meine Tochter hat die Grippe. ›Die Zauberflöte‹. Heute Abend. Erster Rang links. Wollen Sie?«

»Sehr gern!«

Norma gab der Frau das Geld und wünschte gute Besserung für die Tochter.

Am Abend wollte es mit dem Parkplatz nicht so leicht klappen. Alle kostenlosen Möglichkeiten waren besetzt. Schließlich fuhr Norma in die Tiefgarage unter dem ›Bowling Green‹ und zupfte nach dem Aussteigen das dunkelblaue Leinenkleid zurecht, das aus den Zeiten mit Arthur stammte und an der Taille hochrutschte. Nun wusste sie wieder, warum sie das Kleid so selten trug. In der Eingangshalle herrschte reger Betrieb. Sie hätte sich gern nach Martin Reber umgeschaut, aber sie war spät dran und stieg sofort die Treppe zur ersten Etage hinauf. Im Gehen tippte ihr jemand auf die Schulter. Norma fuhr herum – und blickte in das gepflegte schmale Gesicht eines älteren Herrn.

Lutz strahlte sie an. »Norma! Was für eine Überraschung. Gut siehst du aus. Das Blau unterstreicht deine Augen.«

Sie hielt ihre Hände im Zaum, die sich eigenmächtig am Stoff zu schaffen machen wollten. »Schmeichler!«

»Du hast gar nicht erzählt, dass du auch zur Premiere kommst.«

»Es war ein spontaner Entschluss!«

Er neigte betrübt den Kopf. »Ich befürchte, du folgst sowieso einer dienstlichen Mission. Und nicht den Reizen der Kunst.«

»Das eine schließt das andere nicht aus.«

Höflich erkundigte sie sich nach seiner Begleiterin. Undine Abendstern, die bekannte Galeristin, galt als engagierte Förderin der modernen Malerei, pflegte ihre Freundschaften zudem in allen Bereichen der Kunst und ließ selten eine Premierenvorstellung aus.

Lutz' Miene verfinsterte sich. »Undine hütet ihre Gewitterstimmung. Sie sitzt schon auf ihrem Platz. Ich werde erst mit dem letzten Gong hineingehen. Damit gebe ich ihr keine Gelegenheit mehr zum Diskutieren.«

»Himmel, was wirft sie dir dieses Mal vor?«

Er setzte ein harmloses Gesicht auf und hob ratlos die Schultern. »Ich bin völlig schuldlos. In der Galerie ist eine Wasserleitung geplatzt und hat den Fußboden überschwemmt. Und das kurz vor einer Ausstellung!«

»Komm bloß nicht auf die Idee, Undine zu heiraten«, warnte Norma. »Diese Frau ist dein Unglück.«

»Undine ist seit Langem verheiratet. Mit ihrer Galerie«, antwortete Lutz mit einem verschmitzten Lächeln. »Sehen wir uns in der Pause?«

»Besser nicht. Wie schnell wird aus einem Gewitter ein Orkan! Undine kann mich nicht ausstehen.«

Sie gab ihm einen Kuss auf die Wange und wünschte ihm einen angenehmen Abend. Die Frau, der sie die Karte zu verdanken hatte, grüßte freundlich, als Norma neben ihr Platz nahm. Die Sitze lagen unmittelbar hinter der Brüstung. Gespanntes Raunen erfüllte die Ränge und mischte sich in die ungeordneten Klänge aus dem Orchestergraben. Die verheißungsvollen Vorboten einer Opernaufführung. Norma freute sich auf die Vorstellung und war Martin Reber dankbar, dass er sie – unwissentlich – hergeführt hatte. Sie sah sich um und entdeckte Lutz auf dem mittleren Rang. Neben ihm thronte Undine, wie immer wunderschön, als hätte sie das Geheimnis der ewigen Jugend entschlüsselt, und schaute ungnädig geradeaus. Lutz hatte Norma entdeckt und winkte verstohlen herüber. Wie so oft fragte sich Norma, warum sich ein so gescheiter Mann wie Lutz von einem Wesen wie Undine gängeln ließ. Schönheit war schließlich nicht alles. Dem Mann in der Reihe dahinter galt ihr Besuch: Martin Reber, begleitet von einer Dame in Blond, mit der er gemeinsam das Programmheft studierte, bis das Gemurmel verstummte. Die Vorstellung begann. Norma genoss die Aufführung rundum und verstand nicht, warum sie so lange darauf verzichtet hatte.

In der Pause ging sie, beschwingt von Mozarts Melodien, hinunter in das Foyer, eine prunkvolle Rundhalle im Rokokostil, umschlossen von drei aufeinandergetürmten Arkadengängen. Goldgelbe Vorhänge umrahmten die Bögen. Vergoldeter Stuck beherrschte Decke und Wände.

Betrachtete man den Opernbesuch als Hauptgang, bildete das Zuckerguss-Foyer das süße Dessert. Ein optisches Vergnügen, solange dieser Genuss ein seltener blieb, meinte Norma. Zwei geschwungene Treppen führten auf die mittlere Galerie. Unten herrschte reges Gedränge. Kaum ein Gast, der kein Sektglas in der Hand hielt. Die Besucher standen in Gruppen beieinander, eine größere Ansammlung scharte sich um Undine und Lutz. Norma sah sich nach Martin Reber um. Nach dem zweiten Rundgang stieg sie die Treppe hinauf und wollte sich von oben einen Überblick verschaffen, als sie ihn entdeckte. Reber stand auf der Galerie, den Arm um seine blonde Begleiterin geschlungen, und unterhielt sich mit einer rundlichen Frau. Der Mann an deren Seite starrte sauertöpfisch auf den Boden.

Kaum hatte Reber Norma entdeckt, winkte er sie heran. »Die Frau Privatdetektivin! Auch eine Freundin der Musik?« Er ließ die Frau los. »Sandra, ich habe dir erzählt, dass Ruth wieder einmal nach Marika suchen lässt. Das ist Norma Tann. Meine Frau Sandra.«

Sandra nickte wohlwollend. Sie hatte sich etwas Mädchenhaftes bewahren können, und ihr Make-up betonte dies auf dezente Weise. Das fremde Paar wurde von Reber als ›Ella und Jörg‹ und mit dem Zusatz ›gute alte Freunde‹ vorgestellt. Der Mann hob den Blick, musterte Norma stumm und interessierte sich gleich darauf für die Verzierungen der Wände, während sich die anderen über die Inszenierung unterhielten. Reber führte das Wort. Er wirkte nervös und aufgekratzt, als hätte er getrunken, und prahlte mit seinem Wissen über Mozart.

Sandra Reber fiel ihrem Mann ins Wort. »Erzähle lieber, dass du jetzt endlich Partner in der Agentur geworden bist.«

Martin lächelte mit plötzlicher Verlegenheit. »Ein paar Tage wird es noch dauern. Am Montag gehe ich mit Bernhard zum Notar.«

In Sandras Lächeln lag ein unübersehbarer Triumph. »Die Agentur wäre nichts ohne Martin. Bernhard hat keinen Sinn für Ästhetik.«

Norma bemerkte die leicht sächsische Färbung in Sandras Aussprache.

»Warum gerade jetzt?«, fragte sie. »Gibt es dafür einen besonderen Anlass?«

»Martin hat viel zu lange darauf warten müssen«, gab Sandra zur Antwort.

»Darauf gebe ich einen aus!«, verkündete Reber großspurig. »Sekt für alle?«

Er blickte auffordernd in die Runde. Das Paar und Sandra nickten zustimmend.

»Und Sie?«, wandte er sich an Norma.

»Ja, gern. Ich helfe Ihnen beim Tragen.«

Sandra hielt sie zurück. »Lassen Sie nur! Martin schafft das schon. Sagen Sie, ist Ihr Leben so spannend wie das der Detektive im Fernsehen?«

Norma murmelte eine Antwort und blickte Reber nach, den sie gern unter vier Augen befragt hätte. Doch die Gelegenheit war sowieso nicht günstig. Martin wurde aufgehalten. Auch Sandra bemerkte den Mann, der im Gegensatz zu den festlich gekleideten Besuchern Jeans und ein schlichtes Hemd trug.

In der Überraschung verschaffte sich das Sächsische freie Bahn: »Das ist Kai! Ein alter Freund aus Dresden. Was hat er vor? Martin!«

Lambert hatte Reber am Kragen gepackt und drückte ihn rücklings gegen die Brüstung.

»Martin!«, brüllte Sandra, ohne sich von der Stelle zu rühren.

Norma eilte zur Treppe. Auf der Galerie und der unteren Ebene entstand Unruhe. Eine Frau schrie auf. Das Stimmengewirr verstummte abrupt. Die Menschen blickten nach oben und brachten sich in Sicherheit. Reber rang kreidebleich nach Luft und ruderte hilflos mit den Armen, ohne sich gegen Lambert zu wehren, der ihn mit einer Hand an der Kehle und mit der anderen an der Schulter gepackt hielt und gefährlich weit über das Geländer drückte.

Norma blieb stehen und gab zwei Männern, die die Stufen heraufstürmten, ein Zeichen, sich zurückzuhalten. Sie redete beschwichtigend auf Lambert ein. Reber zappelte mit den Armen und keuchte.

»Der Kerl ist irre!« Plötzlich stand Sandra hinter ihr und schrie ihr ins Ohr. »Lass ihn los, Kai!«

Lambert schaute zur Seite, ohne sein Opfer freizugeben. Sein Gesicht war vor Anstrengung gerötet. »Dein Mann ist ein Spitzel, Sandra! Ein mieser Verräter!«

Von unten klangen Befehle herauf. Zwei Polizeibeamte eilten herbei. Ein Mann und eine Frau.

»Lassen Sie den Mann los! Sofort!«, befahl die Polizistin mit schneidender Stimme.

Lambert wechselte einen Blick mit Norma, als wäre sie seine Komplizin. In aller Ruhe zog er Reber vom Geländer fort und stieß ihn von sich weg. Reber sackte zusammen. Sandra stürzte zu ihm. Lambert blieb stehen und wischte sich die Hände am Hemd ab.

»Was geht hier vor?«, fragte der Beamte.

Reber fasste sich an den Hals und hustete. »Nichts von Bedeutung. Nur ein Streit unter Freunden.«

Sandra half ihm auf. Sie wirkte verwirrt und weinte. Die Tränen lösten die Wimperntusche auf. Reber stützte sich schwer auf die Schultern seiner Frau.

Der Polizist musterte das Paar mit beruflicher Neutralität. »Wollen Sie Anzeige erstatten?«

Reber verneinte. »Nicht doch. Wir regeln das untereinander.«

Lambert lehnte am Geländer, als ginge ihn das alles nichts an. Die Menschen in der Halle fanden ihre Stimmen wieder. Der Gong übertönte den Lärm, doch die Leute zogen sich nur zögerlich zurück. Als befürchteten sie, im Foyer mehr zu verpassen als auf der Bühne.

»Gehen Sie in die Vorstellung!«, rief die Polizistin. »Hier gibt es nichts mehr zu sehen.« Sie wandte sich Lambert zu. »Verlassen Sie diesen Raum!«

Er stieg mit erhobenem Kopf, aber ohne einen der Anwesenden anzusehen, die Treppe hinunter und durchquerte das Foyer.

»Das gilt auch für Sie!«, wurde Norma von der Polizistin belehrt.

Norma ließ das Bild auf der Galerie, das kein Theaterregisseur besser hätte in Szene setzen können, noch einen Augenblick auf sich wirken und zupfte verstohlen das Kleid zurecht, bevor sie die Treppe hinunterstieg. Das Foyer lag verlassen bis auf das Personal der Sektbar, das die leeren Gläser einsammelte. Norma verließ das Theater. Lambert war nirgends zu entdecken.

Ihre Frage war offen geblieben. Und hatte Gesellschaft von neuen Fragen bekommen.

11

Freitag, der 18. April

Als Martin am Morgen erwachte, lag eine unruhige Nacht hinter ihm. Sein Leben lang war er jedem Streit aus dem Weg gegangen. Nun wurde er innerhalb weniger Stunden erst zum Angreifer, dann zum Opfer. Wobei ihm die Rolle als Angreifer durchaus gefiel. In eine neue und prickelnde Situation war er damit geraten. Mit einem Ergebnis, das sich sehen lassen konnte. Endlich wurde er Teilhaber der Agentur. Allerdings war es ein Fehler, im ersten Übermut Sandra davon zu erzählen, damit sie sofort damit herausplatzen konnte. Ausgerechnet vor der Privatdetektivin musste sie sich wichtig machen. Diese Norma Tann war eine, die die Flöhe husten hörte. So selbstsichere Frauen beunruhigten ihn, und das war ein Grund für die schlechte Nacht. Der andere war der schmerzende Hals. Immer wieder überfiel ihn die Angst zu ersticken, während Sandra neben ihm tief und fest schlief. Doch was ihm vor allem zu schaffen machte, war ein tiefes Gefühl der Scham. Diese Blamage, als Kai ihn öffentlich demütigte und einen Verräter nannte. Das Blut stieg ihm ins Gesicht, und er schlich sich mitten in der Nacht ins Wohnzimmer, um die Erinnerung an Kais zornigen Vorwurf mit Kognak zu trüben. Schließlich schlief er auf dem Sofa ein und erwachte frühmorgens von heftigen Kopfschmerzen. Wenigstens war die Enge im Hals verschwunden. Das wurde ihm klar, als er im

Bad nach Tabletten suchte. Ihm war kalt. Er ging zurück ins Schlafzimmer und kroch vorsichtig unter die Bettdecke, um Sandra nicht aufzuwecken. Die Wärme machte ihn schläfrig.

Um 7.30 Uhr erwachte er erneut. Damit wurden auch die Bilder in seinem Kopf lebendig. Als erstes kam ihm Bernhard in den Sinn, wie er stöhnend auf dem Teppichboden lag. Wehrlos. Unmittelbar vor seinen Füßen. Er hätte den Buddha nur loslassen müssen. Ohne zu zielen. Einfach fallen lassen. Doch er zögerte, und Bernhard rollte sich flink zur Seite, kam auf die Knie und wuchtete sich hoch. Wie ein Seemann taumelte er voran und fing sich wieder.

Martin ließ den Buddha sinken.

Bernhard starrte ihn an. Er sah aus wie ein Zombie. Das Gesicht voller Blut. »Du bist ja nicht zurechnungsfähig. Ich zeige dich an!«

Martin krächzte ein Lachen. »Weil du besoffen gegen eine Glastür gelaufen bist?«

Bernhard hob den Arm, als wollte er zuschlagen.

Martin rührte sich nicht vom Fleck. Sein Herz raste, aber er bekam die Stimme unter Kontrolle und gab das Geheimnis preis, das er all die Jahre gehütet hatte. Er war jetzt ganz ruhig, beinahe heiter. »Wir machen einen Vertrag. Ich werde dein gleichberechtigter Partner.«

Mehr verlangte er gar nicht. Er war gerecht. Schließlich war Bernhard sein Freund, zu dem er all die Jahre gehalten hatte. Es gab keinen Grund, ihm jetzt die Treue zu versagen.

Bernhard bekam den Mund nicht mehr auf. Auch nicht, als Martin das Handy verlangte. Als hätte er vergessen, was ein eigener Wille ist, griff Bernhard in die Hosentasche.

Martin durchsuchte die Liste nach der Mobilnummer des Anwalts, ein Mitglied des Golfclubs. Für Bernhard wäre der Mann auch abends zu sprechen. »Ich will einen Vertrag. Verabrede einen Termin. Am besten gleich für morgen.«

Bernhard hüstelte und übte seine Stimme. »Freitags ist er ... ist er im Gericht.«

»Dann eben für Montag! Mach deinem Anwalt klar, dass sich dein zukünftiger Partner nicht hinhalten lässt.«

Bernhard glotzte ihn für einen Augenblick kopfschüttelnd an, bevor er das Telefon entgegennahm. Dieser Augenblick des Triumphs! Das Gefühl der Macht! Ungewohnt, aber höchst befriedigend. Die Erinnerung daran vertrieb die düsteren Bilder der Nacht. Bis ihm einfiel, dass er vergessen hatte, Bernhard den USB-Stick abzunehmen, solange er am Boden lag. Halb so schlimm, beruhigte er sich. Er hatte die Daten auf dem Rechner nicht gelöscht. Es war gar nichts passiert.

Sandra lag an seiner Seite, hatte die Arme um den Kopf gewunden und schlief ohne eine Regung. Er beugte sich herüber und beobachtete einen Moment ihre leichten Atemzüge, bevor er aus dem Bett stieg.

Kurz vor 8.30 Uhr war er auf dem Weg ins Büro. Auf dem Rücksitz lag ein zusammengerollter Läufer, ein Reisemitbringsel von Ella und Jörg, das ins Kellerregal verbannt worden war. Martin trug Sportkleidung. Das Rad klemmte im Gepäckträger am Wagenheck. Er brauchte zur Agentur zehn Minuten. Vor fünf Jahren hatte er die Wohnung in der Kapellenstraße gekauft. Das Gebäude stammte aus den 60er-Jahren, war aber mit allem Drum und Dran modernisiert und an vier Parteien verkauft worden; dazu gehörten ein Arztehepaar und ein Beamter des Bundeskriminalamts, der allein lebte und nie besucht wurde. Die dritte Wohnung war an ein Paar mit Pudel vermietet. Das Haus lag sehr ruhig, trotz der Nähe zur Innenstadt. Sandra hatte auf eine zentrale Lage beharrt. Abgesehen von dem verteufelt hohen Preis, bereute Martin den Kauf nicht. Doch der Schuldenberg drückte. Auf der Fahrt durch die Taunusstraße beschloss er, sich als Teilhaber ein höheres Gehalt zu gönnen. Um die Mittel der Agentur nicht zu strapazieren, könnte Bernhard ein wenig zurückstecken. Martin hatte wenig Lust auf eine Begegnung mit seinem zukünftigen Partner, der diesen Vormittag hoffentlich, wie jeden Freitag bei trockenem Wetter, auf dem Golfplatz verbringen würde. Zumindest fehlte der Jeep auf dem Parkplatz. Martin stieg aus und nahm den Teppich heraus. Die Sonne fand ihren Weg durch den nebligen Dunst und versprach einen wunderbaren Frühlingstag. Er freute sich auf die Radtour, die seine Müdigkeit vertreiben sollte. In Gedanken ging er die geplante Strecke durch. Er wollte von der Agentur aus über Dotzheim nach Frauenstein radeln und von dort an den Markierungen des Rheinsteigs folgen.

Inga stand mit einem Papierstapel auf dem Arm am Kopierer. Sie trug einen kurzen Jeansrock, dazu Ringelstrümpfe, und wippte auf den Zehenspitzen. Ein Kabel führte vom Ohr zum Gürtel. Als sie Martin bemerkte, zog sie die Kopfhörer heraus und winkte ihm zu.

Er sei eigentlich gar nicht da, rief Martin im Vorbeigehen und eilte in sein Büro. Alles befand sich wieder an seinem Platz. Er hatte noch am Abend aufgeräumt.

Kaum hatte er den Läufer ausgebreitet, stand sie schon hinter ihm. Sie verzog den Mund, als hätte sie in eine Zitrone gebissen. »Was ist mit Bernhard los? Der hat eine Laune zum Auswandern.«

Martin ging nicht darauf ein. »Fährt er heute nicht zum Golfplatz?«

»Doch! Er ist schon los, war nur für einen Moment im Büro.«

»Was wollte er denn?«

Inga hob ratlos die Schultern. Sie hatte die Unterlagen aus dem Archiv geholt, die sie kopieren sollte. Als sie aus dem Keller herauskam, war Bernhard bereits gegangen. »Und was treibt dich her? Warum bist du nicht mit dem Rad unterwegs?«

»Später. Ich muss kurz an den PC. Du bist heute früh dran.«

Sie biss sich auf die Lippen. »Ich habe einiges aufzuarbeiten.«

Er schaltete den Computer ein und schaute, während der Rechner hochfuhr, auf den Teppich, der den Fleck knapp verdeckte. Er hatte das Büro nicht abschließen können, er besaß keinen Schlüssel für die Tür. Niemand schloss sein Zimmer ab, nicht einmal Bernhard.

»Hast du Bernhard von dem Testergebnis erzählt?«

Sie legte den Papierstapel auf der Fensterbank ab. »Ich weiß nicht, wie ich das anfangen soll. Außerdem …«

»Außerdem?«

Sie sah Martin aufmerksam ins Gesicht, was sie selten tat. Meistens scheute sie vor dem Blickkontakt zurück. »Na ja, ich weiß jetzt etwas, von dem er nicht weiß, dass ich es weiß. Verstehst du? Das gibt einem so ein Gefühl von …«

»Von Überlegenheit?«

»Genau!«

Sie lächelte, und für einen Augenblick meinte er, ihrer Mutter gegenüberzustehen. Marika im Gartenhaus. Wie sie am Fenster lehnte in ihrem gelben Kleid. Die dunklen

Haare, die wie ein lebendiger Organismus über den glänzenden Stoff glitten. Ihr siegessicheres Lächeln. Das Bild ging ihm seit gestern nicht mehr aus dem Kopf.

»Ich mag das Gefühl. Das will ich gern für eine Weile auskosten. Kannst du dir das vorstellen?«

Nachlässig rückte sie einen Stapel Unterlagen beiseite und hockte sich auf den Schreibtisch, sodass der Rock auf die Oberschenkel hinaufrutschte und die Knie freilegte.

Sie ließ die geringelten Beine vor- und zurückpendeln und fragte: »Was ist mit Bernhards Kopf passiert? Wieso hat er ein Pflaster auf der Stirn, so groß wie ein Taschentuch?«

Martin holte sich den Drehstuhl heran. »Wir haben gestern Abend gefeiert und zu viel getrunken. Bernhard ist einer Tür in die Quere gekommen.«

»Geschieht ihm recht.« Sie deutete mit dem Zeigefinger auf den Läufer. »Wo hast du das Teil her? Hässlich wie die Nacht!«

»Nur ein Notbehelf, bis der Teppichboden ausgetauscht ist. Mir ist eine Flasche Rotwein runtergefallen.«

Die Ringelbeine landeten auf dem Boden und stapften durch den Raum. Inga zupfte an der Läuferkante und schaute darunter. »Igitt! Muss ja ’ne heftige Feier gewesen sein. Was war der Grund?«

Martin lächelte. »Es wird Veränderungen geben. Ich steige als Partner in die Agentur ein.«

Inga fuhr herum. »Was? Kein Wunder, dass Bernhard so sauer ist. Mit welcher Erpressung hast du ihn dazu gekriegt?«

Wie witzig! Martin schluckte. »Es ist an der Zeit, meine ich.«

Sie lächelte hintergründig. »Ich weiß auch etwas Neues. Norma Tann hat Bieler gefunden. Er ist hier in Wiesbaden!«

Wer wüsste das besser als Martin selbst. Sein Puls beschleunigte sich. Unmittelbar nach der Wende hatte es keinen Streit gegeben. Kai hatte alles hinter sich lassen und nichts von den Stasiakten wissen wollen, die er ab Dezember 1991 hätte einsehen können. Seine gestrige Wut ließ darauf schließen, dass er seine Zurückhaltung aufgegeben hatte.

Inga zupfte an einer Haarsträhne und plapperte aufgeregt weiter. »Er lebt in Berlin. Nennt sich jetzt Lambert mit Nachnamen. Dass er was mit meiner Mutter hatte, gibt er offen zu, sagt Norma. Aber angeblich nicht zu der Zeit, als Marika schwanger wurde. Ich glaube, er will sich nur schützen. Kann man auch verstehen, finde ich. Wenn einem plötzlich eine Tochter präsentiert wird. Wenn er mich erst einmal kennengelernt hat, wird er bestimmt alles zugeben. Martin!«

Er zuckte zusammen. »Was?«

»Träumst du?«

Sie trat hinter ihn und schaute damit genau auf das Foto, das er als Bildschirmschoner gespeichert hatte.

Es zeigte den Kopf der Schlange. Die Augen blickten ins Leere und verliehen der Aufnahme ein düsteres Geheimnis.

Inga staunte. »Eine Äskulapnatter! Wie kommst du daran?«

»Das Tier lag tot am Straßenrand.«

»Tot? Aber wieso?«

Martin klickte das Bild weg. »Eine üble Bisswunde. So sah das aus.«

»Wo war das?«

Er nahm die Karte aus der Schublade und tippte spontan auf den Goethestein, einen Aussichtspunkt nahe Frauenstein, dessen spitz gemauerte Steinpyramide an die Besuche des Dichterfürsten erinnern sollte. Inga wusste, dass

Martin oft dort war und den Ausblick ins Rheintal liebte. Sie wollte den Fund der Naturschutzbehörde melden. Einer der Mitarbeiter war mindestens so verrückt nach den Schlangen wie sie.

»Hast du noch mehr Bilder gemacht?«

Nur diese eine Aufnahme, versicherte er. Wo er das tote Tier gelassen habe, wollte sie wissen.

»Ich habe das Vieh in einen Graben geworfen, wo es längst der Fuchs geholt hat.«

Plötzlich hatte sie Tränen in den Augen.

»Mach dir nicht so einen Kopf um eine tote Schlange!«

»Da ist noch etwas!«

Martin überkam eine Welle von Mitgefühl. Ein weiteres Gefühl mischte sich hinein, das ihn verwirrte und verunsicherte. »Nun sag schon!«

Sie hockte sich wieder auf den Schreibtisch. Jetzt hielten die Beine still. Sie senkte den Kopf und betrachtete eine Weile ihre Füße, bevor sie aufschaute und Martin die tränennassen Augen zuwandte. »Ich will doch nur einen Vater, der mich mag, wie ich bin. Der mich achtet. Der mich – vielleicht – ein bisschen lieb hat.«

Er hielt diesen Blick nicht aus. Mit einem Mal konnte er das neue Gefühl deuten. Ein starkes Empfinden. Von Fürsorge. Von Liebe. Eine reine Liebe, frei von jedem Verlangen. Was dann geschah, konnte Martin sich im Nachhinein nur mit seiner Müdigkeit und den Aufregungen des vergangenen Abends erklären.

»Du sollst nicht länger zweifeln, Inga«, sagte er leise. »Dein Vater. Das bin ich.«

Mit diesem Geständnis, erkannte er zu spät, fügte er den Fehlentscheidungen seines Lebens eine weitere Meisterleistung hinzu.

12

Der Polo kämpfte sich die Idsteiner Straße hinauf. Norma schaltete in den zweiten Gang zurück und bog in eine Seitenstraße ab. Bernhard Inken verließ jeden Morgen pünktlich um 8 Uhr das Haus, wusste sie von Inga. Von montags bis donnerstags führte ihn der Weg in die Agentur und an jedem Freitag, sofern es das Wetter erlaubte, zum Golfplatz ›Rheinblick‹ westlich der Stadt. Noch hielt sich die Sonne im Nebel versteckt, doch der Tag versprach schön zu werden, auch für einen Golfer, vermutete Norma, ohne viel von diesem Sport zu verstehen. Sie war spät dran, und ihr blieben noch fünf Minuten bis 8 Uhr. Man konnte einen unangemeldeten Besuch am frühen Morgen nicht höflich nennen, aber seit wann führte gutes Benehmen zur Klarheit? Sie war Inken bisher nicht begegnet. Die Fotografien in den Akten der ermittelnden Kollegen zeigten einen athletischen Mann mit schweren Gesichtszügen. Es war an der Zeit, sich einen eigenen Eindruck von Marikas Ehemann zu verschaffen.

Wiesbaden war berühmt für die zahlreichen Stadtvillen aus der Gründerzeit und dem Jugendstil. Inken zog offenbar ein modernes Domizil in einem Appartementhaus vor. Ein unüberwindbarer Metallzaun schirmte das Grundstück ab, und der Garten bestand aus weißen, von Buchsbaumhecken umsäumten Kiesbeeten. Das Tor zur Auffahrt stand offen. Norma spazierte hindurch und zum Parkplatz hinunter, auf dem sich ein Mann bei einem silbergrauen Jeep aufhielt. Er trug eine längliche Tasche in der Hand. Auf seiner Stirn prangte ein auffälliger rosafarbener Fleck, der sich im Näherkommen als Pflaster entpuppte, das die kantige Stirn zur Hälfte verdeckte.

»Herr Inken?«

Ein abschätziger Blick streifte sie. »Ja bitte?«

Norma stellte sich vor.

Er blieb abweisend. »Ruth hat mir von Ihnen erzählt. Ich rechne seit Tagen mit Ihrem Besuch.«

»Tatsächlich?«

Sein Lächeln blieb zurückhaltend. »Irgendwann sind sie alle gekommen, um mich dasselbe zu fragen wie die Vorgänger.«

»Danke, den langweiligen Part möchte ich uns beiden vorerst ersparen. Ihre Antworten kann ich genauso gut nachlesen. In mehrfacher Ausführung. Oder möchten Sie Ihre Angaben ändern?«

»Dafür wüsste ich keinen Grund.« Er musterte sie mit aufkeimender Wachsamkeit. »Welche neuen Fragen haben Sie zu bieten?«

»Zum Beispiel diese: Hatten Sie gestern auch eine Begegnung mit Lambert?«

Er stellte die Tasche ab. »Wieso *auch*? Und wer ist Lambert?«

Norma zog ihre Jacke zusammen. Noch hielt die Nachtkälte den Sonnenstrahlen stand. »Kai Kristian Lambert alias Bieler. Ihr Jugendfreund aus Dresden. Er hatte gestern Abend im Theater eine heftige Begegnung mit Martin Reber. Lambert hat Reber vor aller Augen im Foyer angegriffen. Von Verrat war die Rede. Können Sie sich vorstellen, was Lambert damit gemeint hat?«

Nein, das könne und wolle er nicht, lautete Inkens

gereizte Antwort. Es sei für ihn das Neuste, dass sich Kai in Wiesbaden aufhalte. »Ich dachte, der lebt im Ausland. Fragen Sie ihn oder Martin. Wenn Sie meinen, dass Sie der Streit überhaupt etwas angeht.«

»Ich suche nach Marika. Da geht mich alles etwas an.«

Er schob die Hände in die Hosentaschen. »Ihr Beruf ist widerlich. Dieses Eindringen in das Privatleben anderer. Hat Ihnen das noch niemand gesagt?«

»Ich stehe auf Marikas Seite, und sie sagt im Augenblick gar nichts. Jedenfalls nicht hier bei uns. Halten Sie es für möglich, dass Ihre Frau lebt?«

Inken wandte sich wortlos um und öffnete die Heckklappe. Er bückte sich nach der Tasche und platzierte sie neben dem Mountainbike, das sich bereits im Kofferraum befand.

Sie spähte hinein. »So sportlich? Golf spielen und Rad fahren an einem Tag?«

»Das Rad muss in die Werkstatt.« Inken fuhr zornig herum. »Hören Sie, Frau Tann! Ich respektiere den Kummer meiner Schwiegermutter. Ruth will die Suche nicht aufgeben. Wenn es ihr hilft, warum nicht? Aber lassen Sie mich in Frieden. Glauben Sie, ich habe nicht gelitten? Es wird nicht leichter, wenn man die Vergangenheit wieder und wieder aufwühlt.«

»Seltsam, Sie sprechen nur über sich. Kein Wort über Ihre Tochter?«

Er schlug die Klappe zu. »Lassen Sie Inga aus dem Spiel. Ihre Mutter hat sich umgebracht. Haben Sie eine Ahnung, was das für ein Kind bedeutet?«

»Und falls Marika wider Erwarten lebt? Was halten Sie von der Vermutung, sie hätte sich zu Kai ins Ausland geflüchtet?«

»Das ist Ruths allerneuste Theorie. Marika war psychisch krank. Wenn ich mir etwas vorwerfen muss, ist es die Tatsache, dass ich diese Depressionen unterschätzt habe. Die Sache mit Kai, das war nichts Ernsthaftes. Für Marika eine Flucht aus der Wirklichkeit, mehr nicht.«

»Von diesem Verhältnis steht kein Wort in den Polizeiakten. Haben Sie das damals nicht gewusst? Oder haben Sie gelogen?«

»Bedeutet Schweigen gleich Lügen? Ich habe es für mich behalten, um nicht noch mehr Dreck aufzuwirbeln.« Er machte einen Schritt auf Norma zu. »Ich wollte Inga schützen. Können Sie das nicht verstehen? Inga sollte sich ein gutes Bild von ihrer Mutter machen.«

»Trotzdem haben Sie Ruth davon erzählt! Kürzlich erst! Warum?«

Das sei ihm herausgerutscht, behauptete er. »Ruth macht Marika zu einer Heiligen. Ich wollte diese Schönfärberei nicht länger hinnehmen.«

»Ziemlich widersprüchlich, Ihr Verhalten. Das müssen Sie zugeben.«

In seinem Blick lagen Resignation und Müdigkeit. Für einen Moment fühlte Norma sich mit ihm verbunden. Vielleicht hätte er es verdient, dass sie verständnisvoller mit ihm umging. Aber sie war allein Marikas Fürsprecherin.

»Martin Reber prahlt damit, er würde Ihr Partner in der Agentur. Warum? Und wieso ausgerechnet jetzt?«

Zwischen Inkens Augenbrauen erschien eine senkrechte Falte, die den Rand des Pflasters berührte. »Wollen Sie sich auch noch in meine geschäftlichen Angelegenheiten einmischen?«

»Ihr Angestellter steigt nach vielen Jahren plötzlich zum Partner auf. Da frage ich mich, ob es etwas mit dem Auftauchen Ihres gemeinsamen Jugendfreundes zu tun haben könnte. Oder mit meinen Ermittlungen.«

Inken richtete den Autoschlüssel auf Norma, als wollte er sie damit durchbohren. »Bilden Sie sich bloß nichts ein, Frau Tann! Was können Sie bisher überhaupt vorweisen? Lassen Sie mich in Ruhe! Ich will zum Training.«

Er drückte sich an Norma vorbei und stieg in den Jeep. Norma wartete, bis der Wagen außer Sicht war.

Eine halbe Stunde später parkte sie den Polo vor dem Weingut Diephoff; ein Besuch, zu dem sie angemeldet war. Ruth war die frühe Stunde willkommen. Um 9 Uhr begann ihr erster Yogakurs.

Arlo sprang gegen die Gartenpforte, und sein Bellen rief Ruth herbei, die mit den Rosen beschäftigt war. Auf dem Weg ins Haus trabte der Hund voraus und empfing Norma oben auf dem Treppenabsatz. Sein Körper fühlte sich warm und kraftvoll an, als er sich unter ihren Händen drehte und gegen ihre Knie drückte. Mit der Nase stieß er sanft gegen ihren Handrücken, und sie sah sich mit einem Mal als Kind: ein blondes Mädchen, das auf dem Futtergang mit der Hofhündin spielte, bis der Vater sie packte und auf seinen starken Armen hoch in die Luft stemmte. Sie schaute in das lachende Gesicht tief unter sich, hin und her gerissen zwischen der Furcht zu fallen und dem wunderbaren Gefühl des Geborgenseins, während die Hündin den Vater mit besorgtem Winseln umkreiste.

»Frau Tann?«

»Entschuldigung.«

Sie trat beiseite und folgte Ruth zur Sitzecke. Dieses Mal setzte sie sich von Anfang an vorn auf die Kante und stützte sich auf die Armlehnen. »Es gibt Neuigkeiten von Bieler.«

Ruth hörte angespannt zu. Normas Bericht enthielt alle Informationen – beinahe alle, sie unterschlug das Ergebnis des Vaterschaftstests. Dafür fände sich später eine bessere Gelegenheit. In schonenden Worten erzählte sie von Lambert, der nach eigenen Angaben nichts über Marikas Verschwinden wusste.

Ruth ließ sich Zeit mit der Frage: »Glauben Sie ihm?«

»Seine Überraschung klang echt. Übrigens hatte er gestern Abend einen handgreiflichen Streit mit Martin Reber. Vor allen Leuten. Im Theaterfoyer.«

Ruth erschrak. »Ist Martin verletzt?«

Norma beruhigte sie. »Hat Martin Ihnen erzählt, dass Bernhard ihn zum Partner machen will?«

»Wirklich? Das höre ich zum ersten Mal.«

»Was erstaunt Sie daran?«

Ruth beugte sich vor und tätschelte den Hund. »Martin hat Abmahnungen bekommen. Das weiß ich von Inga. Sie musste die Briefe nach Bernhards Anweisungen schreiben.«

»Hält Inga die Abmahnungen für angemessen?«

Ruth zögerte. »Ich will Martin nichts nachsagen. Aber nach Ingas Eindruck hat er es sich in seinem Job zu bequem gemacht. Andererseits sucht Bernhard wie mit der Lupe nach Fehlern. Er würde Martin am liebsten bei der ersten Gelegenheit kündigen. Wieso will er ihn plötzlich zum Partner befördern?«

»Bernhard trägt ein dickes Pflaster auf der Stirn.«

»So? Gestern Nachmittag war er völlig unversehrt. Ich bin ihm begegnet, als ich Inga in der Agentur abholen wollte. Ich nehme sie öfter mit, wenn ich in der Stadt zu tun habe.«

»Wann war das?«

Ruth überlegte. »Gegen 16.30 Uhr.«

»Wissen Sie, ob Martin zu der Zeit anwesend war?«

»Nein, ich wollte ihn begrüßen, aber er war mit dem Rad unterwegs. Vielleicht ist er gegen Abend wieder ins Büro gefahren.« Sie warf einen Blick auf die Uhr. »Entschuldigen Sie bitte, ich sollte mich auf die Yogastunde vorbereiten.«

Norma erhob sich. »Was fasziniert Sie so an Yoga?«

Ruth stand ebenfalls auf. Sie wirkte belustigt. »Erwarten Sie bitte nicht, dass ich Ihnen in wenigen Sätzen das Geheimnis einer 2000 Jahre alten Philosophie erkläre.«

»Wird man durch Yoga ein besserer Mensch?«

Ruth wurde ernst. »Yoga kann helfen, die eigenen Unzulänglichkeiten zu erkennen. Und vielleicht sogar, sie zum Positiven zu wenden. Aber dazu muss man sich ernsthaft damit beschäftigen. Und nicht versuchen wie so manche Leute, die Techniken nach einem Buch zu lernen.«

Norma fühlte sich ertappt und schwieg.

»Machen Sie einfach mit!«, schlug Ruth vor. »Es ist eine Anfängergruppe.«

»Ein andermal gern. Aber auf mich wartet ein weiterer Auftrag. Eine Wanderung auf dem Rheinsteig.«

Sie wollte die ersten Recherchen anpacken und freute sich auf die Tour.

Ruth nickte zustimmend. »Meine liebste Wanderstrecke! Wissen Sie, dass der Rheinsteig unmittelbar an meinem Garten entlangführt?«

Norma behielt für sich, dass ihr weder der Garten noch das Gartenhaus fremd waren. Offenbar hatte Inga nichts von dem heimlichen Besuch erzählt.

Ruth begleitete sie zur Haustür. Dort bat sie Norma, einen Augenblick zu warten, und kehrte mit einem Karton zurück. »Lassen Sie sich den Riesling schmecken.«

»Von Ihren Weinbergen?«

Ruth lächelte wehmütig. »Das war einmal. Aber der Winzer hat mich nicht vergessen.«

Angenehm überrascht nahm Norma den Karton entgegen.

Ruth zögerte. »So wie ich meinen Schwiegersohn kenne, verhält er sich wenig kooperativ.«

Darin musste Norma ihr zustimmen. So viel schien klar: Bernhard Inken gab sich wenig Mühe, dem Schicksal seiner Frau auf die Spur zu kommen.

13

Inga stürmte aus dem Zimmer und ließ sich nicht aufhalten. Ihr Leben lang hatte sie sich auf seinen Rat und seine Freundschaft verlassen. Und nun diese Offenbarung! Kein Wunder, wenn das Mädchen schockiert war. Es drängte ihn, sie zu beschwichtigen und zu trösten.

Auf dem Flur kam ihm Ingrid, Bernhards Sekretärin, entgegen. Martin sah ihr die Verstimmung an. »Bernhard ist golfen. Inga hetzt aus dem Haus, als ob ein Gespenst hinter ihr her ist. Und du willst mit dem Rad los! Bin ich der letzte Depp, der hier seine Arbeit macht?«

»Inga ist fort?«

»Auf und davon! Weißt du was? Ich gehe heim. Macht doch euren Kram allein.«

Nichts als leere Drohungen. Für Bernhard würde sie ihre Seele dem Teufel verkaufen. Sie liebte dramatische Auftritte und suchte, nach dem Abbruch der Schauspielschule vor einigen Jahrzehnten, immer wieder ihre Bühne in der Agentur. Mit Unterstützung ihrer Finger zählte sie auf, was sie an diesem Vormittag alles zu erledigen hatte.

»Jonas soll dir helfen.«

Martins Vorschlag erwies sich als Stich ins Wespennest.

»Pah! Unser tüchtiger Herr Praktikant! Soll ich den Jungen einen Vertrag korrigieren lassen, der in einer Stunde beim Sender sein muss? Dann kann ich gleich meine Kündigung einreichen.«

»Was für Korrekturen?«

»Bernhard hat alles aufgeschrieben.«

Martin dachte kurz an Ingas Kummer und deutlich länger an sein Darlehen und das Gehalt eines Teilhabers, für dessen angestrebte Höhe die Agentur diesen Auftrag gut gebrauchen konnte. Umgehend begleitete er Ingrid ins Schreibbüro und war für die nächste halbe Stunde damit beschäftigt, die Vorlage nach eigenen Vorstellungen zu ändern und ein langes Gespräch mit dem Redakteur zu führen. Der Mann war für schöne Worte empfänglich, und Martin machte seinerseits Zugeständnisse. Selbstverständlich sei er zu diesen Entscheidungen befugt, versicherte er und war sehr mit sich zufrieden, als er auflegte und den Vertrag mit einem Mausklick losschickte.

Ingrid hob theatralisch die Augenbrauen. »Ist das mit Bernhard so abgesprochen?«

Als Erstes werfe ich dich raus, blöde Kuh, nahm er sich vor und strafte sie mit Missachtung. Eilig verließ er die Agentur. Vielleicht war es doch keine gute Idee, sich ins Auto zu setzen und dem Bus hinterherzufahren? Er brauchte Zeit zum Nachdenken, bevor er sich Ingas Vorwürfen stellte, entschied er und hob das Rad vom Wagen. Er trat kräftig in die Pedalen, passierte das Wäldchen aus uralten knorrigen Eichen und bewältigte in Schräglage die steile Haarnadelkurve.

Was mochte Inga vorhaben? Wollte sie sich bei der Großmutter ausheulen? Damit Ruth auf der Stelle Bernhard anrief? Und wenn schon!, entschied er und gab dem Rad mit energischen Tritten einen stärkeren Schwung. War es nicht an der Zeit, endlich alle Lügen hinter sich zu lassen? Den ersten Schritt hatte er gestern Abend bereits getan und staunte, wie er den Mut dazu aufbringen konnte. Vor aller Augen als Kuckucksvater dazustehen, würde Bernhards Zorn vom Köcheln zum Überschäumen anheizen. Doch was sollte Bernhard dagegen tun? Martin hatte ihn in der Hand.

Die Ampel am Dürerplatz zeigte Rot. Er zog die Bremse und hielt neben der Autokolonne. Bei Licht betrachtet, war die Angelegenheit nicht ganz so simpel. Bernhard konnte einen Trumpf ins Spiel bringen. Aussage stand gegen Aussage, falls Martin zur Polizei ging. Bernhard würde keine Chance verstreichen lassen und ihm die Tat in die Schuhe schieben. Und Martin müsste sich dem Vorwurf stellen, warum er 15 Jahre geschwiegen hatte, wenn sein Gewissen angeblich so rein war.

Die Ampel sprang auf Grün. Der Golf an seiner Seite heulte auf und verstummte. Martin überholte den streikenden Wagen und überquerte die Kreuzung mit dynamischem Antritt. Für Ruth käme die verheimlichte Vaterschaft einem Verrat gleich. An ihrer Freundschaft lag ihm sehr. Ruth war ihm Ersatzmutter und Freundin zugleich, seit er als junger Mann in den Westen gekommen war. Den Kontakt zu den Eltern hatte er durch die Flucht verloren und auch nach der Wende nicht wieder aufgenommen.

Und Sandra? Wenn er sich zu seiner Tochter bekannte, konnte dies das Ende ihres ehelichen Arrangements bedeuten. Wie oft hatte er sich nichts anderes gewünscht. Aber nun, da es ernst werden könnte, scheute er die Konsequenzen. In seinem Eheleben ließ es sich, von einigen Unannehmlichkeiten abgesehen, ebenso beschaulich aushalten wie in der Agentur. Er wollte weder den Verlust des einen wie des anderen riskieren.

Gab es noch etwas zu retten? Inga ist kein Mädchen, das ihre Sorgen herausposaunt, überlegte er und umfuhr mit sportlichem Schlenker ein Müllfahrzeug. Allerdings brauchte selbst ein so verschlossenes Mädchen in der Not jemanden zum Reden, und zu ihm konnte sie nicht kommen. Angenommen, sie wollte Ruth vorerst nicht damit belasten, weil sie wusste, wie sehr diese ihren Freund Martin schätzte und wie tief sie die Enttäuschung verletzen würde, zu wem sollte Inga mit ihrem Kummer gehen? Ihm fiel nur eine Person ein: Ingas neue Freundin. Norma Tann.

Diese unerschrockene Schnüfflerin steckte ihre Nase reichlich tief in die Familienangelegenheiten.

Er fasste in die Bremse, hielt auf dem Gehsteig und nahm das Handy aus der Satteltasche.

Inga meldete sich mit einem abweisenden: »Ja?«

»Wo bist du?«, fragte er erleichtert, hatte er doch befürchtet, sie würde das Gespräch umgehend wegdrücken.

»Gleich zu Hause. Ich bin eben ausgestiegen.«

Ihr Atem verriet, dass sie zu Fuß unterwegs war. Von der Haltestelle führte eine Treppe hinauf zum Weingut, und Inga ging immer schnell.

»Inga! Bevor du irgendetwas unternimmst, lass uns reden!«

Sie ging langsamer oder war stehen geblieben. Der Atem war nicht mehr zu hören.

»Lass mich in Ruhe! Ich will allein sein.«

»Bitte, Inga! Ich muss dich sehen!«

Schließlich lenkte sie ein. Es klang, als putzte sie sich die Nase, als sie sagte: »Also gut. Im Gartenhaus.«

Er zögerte.

Sie wusste, dass er die Hütte nicht mochte. »Dort oder nirgends. Heute Mittag um 12 Uhr.«

Die Verbindung brach ab. Als er es erneut versuchte, hatte sie auf die Mailbox umgeschaltet.

Die Radtour war die beste Ablenkung für die kommenden Stunden. Als er das Schloss Freudenberg erreichte, fiel ihm ein, dass er die Wasserflasche im Wagen vergessen hatte. Nicht weiter schlimm, im Rheingau gab es genügend Möglichkeiten zum Einkehren. Außerdem hatte er nach dem verhängnisvollen Geständnis nicht mehr daran gedacht, das Passwort zu ändern. Eh egal, tröstete er sich, nachdem Bernhard die aktuelle Datenkopie an sich genommen und womöglich schon einen Blick in die privaten Dateiordner geworfen hatte. Was sollte er mit den Trainingsplänen und Fotos Böses anrichten? Außerdem würde er bei dem sonnigen Wetter stundenlang auf dem Golfplatz bleiben und an seinen Abschlägen feilen. Der Gute entwickelte für seinen Sport eine beachtliche Ausdauer. Anschließend spazierte er womöglich über den Rheinsteig und fahndete nach Besonderheiten für den Wanderführer. Mit bissigem Vergnügen malte Martin sich aus, wie er ungebremst auf Bernhard zuhielt und ihn einen Abhang hinaufjagte.

Die Kirschblüte hatte in diesem Jahr frühzeitig begonnen, und die Obstbäume rund um Frauenstein standen in duftiger Pracht. Der Ort lag eingebettet in ein enges Tal, und bald führte die Straße steil bergab. Martin ließ das Rad laufen in dem Wissen, dass es auf der anderen Seite noch steiler wieder hinaufgehen würde. Zu Füßen der Burgruine, deren Turm mit massiger Wucht aus einem Felsblock emporwuchs, traf seine Strecke auf den Rheinsteig, der durch Frauenstein hindurch und auf einem Pfad in nordöstlicher Richtung zum Wald hinaufführte.

Er geriet ins Schwitzen, während er sich die Steigung aufwärts kämpfte, und erschrak über den Gedanken, was aus ihm hätte werden können, wenn er in seine Lebenspla-

nung ebenso viel Ehrgeiz gesteckt hätte wie in die Bewälti-
gung der Radtouren. Hinter der Kuppe ging es eben weiter
und bald darauf leicht bergab. Er stellte sich auf die Pedalen wie ein Kind, das Rad fahren lernt, und folgte dem Pfad,
der sich an einen Hang schmiegte, der sogar als Weinberg
zu steil war. Felsbrocken ragten aus vergilbten Grashors-
ten hervor, umrankt von Brombeerhecken.

Nur nicht abstürzen, kam ihm in den Sinn, doch den
Fahrtwind auf der Stirn und die Geschwindigkeit mit
dem ganzen Körper zu spüren, das war das wahre Leben.
Er beschleunigte wagemutig. Das Adrenalin jagte seinen
Herzschlag voran. Ein Rascheln im Laub ließ ihn in die
Bremsen greifen. Bloß nicht wieder eine Schlange! Zu spät.
Er brachte das Rad nicht mehr zum Stehen und raste in
das Seil hinein, das unvermittelt den Weg versperrte. Der
Schlag schleuderte ihn vom Rad, und Martin stürzte kopf-
über den Hang hinunter. Die Welt drehte sich um ihn
herum. Er rang nach Luft. Das Letzte, das er wahrnahm,
war der Felsbrocken vor seinen Augen. Ein grausamer
Schmerz. Dann war nichts mehr.

14

Norma verabschiedete sich von Ruth und verstaute den Flaschenkarton hinter dem Beifahrersitz. Begleitet von Weinbergen und blühenden Kirschbäumen fuhr sie nach Frauenstein hinein und nahm hinter dem schmucken Ort die Landstraße in Richtung Georgenborn. Der HR sendete die 10-Uhr-Nachrichten. Norma hörte kaum hin und betrachtete den vorbeiziehenden Wald. Zwischen den Buchenstämmen hielt sich der Dunst; die Sonnenstrahlen zerschnitten ihn in den glitzernden Fächer einer Märchenwelt. Voller Vorfreude auf die Wanderung lenkte sie den Wagen auf einen menschenleeren Parkplatz, der nach einer Besonderheit dieses Waldstücks benannt war, dem Monstranzenbaum, und stellte den Polo neben einem Kombi ab. Das Berliner Kennzeichen fiel ihr auf. Neugierig spähte sie in den Wagen. Auf dem Rücksitz entdeckte sie mehrere Landkarten für den Rheingau und Taunus, und daneben eine blaue Wachsjacke, wie Lambert sie auf dem Neroberg getragen hatte. Im Kofferraum lag auf einer Metallkiste, in ungleiche Schlingen gewunden, ein rotes Kletterseil. Norma ging um den Kombi herum und legte die Hand auf die Motorhaube. Das Blech fühlte sich kalt an.

Suchte Kai Kristian Lambert in diesem Wald nach Motiven für seine Dokumentation? Sie dachte an seinen Angriff auf Martin Reber und den Hass, der sich darin offenbart hatte, und verspürte wenig Lust, ihm hier allein zu begegnen. Andererseits sah sie nicht ein, warum sie seinetwegen ihre Pläne ändern und auf die Wanderung verzichten sollte, und vertraute darauf, dass er ihr nicht über den Weg laufen würde. Das Waldstück war groß genug für beide.

Zuversichtlich nahm sie den Rucksack aus dem Polo und schlenderte zu dem Baumskelett hinüber, das sich in majestätischem Vergehen in der Mitte des Platzes behauptete. Alles Leben schien aus der uralten Eiche gewichen, aber sie hielt sich aufrecht und reckte unverzagt die Aststümpfe in den Himmel. Im Manuskript hatte Inken dem Baum einen längeren Abschnitt gewidmet. Der Sage nach vergrub eine Äbtissin des Klosters Tiefenthal eine goldene Monstranz, um sie vor Plünderern zu bewahren, und pflanzte eine junge Eiche darüber. Viele Jahre später wollte sie den Kirchenschatz zurückholen, fand die Stelle aber erst nach langer Suche wieder. Von den Anstrengungen erschöpft, starb die Äbtissin unter der Eiche, deren Äste daraufhin in der Gestalt der Monstranz wuchsen.

Inken hatte die Legende mit geschichtlichen Hintergründen ausgeschmückt, über die Streckenbeschreibung aber nur wenige Worte verloren. Normas Erkundigungen sollten die vagen Andeutungen mit Fakten auffüllen. Auf einem Wegweiser prangte das Rheinsteigzeichen. Sie schulterte den Rucksack und folgte einem Weg, der in Sichtweite der Straße in den Wald hineinführte. Hoch in den Bäumen beschwerte sich ein Eichelhäher über die Störung, und irgendwo hämmerte ein Specht emsig gegen trockenes Holz. Norma genoss die klare Luft und den federnden Waldboden unter den Sohlen. Bald geriet ihr erstes Ziel in Sicht. Zwischen den Bäumen erspähte sie einen kompakten Felsblock und ein Stück weiter eine lang gestreckte Felsformation, die fast senkrecht aus dem Erdreich ragte. Moose und Flechten färbten den Stein grün, als wollten sie seinen Namen verspotten. Der ›Graue Stein‹, ein Band aus Quarz, erreichte eine Höhe bis zu zehn Metern, schrieb Inken und vergaß nicht den Hinweis, dass die Wand im bisweilen überhängenden Fels an die 20 Kletterrouten bot und bei Klettersportlern aus nah und fern sehr beliebt war.

An diesem Morgen lag der Felsen in ungestörter Ruhe. Neugierig folgte sie dem Trampelpfad zu einem Einschnitt hinauf, stieg oben über die Steine hinweg und gelangte mit wenigen Schritten bergab hinter das Felsenband. Der Bereich lag im Schatten, und so bemerkte sie zu spät den Mann, der dort an einem Baumstamm lehnte. Am liebsten wäre sie auf der Stelle umgekehrt, aber er hatte sie bereits erkannt und begrüßte sie mit Namen. Forscher als ihr zumute war, trat sie auf Lambert zu. Ganz offensichtlich war die vergangene Nacht für ihn alles andere als erholsam gewesen. Doch dem Schlafmangel allein war die ungesunde Gesichtsfarbe nicht anzulasten. Eher dem einen oder anderen Gläschen, wobei Norma nicht an Wasser dachte. Das Sonnenlicht streifte seine Wange und fing sich in den zerzausten Haaren. Er blinzelte gegen das Licht. Die Sonnenbrille klemmte mit einem Bügel an der Weste. Zu seinen Füßen stand die Kameratasche, die er auch auf dem Neroberg dabeigehabt hatte.

Überraschend freimütig sprach er den Vorfall des vergangenen Abends an. »Es tut mir leid für die Leute, denen ich die Vorstellung verdorben habe.«

Zwei junge Leute trugen ihre Mountainbikes über den Felseneinschnitt hinüber und lehnten die Räder an die Bäume.

»Meinen Sohn Lenny kennen Sie bereits«, sagte Lambert und stellte ihr den anderen Jungen namens Paul vor, einen Klettersportler aus Wiesbaden. Er wolle einige Kletterszenen filmen, erklärte er und wandte sich an seinen Sohn. »Hast du das Bergseil nicht mitgebracht? Ich wollte dich heute Morgen nicht wecken, sonst hätte ich es selbst aus deinem Zimmer geholt. Du hättest es im Wagen lassen sollen!«

Lenny schaute seinen Vater verblüfft an. »Ich habe das Seil nicht aus dem Wagen genommen. Es liegt dort wie immer an seinem Platz.«

»Das Seil fehlt im Auto«, beharrte Lambert.

»Ganz bestimmt nicht!«, widersprach Lenny verwundert. »Frag Paul! Wir haben das Kletterseil eben erst im Kombi liegen gesehen und hätten es mitgebracht, wenn mir nicht der Autoschlüssel verloren gegangen wäre.«

»Nicht schon wieder, Lenny! Pass besser auf deine Sachen auf!«

Lenny blickte sich zum Felsen um und nahm die Wand in Augenschein. »Kann ich nicht frei klettern? Ich bin schließlich kein Anfänger. Und Paul ebenso wenig.«

»Vielleicht filmen wir nachher ohne Sicherung, das sehen wir dann. Jetzt sieh zu, wie du das Seil ranschaffst.«

Lenny grinste und streckte die Hand aus. »Kein Problem! Gib mir deinen Schlüssel!«

Er sprang aufs Rad und fuhr quer durch den Wald davon. Paul hatte seit geraumer Weile die Wand im Blick und begann, ein Stück abseits den Felsen zu erklimmen.

Lambert strich sich über das Gesicht und lächelte entschuldigend. »Ich war gestern Abend in schlechter Stimmung. Eigentlich trinke ich nicht mehr. Irgendwann nach dem Tod meiner Frau bin ich darüber weggekommen.«

Silvia, die Ehefrau, die in Lamberts Lebenslauf nicht mehr erwähnt wurde. Norma erinnerte sich an den Text im Internet. »Woran starb Ihre Frau?«

Bereitwillig erzählte er von der kurzen kostbaren Zeitspanne zwischen Diagnose und Tod und wechselte das Thema. »Haben Sie schon etwas über Marikas Verbleib herausgefunden?«

»Es geht voran«, gab Norma zur Antwort und stützte den Wanderschuh gegen einen Steinbrocken. »Auf dem Neroberg erwähnten Sie, die Familie sei für Bernhard das größte Glück gewesen. Ist Ihnen irgendwann eine Veränderung aufgefallen?«

»Sie meinen, ob Bernhard sich Zweifel anmerken ließ, er sei Ingas Vater? Im Gegenteil. Er vergötterte die Kleine.«

»Und wie verhielt sich Martin Reber?«

Lambert strich sich über die hohe Stirn. »Sie vermuten, Martin könnte Ingas Vater sein?«

»Wäre es denkbar? Ist er der Typ, der einen Freund mit dessen Ehefrau betrügt?«

»Sie meinen, so wie ich diesen Freund hintergangen habe?«

»Es steht mir nicht zu, darüber zu richten. Ich suche nach der Wahrheit.«

»Ich traue Martin alles zu, was mit Lug und Trug zu vereinbaren ist.«

»Woher stammt Ihr Hass gegen Martin?«

Er lachte bitter. »Hätten Sie mich Anfang des Jahres gefragt, wer damals in Dresden mein engster Freund war, ich hätte Martin genannt. Bernhards Flucht in den Westen hatte uns zusammengeschweißt. Wir fühlten uns wie Krieger auf verlorenem Posten und schmiedeten eigene Fluchtpläne. Martin schaffte es mit Bernhards Unterstützung, und ich wurde von der Stasi abgeholt.«

Hundegebell lenkte seinen Blick zu einem Paar, das in Sichtweite die Wanderkarte studierte und dabei von einem ungeduldigen Terrier umkreist wurde. Bedächtig fuhr er fort: »Es gab damals einen Jungen in unserer Clique, Achim. Er konnte mich nicht leiden, seit ich ihm die Freundin ausgespannt hatte. Mein Leben hätte ich darauf verwettet, dass er der IM war. Gegen Martin hegte ich nicht den geringsten Verdacht. Auch nicht in den Jahren, die ich nach der Wende in Wiesbaden verbrachte. Ich war ihm dankbar für seinen Beistand. So wie ich durch den Wind war, nach allem.«

Norma wechselte das Bein. »Deshalb haben Sie darauf verzichtet, Ihre Stasiakten einzusehen?«

Lambert verschränkte die Hände. »Wozu mich noch mehr quälen?, dachte ich. Ich hatte meinen Verräter. Über die näheren Umstände wollte ich lieber nichts wissen. Bis ich Achim traf.«

»Wann war das?«

»Im Februar. Ein purer Zufall. Im Grunewald beim Joggen. Er kam mir entgegen, völlig ahnungslos. Ich habe ihn am Schlafittchen gepackt und ihm ein bisschen Angst gemacht. Für etwas muss das Gefängnis gut sein. Trotzdem hat er alle Vorwürfe bestritten. Daraufhin bin ich endlich zur Birthler-Behörde gegangen. Der Besuch hat mir die Augen geöffnet. Martin hat preisgegeben, was ich allein ihm im Freien und unter vier Augen anvertraut hatte. Da konnte sonst niemand mithören.«

»Sind Sie seinetwegen nach Wiesbaden gekommen? Um ihn zur Rede zu stellen?«

Zwischen den Bäumen radelte Lenny heran. Das Bergseil hing über seiner Schulter.

Lambert winkte seinem Sohn zu, bevor er antwortete: »Die Frage stellte sich nicht. Der Auftrag des Hessenfernsehens lag schon vor.«

»Wollen Sie die Stasimethoden an Martin ausprobieren?«

»Sparen Sie sich Ihren Zynismus, Frau Tann.« Lambert kickte einen Stein ins Laub. »Er hätte eine Strafe verdient, dieser Feigling. Aber nach gestern Abend ist mir der Hunger auf Rache vergangen. Das ist mir zu armselig.«

Lenny sprang vom Rad. »Stell dir vor, ich habe meinen Schlüssel wieder! Er lag unter dem Beifahrersitz.«

Er stieg in den Gürtel, während der zweite Junge das Seil ordnete. Lambert begann mit den Aufnahmen. Von seinem Kameraden gesichert, erklomm der Sohn die Felswand.

Lambert nahm die Kamera herunter. »Alles klar, Lenny!«

Lenny legte den blonden Schopf in den Nacken und lachte. »Den nächsten Durchgang schaffe ich schneller.«

»Klettern Sie auch, Frau Tann?«, fragte er, als er wieder unten war.

»Ich brauche festen Boden unter den Füßen«, bekannte sie. »Aber Sie machen Ihre Sache sehr gut.«

»Ein Kinderspiel, wenn man am Seil hängt. In den Blue Mountains gibt es andere Herausforderungen.« Er lächelte, als er Normas fragenden Blick bemerkte. »Ein Klettergebiet in Australien. Traumhaft schön.«

»Was ist mit dem Ayers Rock?«

»Niemals! Dort klettert man nicht, obwohl es nicht direkt verboten ist. Der Berg ist den Ureinwohnern heilig. Nach ihrem Glauben lebt in dem Felsen die Regenbogenschlange. Sie hat die Welt erschaffen.«

»Auch hier soll es Schlangen geben. Nicht heilig. Dafür aus Fleisch und Blut.«

Lenny staunte. »Echt? Giftige?«

Norma lachte. »Völlig harmlos, wird behauptet. Ich habe hier noch nie eine Schlange gesehen.«

Lenny wollte eine andere Route versuchen. Norma sah noch eine Weile zu, bevor sie sich verabschiedete und auf den Hauptweg zurückkehrte. In der Ferne rief ein Kuckuck. Sie blieb stehen und lauschte. Wie viele Jahre hatte sie diesen Vogel nicht mehr gehört. Sie fühlte sich an ihre Kindheit erinnert und ertappte sich dabei, dass die Hand in der Hosentasche nach Kleingeld suchen wollte. Wer Geld dabei hat, wenn der Kuckuck ruft, wird niemals arm, erzählten sich die Leute in ihrem Dorf.

15

Martin träumt vom Eis. Die Welt des Traums ist eiskalt. Er liegt mit dem Rücken auf einem Eisblock. Die Neigung ist steil, sodass sein Kopf im Genick nach hinten kippt. Er weiß sicher, er würde abrutschen und in die Tiefe stürzen, hielten ihn nicht die Eiskristalle an Ort und Stelle. Sie bohren sich mit ihren frostigen Spitzen in Rücken und Schultern, dass es schmerzt. Auch der Kopf tut ihm weh, und er will aufwachen, damit es vorbei ist. Ein Eisvogel ruft und lockt ihn in die Wirklichkeit.

Martin blinzelt gegen das Licht. Ein zartes Grün schwingt vor seinen Augen. Ein filigranes Blatt im Wind. Neben seiner Wange flötet eine Amsel. Ihr Gesang hallt in seinem Kopf wider und weckt einen rasenden Schmerz auf. Nur undeutlich nimmt er seine Umgebung wahr. Die Brombeerranken, die ihn festhalten. Das Laub unter seinem Kopf. Der klebrige Geschmack von Erde auf der Zunge. Oder ist es Blut? Als er den Empfindungen des Gaumens nachgeht, begegnet ihm der Durst. Weiter! Der Hals. Ragt nach unten. Es fühlt sich an, als liege der Rücken auf einer Rampe. Und die Beine? Was ist mit den Beinen? Panik erfasst ihn. Wo früher die Beine waren, spürt er nichts. Er will hochkommen und nachsehen, schafft es aber nicht, auch nur den Kopf zu heben. Die Arme? Die Hände? Er verliert das Bewusstsein.

16

Samstag, der 19. April

Am Samstagmorgen schlief Norma lange. Trotzdem fühlte sie sich wie ausgelaugt, als sie gegen 9 Uhr aufstand, weil der Sonnenschein über dem Dachfenster nicht länger zu ignorieren war. Sie hatte schlecht geträumt, ohne sich an Einzelheiten zu erinnern. Der Traum hinterließ ein Gefühl der Bedrohung, das sich nicht fassen und nur durch Bewegung vertreiben ließe. Allerdings fehlte ihr zum Laufen an diesem Morgen die Energie. Lustlos wusch sie sich das Gesicht, ohne sich danach erfrischt zu fühlen, und betrat das Wohnzimmer. Dort schob sie den Couchtisch zur Seite und breitete die Yogamatte aus. Konzentriert begann sie die Übungen. Auf halber Strecke schweiften ihre Gedanken ab. Auf dem Bauch liegend, die Unterarme aufgestützt und den Rumpf aufrecht in der Position der Kobra, fragte sie sich, ob Ruth mit dieser Ausführung zufrieden wäre. Eine Kontrolle könnte nicht schaden, und Ruth hatte sie mehrmals eingeladen. Als sie sich in der Totenposition ausruhte, wurde ihr bewusst, dass sie ihre Ablehnung nicht länger auf einfache Unlust schieben durfte. Etwas anderes steckte dahinter. Eine Tatsache, der sie sich endlich stellen musste. Sie schreckte vor der Vorstellung zurück, die Übungen in Gesellschaft zu absolvieren. Sie war menschenscheu geworden! Erschrocken über diese Erkenntnis, setzte sie sich aufrecht.

Solange sie sich hinter der Rolle der Privatdetektivin verschanzte, hielt sie allen Begegnungen mit Bravour stand. Als Privatperson lebte sie im Schneckenhaus. Norma legte sich wieder auf den Boden und achtete auf ihre Atemzüge. Ein. Aus. Ein. Aus. Welche Freunde waren ihr geblieben? Lutz, selbstverständlich. Und sonst? Der Kontakt zu den früheren Kollegen war abgerissen. Irgendwann hatte der geduldigste Polizist die Lust verloren, Norma vergeblich zu einem Glas Wein einzuladen. Zu Irene ging sie nur, um sich mit Informationen zu versorgen. Mit Dirk Wolfert hatte sie sich ein einziges Mal zum Essen getroffen, danach immer zu Ausflüchten gegriffen. War es ihm zu verübeln, dass er sich nun zurückhielt? Weitere Freunde gehörten zu Arthurs Bekanntenkreis. Trotzdem hätte die eine oder andere Verbindung bestehen bleiben können. Sie war sich den Versuch schuldig geblieben.

Als junge Frau hatte sie sich mit der schlichten Vorstellung bei der Polizei beworben, auf diese Weise den Menschen zu helfen. Nicht das Stellen der Verbrecher war ihre Motivation, sie wollte sich für die Opfer einsetzen. Wie gut ihr auch alle anderen Anforderungen lagen, begriff sie während der Ausbildung. Es kam ihr vor, sie erinnerte sich genau, als würde sie von einer gütigen Macht beschenkt, während sich ihr nach und nach erschloss, wie sehr dieser Beruf der ihre war. Die Ausbildung war die glücklichste Zeit ihres Lebens. Nach einigen Jahren stellte sich Ernüchterung ein, dennoch blieb die Begeisterung lebendig. Den ersten Einschnitt erlebte sie als Berufsanfängerin in Bremen. Nicht die Arbeit war daran schuld, sondern die Beziehung zu ihrem Vorgesetzten. Die Verbindung von Liebe und Beruf vertrug sich nicht. Norma zog die Konsequenzen und ließ sich nach Wiesbaden versetzen.

Von den Lehrgängen beim Bundeskriminalamt kannte sie die Stadt flüchtig, erfreute sich an den prachtvollen Villenvierteln und dem Kurhaus, verliebte sich in den Rhein und die Taunuswälder und lebte sich rasch ein. Als sie auf Arthur traf, schien das Glück erneut auf ihrer Seite. Er war Kunsthistoriker, lebenserfahren, charmant und humorvoll, ebenso belesen wie gebildet, kurz gesagt: Das Gegenteil von Hauptkommissar Jan Petersen aus Bremen. Nach wenigen Monaten wurde geheiratet, und das Paar bezog die Wohnung über Arthurs Antiquitätengeschäft in der Taunusstraße. Im Beruf gingen beide ihrer Passion nach. Er verkaufte Gemälde und antike Möbel, sie verfolgte böse Machenschaften, und jeder liebte am anderen genau die Eigenschaften und Vorlieben, die ihm selbst nicht gegeben waren. Mit den Jahren jedoch schliff sich der Reiz der Gegensätzlichkeiten ab. Das Schiff der Ehe dümpelte in der Flaute und sollte mit einer Reise nach Kolumbien frische Fahrt aufnehmen. Arthur förderte einen jungen kolumbianischen Maler. Durch eine unverzeihliche Torheit, die Norma nicht ausschließlich ihrem Mann anrechnen durfte, fielen sie einem Trupp der terroristischen Farc in die Hände, der sich ein lohnendes Geschäft erhoffte. Die Situation entwickelte sich kritisch, als Arthur die Nerven verlor. Die Angst hätte Norma ihm verziehen, nicht aber den Verrat. Nach wenigen Tagen war alles überstanden. Sie kamen gegen ein Lösegeld frei und kehrten augenscheinlich unversehrt nach Wiesbaden zurück. Doch die Welt war nicht mehr wie zuvor. Normas Körper spielte verrückt. Sie ertrug Arthurs Gegenwart nicht. Alltägliche Besprechungen im Kommissariat lösten Panikattacken aus. In engen Räumen glaubte sie zu ersticken. Bei jedem metallischen Klicken setzte ihr Herzschlag aus. Anweisungen von Vorgesetzten machten sie krank. Es gab nur eine Rettung: Sie musste raus. Aus der Ehe. Aus der Hierarchie im Beruf. Allein mit diesem Entschluss fühlte sie sich besser. Sie kündigte, zog nach Biebrich, besuchte Kurse und legte eine Prüfung als Private Ermittlerin ab. Mit viel Optimismus begann sie ein neues Leben. Kaum hatte sie sich darin eingerichtet, geriet die Welt wiederum aus den Fugen. Freunde wurden zu Feinden, ein Feind zum Freund. Sie wusste nicht mehr, wem sie trauen durfte. Zum zweiten Mal in ihrem Leben richtete jemand eine Waffe auf sie.

Und nun war dieser Brief gekommen, der ungeöffnet in der Schublade schmorte. Mit dem Stempel der Justizvollzugsanstalt. Hatte der Anwalt zu einer Entschuldigung geraten, um das Gericht milde zu stimmen? Der Gedanke an den Prozess ließ ihren Herzschlag davongaloppieren. Sie blieb auf dem Rücken liegen, atmete ein und atmete aus und wartete darauf, dass das Herz sich beruhigte. Danach blieb sie liegen und machte sich auf weitere Reaktionen des Körpers gefasst, bis sie der eigenen Kraft wieder vertrauen mochte.

Beim Duschen dachte sie über ihren Auftrag nach. Betrachtete sie ihre Ergebnisse nach der Gefühlslage, war sie durchaus vorangekommen. Wenn man dagegen von den Fakten ausging, traten die Ermittlungen auf der Stelle. Also musste sie Fakten schaffen. Mit DNA, zum Beispiel. Mit wenigen Handgriffen erledigte sie die notwendigen Vorbereitungen und zwang sich danach zu einem Frühstück. Kaffee, Brot, etwas Marmelade, eine Scheibe Käse. Dass sie seit der Schulzeit vegetarisch lebte, kam für ihre Mutter, die niedersächsische Bauersfrau, einer persönlichen Beleidigung gleich. Als 10 Uhr verstrichen war, holte sie die Telefonliste, um die sie Inga gebeten hatte, und wählte den Privatanschluss von Martin Reber. Sandra Reber war sofort dran. Normas Bitte beantwortete sie mit der schroffen Auskunft, ihr Mann sei nicht zu sprechen.

»Darf ich es später wieder versuchen?«, fragte Norma höflich.

»Ich kann Ihnen gar nichts sagen!«

Die Verbindung brach ab.

Norma öffnete das Dachfenster im Schlafzimmer und hielt nach dem Kater Ausschau, der sonst gern diesen luftigen Weg nahm, sich in diesen Stunden jedoch von Eva verwöhnen ließ, die am vergangenen Abend von einer Klassenfahrt zurückgekehrt war. Über die Nachbardächer hinweg erspähte sie einen Zipfel des Rheins. Blaugrau schimmerte der Strom in der Sonne. Ihr schoss ein Bild durch den Kopf: die tote Marika auf dem Grund des Flusses, verfangen in Schlingpflanzen, das Gesicht hinauf zum Licht gedreht. Der Traum der vergangenen Nacht! Kaum erinnerte sie sich an den Inhalt, drängte es sie, ihn sogleich zu vergessen.

Ein Schwarm Tauben flatterte vorüber, und von der Straße klangen Kinderstimmen herauf. Kein Tag, um zu Hause zu bleiben und trüben Gedanken nachzuhängen! Sie schloss das Fenster, füllte die Wasserflasche und packte eilig den Rucksack. Um Martin Rebers Erbgut wollte sie sich später kümmern. Im Lauf des Tages würde er nach Hause kommen.

Sie war schon auf der Treppe, lief aber zurück, als sie das Telefon hörte.

»Wie geht es dir?«, fragte Lutz.

»Ich will zum Rheinsteig und mir die Strecke bei Frauenstein ansehen. Gestern war ich am ›Grauen Stein‹.«

Ihm schien zu gefallen, mit welchem Elan sie die Aufgabe anging.

»Undine gibt heute Abend einen Empfang. Wir würden uns freuen, wenn du kommst.«

»Du würdest dich freuen. Undine wohl kaum.«

»Nicht doch, Norma! Du tust ihr Unrecht. Sie mag dich, kann es nur nicht so zeigen. Es gibt Rheingauer Rieslingsekt, Häppchen und Small Talk. Du musst unter Menschen, Norma. Dieses Abkapseln tut dir nicht gut.«

Trug sie den Makel der Einsamkeit sichtbar auf der Stirn? Sie rettete sich in einen Themenwechsel. »Ist der Wasserschaden behoben?«

Damit traf sie beim Schwiegervater einen empfindlichen Punkt. »Verschone mich mit diesem Drama. Undine hat den Empfang ins Kurhaus verlegt.«

Sie erlaubte sich einen Pfiff. Ob spöttisch oder anerkennend, die Deutung wollte sie Lutz überlassen.

Er ging nicht darauf ein. »Das Thema der Ausstellung könnte dich interessieren.«

»Ach ja? Worum geht es?«

»Um den Fotorealismus und seinen Blick auf den Film.«

Das Wort ›Film‹ ließ Norma aufhorchen. »Ich überlege es mir.«

Ab 20 Uhr sei er im Kurhaus, versicherte Lutz und wünschte ihr einen erholsamen Tag.

In Frauenstein stellte Norma den Wagen an der Hauptstraße ab und marschierte los. Inkens Text lieferte viel Wissenswertes zum Ort und zur Burg, von der im Verlauf von 800 Jahren nur der fünfeckige Turm übrig geblieben war. Nach einer Biegung kam er in Sicht: Renoviert und mit grauem Satteldach erhob er sich über dem Ort und schien geradewegs aus einer Felswand herauszuwachsen. Mit so banalen Details wie der Wegbeschreibung hatte Inken sich auch hier nicht aufgehalten. Norma orientierte sich auf der

Wanderkarte und entdeckte gleich darauf das Wegzeichen des Rheinsteigs an einem Laternenpfahl. Nach wenigen Minuten erreichte sie ein weiteres Wahrzeichen Frauensteins, die ›Blutlinde‹ mit ihrer 1000jährigen Geschichte, wie ein Schild Glauben machen wollte. Anders als der in stolzer Erhabenheit dem Tod trotzende Monstranzenbaum, schien die Linde ihr Heil nahe dem Erdreich zu suchen. Der umfangreiche und zerklüftete Stamm war kaum mannshoch, und selbst die drei dicken Äste schienen die Höhe zu scheuen und wuchsen im unteren Bereich mehr waagerecht als aufwärts. Norma war von der Würde des einen wie des anderen Baumes beeindruckt. Offenbar kam kein Baumgreis ohne Sage aus, stellte sie aufgrund der Inschrift fest. An diesem Ort wurde ein junger Mann hingerichtet, der die Nichte des Burgherrn entführte und seine Liebe mit dem Leben bezahlte. Das Mädchen setzte die Blutlinde zu seinem Andenken.

Es ging bergauf, mit wachsender Steigung, und bald lagen der Ort und der Burgturm unter ihr im tief eingeschnittenen Tal. Norma nahm das Manuskript heraus, ergänzte einige Passagen mit Stichwörtern und wanderte mit weiten Schritten voran. Sie hatte die Höhe erreicht. Der Pfad verlief mit geringem Auf und Ab zwischen Obstwiesen und aufgegebenen Weinbergen hindurch. Der Rhein war von hier aus nicht zu sehen. In nordwestlicher Richtung entfernte sie sich mit jedem Schritt vom Rheintal und näherte sich ihren gestrigen Zielen, dem Monstranzenbaum und dem ›Grauen Stein‹. Doch so weit wollte sie nicht gehen und vorher zum Wagen zurückkehren. Trotz des sonnigen Wetters war ihr bisher niemand begegnet. In der Nacht hatte es geregnet. Die Abdrücke robuster Sohlen im aufgeweichten Boden bewiesen, wie häufig der Wanderweg begangen wurde. Dazwischen zogen sich in gebogenen Linien die Spuren von Fahrradreifen. Es würde eng, wenn ihr auf diesem Wegstück ein Mountainbiker begegnete. Zu ihrer linken Seite fiel das Gelände steil ab, rechts erhob sich eine Böschung. Buschgruppen und Gestrüpp drängten sich an den Weg heran.

Eine Bewegung lenkte ihren Blick voraus: Ein brauner Hund schnupperte am Wegrand, zuckelte weiter, hielt inne und trottete ihr entgegen. Das könnte Arlo sein, überlegte Norma. Oder war dieser Labrador einfach nur ein netter Kerl? Kaum hatte er sie erreicht, strich er um ihre Beine und stieß ihr mit der Schnauze gegen die Hände. Vielleicht sollte ich mir einen Hund anschaffen?, dachte sie, gerührt von seiner Zutraulichkeit. Gegen die Einsamkeit. Wie Poldi wohl damit umgehen würde? Ein Rivale dürfte dem Kater kaum gefallen.

Dass es sich tatsächlich um Arlo handelte, bewies Ruth, die mit leichtem Schritt und forschem Blick auf Norma zuhielt. Ein blaues Stirnband schmückte den grauen Haarschopf.

Norma tätschelte Arlos kräftigen Rücken. »Sie sind vom Weingut bis hierher gelaufen?«

Ruth lächelte. »Was spricht dagegen? Ich gehe die Strecke oft. Sie wissen doch, Norma: Wer rastet, der rostet.« Ernsthaft fügte sie hinzu: »Heute kann ich den Spaziergang nicht richtig genießen. Ich mache mir Sorgen.«

»Um Inga?«

Ruth lüftete das Stirnband und ordnete die Frisur. »Gestern Morgen ist sie aus dem Büro fortgelaufen und hat sich den ganzen Tag im Gartenhaus verkrochen. Auch heute habe ich sie nicht zu Gesicht bekommen. Auf Martin würde sie hören. Aber ich erreiche ihn nicht.«

Ruth ermahnte den Hund, der seine Schnauze in ein Mauseloch bohrte und zum Graben ansetzte. »Martin war gestern Morgen kurz in der Agentur und ist von dort aus zu einer Radtour aufgebrochen, sagt die Sekretärin. Ich habe sie am Abend zu Hause angerufen, was sie empörte.«

»Weiß Martins Frau nicht, wo er ist?«

»Sandra hat noch geschlafen, als er gestern Morgen aus dem Haus ging, und ihn seitdem nicht gesehen, behauptet sie. Sandra ist eine Transuse.«

Norma beugte sich zur Seite, um ihr Lächeln zu verbergen, und beobachtete den Hund, der von der Mäusejagd abgelassen und sich dem Abhang zugewandt hatte. Mit leisem Fiepen neigte er den Kopf zur Seite und äugte zu den Frauen herüber, um dann in kurzen hellen Tönen zu bellen, als wollte er sie zu einem Spiel auffordern. Ruth rief ihn zur Ordnung. Norma beschloss, sich das mit dem Hund genau zu überlegen. So einem Tier fiel ständig etwas Neues ein.

»Ich muss zurück und nach Inga sehen«, sagte Ruth.

»Soll ich mit ihr reden?«

Ruth zog die grauen Augenbrauen zusammen. »Ob sie sich darauf einlässt?«

»Ein Versuch kann nicht schaden. Nehmen wir meinen Wagen?«

Ruth stimmte zu. Einmal entschlossen, eilte sie voraus.

Arlo stand winselnd vor dem Abgrund. Er richtete den Blick seiner Bernsteinaugen auf Norma, bevor er sich zögerlich abwandte und den Frauen folgte.

17

Die Kälte ist grausam. Unerbittlich gefriert der Eisblock, auf dem er liegt, und die Sonne, die ihm ins Gesicht scheint, kann ihn nicht wärmen. Sein Blick geht hinauf in den blauen Himmel und streift die Ranken, deren zarte Blätter in Schwingungen geraten, wenn die Amsel sich niederlässt. Bisweilen senkt sie den Schnabel, richtet die runden Augen auf ihn, und für einen Moment begegnen sich ihre Blicke. Seltsam, dass er die Kälte überhaupt auf der Haut spürt, obwohl ihm sonst alle Empfindungen für die Arme und Beine, für den Bauch und den Rücken verloren gegangen sind. Er überlegt, ob das nicht sogar gut ist. Besser als die Schmerzen allemal. Die Ärzte werden das wieder hinbekommen. Daran glaubt er mit aller Entschlossenheit.

Was sich nicht wegdenken lässt, ist der Durst. Die Kehle ist ausgedörrt, und die Trockenheit wandert in den Kopf hinein und saugt sein Gehirn leer. Die Zunge füllt den Mund aus, ist dick und pelzig. Er will trinken und trinken und trinken, wenn sie ihn finden, und kann kaum an etwas anderes denken. Die einzigen Laute, die er herausbringt, sind Stöhnen und Flüstern. Dabei ist es nur eine Frage der Zeit, bis man ihn entdeckt. Er ist nicht in der Sahara verschollen. Er liegt wenige Meter unterhalb des Rheinsteigs und hört dort oben die Stimmen der Wanderer und das Klappern der Stöcke. Aus dem Tal schallen die Geräusche des Alltags herauf. Hundegebell. Das Röhren einer Motorsäge. Ein Hahn, der zu verspäteter Stunde kräht.

Der Tag hat längst begonnen.

Es heißt, ein Sterbender durchlebt das Dasein noch einmal in Bruchteilen von Sekunden. Aber der Tod soll ihn nicht bekommen. Er wird überleben. Obwohl sich die Szenen seines Lebens wie Filmsequenzen in die Gedanken schieben. Um den Durst zu verdrängen, geht er ihnen nach. Schöne Bilder wechseln sich mit schlimmen Erinnerungen ab. Marika im Sommerkleid. Ihr frohes Gesicht. Der verführerische Blick. Das Blut auf dem gelben Stoff. Auch damals war er hilflos.

Er denkt an Inga, seine Tochter, und schämt sich vor ihr. Aus Feigheit hat er sie verraten und zeigte ebenso wenig Rückgrat, als ihm die Stasi auf die Schliche kam. Informationen statt Knast, hieß die Chance, für die er Kai ans Messer lieferte. Sobald ich ins Leben zurückgekehrt bin, werde ich mich zu allem bekennen, beschließt er. Ich will alles preisgeben. Ohne Rücksicht und mit allen Konsequenzen.

Ein Rascheln schreckt ihn auf, kaum hörbar, unmittelbar neben seinem Nacken. Er nimmt alle Kraft zusammen. Als es ihm gelingt, den Kopf zu wenden, blickt er in ein tiefschwarzes Auge. Der Kopf ist schlank, von graubrauner Farbe und glänzend die obere Hälfte, von einem matten Gelb die untere. Die Schlange nähert sich ohne Furcht, wie angelockt vom schwindenden Rest seiner Körperwärme. Vor seiner Schulter richtet sie sich auf und gleitet still über ihn hinweg, als habe die Natur ihn in ihre Welt aufgenommen.

18

Ruth verlor kein Wort, bis das Weingut in Sicht kam. Erst dann, als hätte sie absichtlich bis zur Ankunft gewartet, sagte sie: »Ich sollte Bernhards Rat annehmen und mich in Geduld üben. Wenn meine Tochter lebt, wird sie sich eines Tages melden. Wir werden die Nachforschungen stoppen.«

Sie legte die Hände auf das Armaturenbrett, als suchte sie einen Halt.

Die Fassade trug einen Hauch von Grün. Die Weinreben trieben die ersten vorwitzigen Blattspitzen aus.

Norma wartete, bis der Polo zum Stehen gekommen war. »Ich soll die Ermittlungen einstellen?«

Ruth nickte angestrengt. »Bernhard hat recht. Diese Suche führt zu nichts und belastet mich und Inga nur unnötig.«

Hatte sie sich auch früher von Bernhard überreden lassen und jeden Detektiv auf halber Strecke zurückgepfiffen? Bisher konnte Norma nur Vermutungen vorweisen, die allerdings Zündstoff in sich trugen. Aber noch war der Zeitpunkt nicht gekommen, Ruth davon zu erzählen. Sie brauchte Beweise und musste Bernhards Alibi widerlegen, das ihm ausgerechnet von Ruth gegeben wurde.

»Ich habe durchaus neue Erkenntnisse. Bitte lassen Sie mir Zeit.«

Ruth stieß die Autotür auf, blieb aber sitzen. Das Zwitschern der Spatzen, die zwischen den Weinreben nach Insekten pickten, wehte herein. Der Hund, der sich im

Fußraum ausgeruht hatte, hob die Nase in den Wind und sprang auf die Straße.

Behutsam sagte Norma: »Sie müssen damit rechnen, dass die Ergebnisse schmerzen können. Dem steht die Ungewissheit gegenüber, die weiterhin Raum für Hoffnungen lässt.«

Ruths Blick folgte Arlo, der zur Haustür getrottet war und Wasser aus einem Trog schleckte. »Sie meinen also, ich will Ihnen den Auftrag aus Feigheit entziehen? Weil ich im Grunde gar nicht wissen will, was mit Marika geschehen ist? Um mich nicht der Tatsache stellen zu müssen, dass sich meine Tochter tatsächlich im Rhein ertränkt hat?«

»Es ist Ihre Entscheidung. Aber vergessen Sie dabei nicht Ihre Enkelin. Inga sucht ihren Platz im Leben. Dafür braucht sie Klarheit über die Eltern.«

Eine Weile saßen sie schweigend nebeneinander, bis Ruth sich räusperte.

»Nun gut, ich werde mich der Wahrheit stellen. Wie auch immer sie aussehen wird. Also suchen Sie weiter.«

Sie fragte nach den Entdeckungen. Es sei noch zu früh, entgegnete Norma und bat um Vertrauen.

»Wollen Sie uns schonen? Inga und mich?«

»Ja«, antwortete Norma aufrichtig. »Allerdings nicht nur Sie beide. Ich möchte niemanden in einen falschen Verdacht bringen.«

Ruth setzte zu einer Frage an, hielt dann inne und neigte zustimmend den Kopf.

Hinter dem Weingut hatte die Natur vom Garten Besitz ergriffen. Brombeerranken umschlangen die Rabatten. Wo einmal Rasen gewesen war, brach frisches Grün durch wintergelbe Halme, und dazwischen erhoben sich hüfthohe Stängel mit unscheinbaren Blütendolden, wie Norma sie nie zuvor gesehen hatte. Mitten hindurch führte ein Trampelpfad bergauf zum Gartenhaus. Arlo hatte Norma eingeholt und trottete mit hängender Zunge hinterher. Auf den Stufen vor der Hütte drängte er sich vorbei. Es dauerte eine Weile, bis Inga auf Normas Klopfen hin öffnete. Ihr Elfengesicht war vom Weinen geschwollen. Sie setzte sich auf einen Stuhl und stemmte die Füße gegen das Weinfass. An den Wanderstiefeln klebte Lehm.

»Ich bin am Vormittag durch den Wald gelaufen. Das hilft mir.«

Norma zog sich den zweiten Stuhl heran. »Hast du Ruth nicht getroffen? Sie war auf dem Rheinsteig nach Frauenstein unterwegs.«

Sie sei dieselbe Strecke gegangen, erwiderte Inga, allerdings ohne der Großmutter zu begegnen, und fügte hinzu, dass sie die Lust an der Bewegung wohl von Ruth geerbt habe. »Und von ihm!«

»Von Martin?«

Inga zuckte zusammen. »Du weißt es? Hat er es dir erzählt?«

Norma lächelte beschwichtigend. »Nein, aber die Schlussfolgerung, dass Martin dein Vater sein könnte, liegt nahe.«

»So nahe, dass ich nicht im Traum darauf gekommen bin!«

Mit einer Verzweiflung, die Norma berührte, landete die zarte Faust auf dem Fass. Immer sei sie mit allen Sorgen zu Martin gegangen, erzählte Inga, nachdem sie sich beruhigt hatte. »Wie oft haben wir über Bernhard geredet. Wie schwierig das mit ihm ist. Über meine Zweifel, ob er mein Vater ist. Und jedes einzelne Mal hat Martin mir ins Gesicht gelogen!«

Arlo tappte heran und legte dem Mädchen den Kopf auf die Knie.

»Wann hat Martin es dir gesagt?«, fragte Norma.

Inga griff in die Hosentasche und holte ein Taschentuch hervor. »Gestern Morgen im Büro. Danach bin ich sofort abgehauen.«

»Habt ihr euch anschließend ausgesprochen?«

Sie schnäuzte sich und rieb mit den Fingerknöcheln über die Augenbrauen. »Er wollte mich gestern Mittag hier treffen und machte es dringend, erschien aber nicht. Besser so! Martin kann mir gestohlen bleiben.«

»Hast du versucht, ihn anzurufen?«

Zweimal, bestätigte das Mädchen, obwohl es zwecklos sei. »Er stellt das Handy aus und verstaut es in der Satteltasche, wenn er mit dem Rad unterwegs ist. Heute habe ich es nicht mehr probiert.«

Sie hob den Kopf. Wenn man es weiß, erkennt man seine Augen, stellte Norma fest, verwundert darüber, dass ihr die Ähnlichkeit zuvor nicht aufgefallen war.

»Kann das Verschwinden meiner Mutter«, fragte Inga bedächtig, »damit zu tun haben, dass Martin mein Vater ist? Liegt da auch *irgendetwas nahe*?«

In manchen Augenblicken warf sie alles Kindliche ab.

Norma überlegte, wie viel sie verraten durfte. »Ich würde es nicht ausschließen. Wir müssen sicher sein, ob Martins Behauptung stimmt. Ich brauche eine Speichelprobe von dir.«

Sie nahm eine Plastiktüte aus der Jackentasche. Darin steckten vier Wattestäbe.

»Und jetzt?«, fragte Inga, als die Prozedur erledigt war.

»Wir lassen die Proben zehn Minuten an der Luft trocknen«, entgegnete Norma. »Anschließend fahre ich zu Martin nach Hause und bitte auch ihn darum.«

Arlo blieb bei Inga, als Norma die Hütte verließ. Gegen 14.30 Uhr durchquerte sie die Wiesbadener Innenstadt und hielt in der Kapellenstraße. Die Wohnstraße zog sich oberhalb der Taunusstraße hinauf bis zum Fuß des Nerobergs. Martin Reber bewohnte einen unscheinbaren Zweckbau, dessen Attraktivität in der Nähe zur Innenstadt, der ruhigen Lage und den Villen der Nachbarschaft liegen mochte. Eine Frau näherte sich dem Eingang. Sie führte einen weißen Pudel an der Leine. Mit einem misstrauischen Blick auf Norma schloss sie die Haustür auf. Der Pudel kratzte auf der Fußmatte herum, ohne von Norma Notiz zu nehmen.

Norma drückte den Klingelknopf.

»Ja, bitte?«, klang eine Frauenstimme aus dem Lautsprecher.

Norma beugte sich herunter. »Norma Tann. Wir haben uns neulich im Theater getroffen.«

»Was wollen Sie?«

Die Frau mit dem Pudel verschwand im Flur und beeilte sich, die Tür von innen zu schließen.

»Müssen wir das hier draußen besprechen?«

Durch den Lautsprecher war das Gemurmel von Männerstimmen zu hören. Dann ertönte der Summer und gab den Eingang frei.

Die Pudelbesitzerin wartete auf der Treppe. »Entschuldigung, aber ich kann nicht jeden reinlassen.«

»Einen schönen Tag noch«, wünschte Norma und stieg mit einem hohen Schritt über die Hundeleine.

Das Treppenhaus war so trist wie die Fassade draußen. Im milchigen Licht der Glasbausteinwand kränkelte ein Kaktus. Sandra Reber empfing Norma auf dem Flur. Sie trug zur weißen Hose eine smaragdgrüne Bluse, die ihre Augenfarbe betonte. Durch die streng zurückgebürsteten

Haare erschien ihr Gesicht älter und runder als am Abend im Theater. Sie wirkte beunruhigt.

»Die Herren meinten, ich sollte Sie heraufbitten. Also kommen Sie!«

Sandra ging voraus in ein geräumiges Wohnzimmer. Ein kantiges Ledersofa und zwei passende schwarze Sessel rangen mit einer Schrankwand um die Herrschaft im Raum. Die Sessel waren besetzt. Einer der Männer füllte das Sitzmöbel mit seiner Masse aus. Der zweite Besucher schien sich darin zu verlieren und verbarg das Gesicht hinter starken Brillengläsern. Martin Reber war nicht im Raum. Das Schwergewicht strich sich die schwarzen Haare aus der Stirn und nickte Norma mit vertraut düsterem Blick zu. Sie hatte Luigi Milano seit Monaten nicht gesehen. Er erschien ihr noch massiger als früher, die Frisur glänzte pomadiger denn je. Dirk Wolfert sprang auf und reichte ihr die Hand. Bei dem Abendessen vor Wochen war sie mit ihm ins Reine gekommen. Die Unterstellungen hatten wehgetan. Inzwischen war ihr klar geworden, dass auch sie keine Zugeständnisse gemacht hätte, selbst wenn es sich bei der Beschuldigten um eine ehemalige Kollegin handelte.

Norma trat ans Fenster. Der Blick wies zum Garten hinaus, davor lag ein Balkon. Sie spürte Wolferts Blicke im Rücken.

Er war mitten im Zimmer stehen geblieben. »Ich nehme an, du bist beruflich hier. Ist Martin Reber dein Auftraggeber?«

Sie wandte sich um. »Nein. Ich möchte nur eine Auskunft von ihm.«

Milano lüftete die fleischigen Unterarme. »Könnte schwierig werden. Martin Reber ist seit anderthalb Tagen nicht nach Hause gekommen.«

Sandra lehnte am Türrahmen und zog nervös an den ineinander verhakten Fingern. »Möchten Sie Kaffee?«

Wolfert lächelte und legte die Nagezähne frei. »Warum nicht?«

»Für mich schwarz«, warf Milano ein.

Norma bat um viel Milch und folgte Sandra in die Küche. Dort fragte sie nach der Toilette.

»Die letzte Tür links«, entgegnete Sandra.

Wie erhofft, lag das Bad gleich nebenan. Norma öffnete versuchsweise den Wandschrank und entdeckte Rebers Rasierapparat auf Anhieb im oberen Fach. Mit der Plastiktüte hatte sie zugleich die Pinzette mitgebracht, die sie zu Hause mit dem Feuerzeug desinfiziert hatte und nun dazu benutzte, einige Haarbüschel aus dem Rasierapparat zu zupfen. Die daran haftenden Hautschuppen würden für den Vaterschaftstest genügen. Aus der Küche war das Zischen von Wasserdampf zu hören. Leise schloss sie die Tür, schlich in die Gästetoilette und betätigte die Spülung, bevor sie ins Wohnzimmer zurückkehrte. Auf dem Couchtisch standen vier Tassen; eine trug eine dicke Haube aus Milchschaum.

»Nehmen Sie Platz«, bat Sandra und schob Norma den Milchkaffee zu.

Wolfert hockte auf der Sesselkante wie auf dem Sprung, als befürchtete er, vom Möbel verschlungen zu werden. »Kannst du uns weiterhelfen, Norma?«

Norma war klar, sie musste mit halbwegs offenen Karten spielen, wollte sie selbst etwas erreichen. Geben und nehmen, das war der Handel, auf den sich die beiden Kommissare verstanden.

19

Sie ließ sich sachte gegen die Rückenlehne sinken. Das klobige Sofa erwies sich als weitaus bequemer als die Polstermöbel in Ruths Wohnzimmer. »Ich suche nach einer Frau, die vor 15 Jahren im Rheingau verschwand. Sie hieß Marika Inken. Martin Reber ist ein Freund der Familie.«

»Sagt mir gar nichts«, knurrte Milano und spitzte die vollen Lippen, um den Kaffee zu kosten.

Wolfert stützte nachdenklich das Kinn auf die Faust. »Erinnere dich, Luigi! In einer Sitzung kam neulich auch dieser Fall auf den Tisch. Es ging um alte Vermisstensachen. Eine Neuaufnahme wurde allerdings abgelehnt.«

Milano setzte die Tasse ab. »Jetzt fällt es mir ein! Man geht von einer Selbsttötung aus. Der Fall gilt als abgeschlossen.«

Sandra hockte an Normas Seite auf der Sofakante und war wieder mit ihren unruhigen Fingern beschäftigt. »Marika hat sich in den Rhein gestürzt. Nur kann die Mutter Marikas Tod nicht verwinden. Alle paar Jahre schaltet sie einen Privatdetektiv ein.«

Milano rollte mit den schwarzen Augen und grinste. »Na, dann viel Glück, Norma.«

Sandra rückte ein Stück zur Seite. »Um wen geht es hier eigentlich? Um Marika? Oder um Martin?«

Wolfert räusperte sich. »Bitte, Frau Reber, wir nehmen Ihre Sorgen sehr ernst. Sie sagten vorhin, Sie haben geschlafen, als Ihr Mann gestern Morgen das Haus verließ?«

Sandra klemmte die Hände zwischen die Knie, als ließen sich die Finger auf diese Weise zum Stillhalten zwingen. »Er ist mit dem Auto ins Büro gefahren und wollte von dort mit dem Rad los. Sein Wagen steht vor der Agentur. Ich habe nachgesehen.«

Milano fragte nach Martins beruflicher Position.

»Er wird Bernhards Partner!«, verkündete Sandra und legte so akribisch dar, warum sie diese Beförderung für längst überfällig hielt, dass Norma den Eindruck gewann, Sandra ginge es vor allem um die eigene Genugtuung. Wenn ihre Ehe schon der Konkurrenz der Agentur ausgesetzt war, wollte sie zu Hause wenigstens auf den Geschäftsführer, nicht auf den Angestellten warten.

Milano gab sich unbeeindruckt. »Ist sonst etwas Bemerkenswertes geschehen?«

»Da war dieser schreckliche Angriff von Kai!«

Wolfert schlug sein Notizbuch auf. »Kai, und weiter?«

»Kai Kristian Bieler. Ein Freund aus Dresden. Fragen Sie Frau Tann! Sie hat alles mit angesehen.«

Sandra überließ das Wort Norma, die den Vorfall im Foyer zusammenfasste und die anderen über die Namensänderung informierte. Die Gründe für Lamberts Zorn behielt sie zunächst für sich. Wolfert schrieb mit. Seine Gründlichkeit galt als ideale Ergänzung zu Milanos Fähigkeit, um die Ecke zu denken. ›Protokoll und Genie‹ wurde das Gespann unter Kollegen, nicht frei von einer gewissen Ehrerbietung, genannt. Beide schienen ihr Vergnügen daran zu haben und spielten diese Rollen mit Überzeugung. Norma wusste, dass die Männer sich ähnlicher waren, als sie sich gaben. Wolfert ließ gern Milano reden, um nicht durch schlaue Bemerkungen aufzufallen, und Milano schob die Ruppigkeit vor, um seine Sensibilität zu verbergen. Er blieb auch jetzt der Wortführer, während mögliche Erklärungen für Martins Ausbleiben erwogen wurden. Norma hielt sich zurück und hörte zu. Ein Fahrradunfall schien die wahrscheinlichste Erklärung, obwohl die Anfragen bei den Krankenhäusern, die unmittelbar nach der Vermisstenanzeige herausgingen, bisher zu keinem Ergebnis geführt hatten.

Sandra richtete sich auf.

»Frau Reber?« Das war Wolfert mit seiner unermüdlichen Aufmerksamkeit.

Sie legte die Hände auf die Knie. »Mir ist etwas eingefallen. Vor vielen Jahren hatte Martin einen Unfall mit dem Rad. Er behauptete allerdings, dass es kein Unfall war.«

Milano kippte den massigen Rumpf nach vorn. »Geht es ein wenig deutlicher?«

Sie ignorierte ihn und suchte den Blick zu Wolfert. Ausführlich erzählte sie von der Jugendclique in Dresden, der Martin, Kai, Bernhard Inken und sie selbst als Martins Freundin angehörten. Eines Tages verunglückte Martin, als die Lenkstange seines Fahrrades während der Fahrt brach. Ein aufgeschlagenes Gesicht und ein gebrochenes Schlüsselbein waren die Folge. »So toll waren unsere DDR-Räder nicht. Materialfehler kamen häufiger vor. Für Martin war das Schlimmste, dass er auf einen Ferienkurs verzichten musste. Er war in eine Projektwoche der Filmhochschule eingeladen. Den Platz bekam ein anderer aus der Gruppe.«

Norma stellte die naheliegende Frage: »Der andere Junge hieß Kai Kristian?«

»Der Kurs war der Preis für besondere Leistungen in der Schule, und Kai stand an zweiter Stelle. Martin war sicher, dass sich Kai an seinem Fahrrad zu schaffen gemacht hatte. Aber niemand traute Kai diesen Anschlag zu, und Martin bekam richtig Ärger wegen seiner Anschuldigungen. Ich hatte den Vorfall längst vergessen. Aber nun, nach dem Angriff gestern, und weil Martin doch wieder mit dem Rad unterwegs ist …«

»Bitte beruhigen Sie sich.« Milano zeigte sich demonstrativ fürsorglich. »Es ist gut, dass Sie uns davon erzählt haben. Aber es muss gar nichts bedeuten.«

Norma fragte: »Kennen Sie die Strecken, auf denen Ihr Mann unterwegs ist?«

»Ich weiß, dass er in der letzten Zeit oft in den Rheingau gefahren ist«, erklärte Sandra mit besorgter Miene. »Aber wo genau? Keine Ahnung. Für seinen Sport interessiere ich mich nicht.« Sie schaute auf die Armbanduhr. »Wir wollten heute Abend zu einer Vernissage ins Kurhaus. Wann kommt er bloß?«

Milano erhob sich. »Wir werden eine umfassende Suche einleiten.«

Er bat um den Autoschlüssel. Vielleicht ließen sich im Wagen Hinweise auf die Route finden. Wolfert schlug sein Notizbuch zu und versuchte, Sandra mit den üblichen Phrasen zu trösten. Sie solle sich keine Sorgen machen, die meisten Vermissten tauchten unversehrt wieder auf und so weiter. Norma kannte die Sprüche. Auch sie verabschiedete sich und folgte den Männern auf die Straße hinaus.

Unten fragte Wolfert: »Was hältst du von der Sache, Norma?«

Norma strich eine Strähne hinter das Ohr. Ein leichter Wind zog die Straße herauf, ein Vorbote für das Ende der Sonnentage? »Ich denke, der Fall Marika hat eine neue Chance verdient.«

»Vermutest du einen Zusammenhang?«

»Bisher ist mir vor allem eines klar: Die Geschichte ist

verzwickt. Aber ihr wisst, dass ich meinen Klienten gegenüber zum Schweigen verpflichtet bin.«

»Und du solltest bedenken, dass du uns vertrauen kannst«, wandte Wolfert ein. »Eine Hand wäscht die andere. Nicht wahr, Luigi?«

Milano bewegte den fleischigen Hals zu einem angedeuteten Nicken.

»Nun gut«, sagte Norma. »Martin Reber ist vermutlich der Vater von Inga Inken.«

»Bernhard Inkens Tochter?« Wolfert verbesserte sich sofort: »Also seine angebliche Tochter. Kannst du das beweisen?«

»Nicht ich. Aber ihr!« Sie griff in die Jackentasche und nahm beide Plastiktüten heraus. »Für einen schnellen Genvergleich wäre ich dankbar.«

Wolfert nahm die Tüten mit spitzen Fingern entgegen. »Ich will gar nicht wissen, wie du an das Material von Reber gekommen bist.«

»Was ist mit diesem Lambert?«, fragte Milano. »Mir scheint, du hast vorhin nicht alles erzählt.«

Er war wegen Republikflucht verurteilt worden, berichtete Norma. »Bis zur Wende hat er gesessen und weiß erst seit Kurzem, wer ihn angeschwärzt hat.«

Milano pfiff durch die Zähne. »Lass mich raten: Martin Reber. Falls dem guten Mann tatsächlich etwas zugestoßen ist, hätten wir einen möglichen Täter zu einem möglichen Motiv.«

»Drei mögliche Täter«, widersprach Norma. »Drei mögliche Motive.«

»Bernhard Inken zum Beispiel?«, fragte Milano. »Motiv: Eifersucht? Beweis: die untergeschobene Tochter?«

»Inken käme durchaus in Frage. Doch nicht Inga muss

der Grund sein. Vielleicht stört ihn die unverhoffte Partnerschaft?« Norma erzählte von den Abmahnungen.

»Riecht nach Erpressung«, meinte Wolfert. »Auch ein hübsches Motiv. Und der Verdächtige Nummer drei?«

Norma zögerte. »Inga. Sie hat eine teuflische Wut auf Martin, der über all die Jahre den lieben Onkel gemimt hat. Allerdings, so ein junges Mädchen … undenkbar. Lassen wir Inga raus!«

»Ich kann mir alles vorstellen«, murmelte Milano.

Wolfert verschränkte die Arme. »Klingt irgendwie verkehrt herum. Drei Täter, drei Motive. Aber kein Opfer. Oder doch?«

»Seht zu, dass ihr Martin Reber findet«, sagte Norma. »Sandras Geschichte von diesem früheren Unfall sollten wir nicht auf die leichte Schulter nehmen. Ich an eurer Stelle würde mich mit Lambert unterhalten.«

Milano stieß den Zeigefinger in Normas Richtung. »Darauf kannst du wetten. Und du funkst uns gefälligst nicht dazwischen. Halte dich von Lambert fern, Norma.«

Sie ließ seine Aufforderung unbeantwortet und sagte stattdessen: »Bernhard muss von diesem Vorfall wissen. Schließlich gehörte er auch zu der Clique.«

Wolfert schaute sie nachdenklich an. Er bedaure, dass ausgerechnet sie aus dem Dienst geschieden sei, hatte er einmal gesagt. »Wie passt ein vor 15 Jahren verübter Freitod hinein?«

»Es war kein Selbstmord! Ich sehe das so: Marika hält die Beziehung zu Martin aufrecht, nachdem das Kind geboren ist. Die Heimlichkeiten belasten sie. Sie ist in schlechter Verfassung. Eines Abends macht sie sich nach Frankfurt auf, um auf einem Psychoseminar ihre Seele ins Lot zu bringen. Doch dort kommt sie nicht an. Bernhard lauert ihr auf. Er stellt sie zur Rede. Sie sagt ihm, dass er nicht der Vater des Kindes ist. Er erschlägt sie und wirft die Leiche in den Rhein.«

Wolfert nickte. »Klingt wie ein tagtägliches Beziehungsdrama. Und deine Beweise?«

»Bis zu dem Abend, an dem Marika angeblich in den Rhein stieg, war Bernhard ein rührender Vater. Danach kühlte sich die Fürsorge für die Kleine schlagartig ab. Weil ihm inzwischen klar geworden war, dass sie ein Kuckuckskind ist!«

»Wenn ich mich recht erinnere«, gab Wolfert zu bedenken, »besitzt der Mann ein Alibi. Warum schließt du Reber als Täter aus? Vielleicht hat sie ihn zur Rede gestellt und verlangt, dass er sich endlich zu ihr und dem Kind bekennt? Weil er weder seine Ehe noch seinen Job in der Agentur gefährden will, erschlägt er die Geliebte. Diese Hypothese finde ich spannender. Ist man Rebers Alibi damals nachgegangen?«

»Er befand sich nach eigenen Angaben auf einer Radtour im Rheingau.«

»Na also!«

»Er war es nicht!«, beharrte sie. »Er ist nicht der Typ für einen Mord.«

Milano grinste. »Das sagt die Richtige! Norma Tann, unsere Fachfrau für Mörder und Totschläger.«

Ihr schoss das Blut ins Gesicht.

Milano legte nach: »Dir geht die kriminalistische Fantasie durch, Norma. Das gilt für den alten Fall wie für den neuen, der bisher gar kein Fall ist. Je nachdem, in welchem Zustand Reber wieder auftaucht, reden wir weiter.«

Nach einem Gruß zum Abschied setzte er sich schwerfällig in Gang.

Wolfert blieb stehen. »Du weißt doch, Luigi wird gern sarkastisch, wenn ihm die Argumente ausgehen.« Er zögerte, sagte dann bedächtig: »Bald beginnt die Verhandlung. Du wirst aussagen müssen.«

»Nett, dass du mich daran erinnerst!«

»Norma, bitte, ich kann mir vorstellen, wie es dir damit geht. Unsere neue Polizeipsychologin …«

»Lass es gut sein, Dirk! Ich komme allein zurecht.«

»Bist du sicher? Na dann, tschüss, Norma!«

Er folgte Milano und stieg in den Wagen.

Norma marschierte in der entgegengesetzten Richtung davon und hielt das Gesicht in den Wind.

20

Am Abend war sie spät dran. Sie hatte mehrmals ohne Erfolg versucht, Lambert im Hotel oder auf dem Handy anzurufen, und die übrige Zeit vor dem Kleiderschrank vertrödelt, um letztendlich in den vertrauten Jeans aus dem Haus zu gehen. Dazu trug sie einen schwarzen Leinenblazer, der aus Arthurs Zeiten stammte, und hatte das Haar mit mehr Sorgfalt als üblich gefönt. Als Zugeständnis an den eleganten Rahmen betrachtete sie die hochhackigen Stiefeletten, auf denen sie nun durch das Foyer des Kurhauses klapperte und die in weißes Tuch geschlagenen Stehtische ansteuerte. Dort hatte sich eine größere Zahl Besucher versammelt. Am Sekt nippend, stand man beieinander, und das lebhafte Gemurmel verlor sich in der weitläufigen Halle. Wer keinen Gesprächspartner ergattern konnte, bestaunte mit mehr oder weniger glaubwürdigem Interesse die antiken Statuen auf ihren Podesten oder richtete den Blick nach oben in die beeindruckende Architektur der Kuppel, die sich über die Mitte des Foyers wölbte. Von ausgestellten Bildern keine Spur. Bevor Norma befürchten musste, auf der falschen Veranstaltung zu sein, entdeckte sie Lutz. In einen dunklen Anzug gekleidet, hielt er sich an Undines Seite, die einen blauen Hosenanzug trug. Jedes Detail an ihr wirkte makellos wie stets. Die leichten Schuhe und der Gürtel besaßen die Farbe reifer Auberginen und trafen exakt die Nuance der Kurzhaarfrisur, an der kein Strähnchen aus der Reihe wich. Undine überließ nichts dem Zufall.

Lutz winkte Norma zu, schnappte sich ein zweites Sektglas und eilte ihr entgegen. »Schön, dass du da bist! Gut siehst du aus, Norma.« Er reichte ihr das Glas.

Norma lächelte. »Du aber auch! Wo sind die Bilder? Nasse Füße bekommen?«

»Herrje, beschwöre keine Katastrophe herauf! Zum Glück ist den Gemälden nichts geschehen. Sie werden dort drüben gezeigt.« Er deutete mit einem Nicken auf eine schwere doppelflügelige Holztür.

Norma nickte anerkennend. »Im Christian-Zais-Saal! Undine lässt sich den Abend etwas kosten.«

Er blickte zur Galeristin hinüber, die von einer Schar Neuankömmlinge umringt wurde. »Sie fühlt sich ihren Kunden und den Künstlern verpflichtet. Deshalb hat sie alles drangesetzt, die Ausstellung wenigstens für ein Wochenende zu ermöglichen. Die Schäden in der Galerie ließen sich so schnell nicht beheben.«

Norma folgte seinem Blick und beobachtete die hoheitsvoll lächelnde Undine, deren Worten die Gäste andächtig lauschten. »Wie heißt die Ausstellung? Das Foto im Film?«

Lutz lachte leise. »Eine unangemessene Verkürzung. Lass das bloß nicht Undine hören. ›Fotorealismus und Film‹, um präzise zu sein. Übrigens dürfen wir mit einem gemeinsamen Bekannten rechnen.«

Norma nickte. »Bernhard Inken, ich ahnte es. Wenn man vom Teufel spricht. Sieh mal!«

Inken durchquerte das Foyer mit wiegenden Schritten, als wäre er im Freien, vielleicht auf dem Rheinsteig, unterwegs, und zog die Blicke der Anwesenden auf sich. Im braunen Tweedsakko, hellbraunen Kordhosen und einem jagdgrünen Rollkragenpullover trat er auf wie ein Landedelmann. Eine Flinte über der Schulter und ein Pointer an der Leine hätten den Eindruck komplett gemacht. Wie Undine gehörte er zu den Sonnen, die sich, wo auch immer sie aufgingen, einer Schar Planeten gewiss sein durften. Die Ersten setzten sich in Bewegung und begaben sich auf ihre Umlaufbahn.

»Was hältst du von ihm?«, fragte Norma leise.

Inken gelte als kompetent und fachkundig auf seinem Gebiet, erzählte Lutz mit gesenkter Stimme. »Früher war er für mich nur ein abgebrühter Geschäftsmann. Ich mochte ihn nicht. Seit wir am Rheinsteigbuch arbeiten, habe ich ihn besser kennengelernt. Ich glaube, er ist ein einsamer Mann, der seiner Frau noch immer nachtrauert. Immerhin lebt er seit ihrem Verschwinden allein.«

»Hast du Marika gekannt?«

Lutz wartete, bis sich ein umherspazierendes Paar entfernt hatte. »Ich bin ihr ein paar Mal begegnet, und sie hat mich durchaus beeindruckt. Damals kam es mir vor, als besäße sie ein Geheimnis. Vielleicht lag es an ihrer Sprunghaftigkeit. Himmelhoch jauchzend, zu Tode betrübt, so könnte man sie beschreiben.«

»Das hat schon jemand über Marika gesagt«, erinnerte sich Norma.

»Sie war hübsch«, ergänzte Lutz seinen Eindruck.

Norma entdeckte Lambert, der am Eingang zur Spielbank vorbeischlenderte und grüßend die Hand hob.

»Siehst du den Mann dort?«

Lutz zog die Augenbrauen zusammen. »Ist das nicht der Kerl, der im Großen Haus für Aufsehen sorgte? Kein Wunder, dass Undine ihn eingeladen hat. Sie ist vernarrt in Skandale und erst recht in deren Verursacher.«

»Außerdem ist er Dokumentarfilmer. Kai Kristian Lambert alias Bieler. Ruth Diephoffs neue Spur!«

Lutz seufzte. »Und ich hoffte schon, du bist meinetwegen hier. In Wahrheit spionierst du herum. Nein, dein charmantes Lächeln tröstet mich nicht, meine Liebe.«

Norma drückte seinen Arm. »Nimms sportlich, Lutz! Achtung: Deine Herzensdame verlangt nach dir.«

Undine hielt auf sie zu und begrüßte Norma mit kühler Zurückhaltung. »Schicke Stiefel, meine Liebe. Was hast du mit deinen Haaren angestellt? Lutz, lass uns anfangen. Würdest du bitte die Tür öffnen?«

Die Gäste folgten Undines Aufforderung und eilten in den Nebenraum. Lambert ließ sich vom Strom mitziehen, und Inken strebte hinterher. Norma wartete ab und leerte in Ruhe das Glas. Undines Stimme schallte bis ins Foyer hinein. Als die Leute klatschten, folgte Norma den anderen. In der Tat, die Galeristin hatte keinen Aufwand gescheut. Der Christian-Zais-Saal, benannt nach dem Architekten des ursprünglichen Kurhauses, bildete mit seinen prächtigen Holztüren und den parallel zu den Wänden verlaufenden Reihen marmorierter Säulen einen kontrastreichen Ort für die quadratmetergroßen Ölgemälde, die in der Mitte der Halle platziert waren. Die Motive wirkten von Ferne wie Fotografien. Norma betrachtete die Szene aus Hitchcocks ›Vögel‹, in der sich die Krähen auf dem Schulhof versammelten. Mit jedem Schritt, den sie sich näherte, traten die Pinselstriche deutlicher hervor, bis sich die Konturen der Tiere zu grauschwarzen Schlieren auflösten.

Als sie an dem Gemälde vorbei schaute, blickte sie geradewegs in einen Spiegel, der die Wandfläche zwischen zwei Flügeltüren ausfüllte. Als hüte er ein erlesenes Gemälde, umfasste der pompöse Rahmen die umherschlendernden Menschen in ihrem Rücken. Sowie Norma selbst, in den hohen Schuhen ungewohnt groß. Schmale Schultern unter der dunklen Jacke. Ein längliches Gesicht, umgeben von aschblondem Haar, das glatt bis auf die Schultern fiel. Wache blaue Augen, die das Ebenbild streng musterten.

Ein Mann trat in das Bild hinein. Kräftiger Oberkörper, grauer Haarkranz. Das Pflaster auf der Stirn war durch ein kleineres und unauffälligeres ersetzt worden.

Dem Landedelmann war der Goldrahmen angemessener als der Detektivin, urteilte Norma nüchtern.

»Bisweilen kommt einem der eigene Anblick fremdartig vor«, sagte Inken leichthin.

Darauf fiel ihr keine gescheite Antwort ein.

Er lächelte breit. »Lutz Tann hat mir erzählt, Sie wollen sich meiner Streckenbeschreibungen annehmen. Dafür bleibt Ihnen jetzt genug Zeit, weil Ruth die Suche nach Marika abbrechen ließ. Die Nachforschungen wühlen sie zu sehr auf.«

Norma drehte sich vom Spiegel weg und richtete den Blick auf Inken. »Sie sind falsch informiert.«

Er blinzelte verwundert. »Ruth hat den Auftrag nicht zurückgezogen?«

»Warum sollte sie? Es gibt neue Hinweise. Wissen Sie, dass Martin Reber vermisst wird?«

Inken schaute bekümmert. »Sandra hat mich angerufen. Eigentlich wollte sie mit Martin hierher kommen. Die Arme ist äußerst beunruhigt. Wer könnte ihre Sorge besser verstehen als ich?«

»Können Sie mir erklären, warum wieder ein Mensch aus Ihrer Umgebung verschwindet?«

Er lachte leise. »Sie wollen mich provozieren, Frau Tann. Das gehört zu Ihrem Beruf, nehme ich an. Trinken Sie lieber einen Sekt und genießen Sie den Abend.«

»Das werde ich tun, Herr Inken. Aber vielleicht beantworten Sie mir vorher einige Fragen?«

»Nur zu! Wenn Sie mich anschließend zufrieden lassen.«

»Wo waren Sie an dem Abend, als Marika verschwand?«

»Das wissen Sie doch längst!«

»Aber nicht von Ihnen persönlich.«

»Wollten wir uns nicht den langweiligen Part ersparen?«

»Von Langeweile kann keine Rede mehr sein. Also, wären Sie so nett?«

Er schaute zur Seite und erwiderte den Gruß eines Mannes. »An dem Tag habe ich Marika nach dem Frühstück nicht mehr gesehen«, begann er seine monotone Ausführung. »Sie wollte Inga am Nachmittag zu Ruth bringen und gegen Abend zu diesem Seminar aufbrechen. Ich bin von der Agentur aus direkt zum Fitnessstudio gefahren. Dort erreichte mich ein Anruf von Ruth. Sie war sehr besorgt. Die Männer der Gartenbaufirma hatten das Arbeitsgerät zu leichtsinnig am Hang abgestellt.«

Auch was er im Folgenden sagte, stimmte beinahe wortwörtlich mit Ruths Aussage und seinen Angaben in den Akten überein. Norma hatte nichts anderes erwartet.

»Sie sind zum Gartenhaus hinaufgegangen, um Holzbohlen zu holen?«

»Ich suchte etwas zum Abstützen, fand aber nichts. Es gab dort kein Holz, das noch zu etwas taugte. Ruth wusste das nicht. Sie war nicht dort oben, seit ihr Mann starb. Zu viele Erinnerungen, sagt sie.«

»Und Sie selbst kannten sich dort auch nicht aus. Waren Sie so selten oben in der Hütte?«

»Wozu? An diesem Abend war ich zum ersten und letzten Mal dort.«

Er verschränkte die Arme. Der Tweed war an den Ellenbogen abgewetzt. Die abgetragene Jacke milderte seine Arroganz und schien eine fehlbare und menschliche Seite zum Vorschein zu bringen, die Inga vertrauter sein musste als jedem anderen. Das Mädchen liebt diesen Mann, der für sie all die Jahre trotz aller Bedenken ihr Vater war, fuhr es Norma durch den Kopf. Ingas Zorn ist nichts anderes als die trotzige Reaktion einer Tochter auf die unerfüllte Liebe des Vaters.

»Und Marika? Hielt sich Ihre Frau öfter im Gartenhaus auf?«

»Wozu?«, fragte er leichthin. »Was sollte sie dort?«

»Besaß Marika ein Handy?«

»Ich hatte für mich selbst, für Marika und für jeden wichtigen Mitarbeiter ein mobiles Telefon besorgt. Obwohl die Geräte damals noch sehr teuer und unhandlich waren.«

»Dann besaß auch Martin Reber ein Mobiltelefon?«

»Als meinem Lektor stand ihm das zu.«

Lambert wanderte in der Nähe auf und ab. Inken gab ihm ein Zeichen. »Kai hat mich um eine Aussprache gebeten. Erst wollte ich nicht – so wie er und Marika mich hintergangen haben. Andererseits, nach all der Zeit will ich mich dem Gespräch nicht verweigern. Entschuldigen Sie mich bitte.«

Norma begab sich zurück zu den Bildern, ohne die Männer aus dem Blick zu lassen. Als diese den Raum gemeinsam verließen, wollte sie ihnen nach, wurde jedoch von einer Frau aufgehalten, die sie flüchtig kannte. Als Norma sich endlich loseisen konnte und ins Foyer eilte, waren Inken und Lambert außer Sicht. Auf gut Glück lief sie zum Haupteingang und schlüpfte durch die Drehtür ins Freie. Vielleicht hatten die Männer in der Tiefgarage unter dem ›Bowling Green‹ geparkt? Norma rannte die Stufen hinunter und wäre auf halber Strecke beinahe gestürzt. Ein hässliches Knacken begleitete das Straucheln. Sie bückte sich und hob den Absatz auf.

Sie hätte es besser wissen müssen: Stiefeletten waren nicht das geeignete Schuhwerk einer Privatdetektivin.

21

Sonntag, der 20. April

»Was willst du mitten in der Nacht?« Inga klang wie aus dem Tiefschlaf hochgeschreckt.

Es war kurz nach 8 Uhr. Auch Norma war eben erst aufgestanden und machte sich Kaffee. Draußen zwitscherten die Vögel unverdrossen gegen den Regen an. Der Wind wehte die Tropfen durch das offene Küchenfenster.

Norma schloss den Flügel mit einem schnellen Griff. »Hoffentlich habe ich Ruth nicht aufgeweckt.«

»Warte. Hier liegt ein Zettel.« Es entstand eine kurze Pause, in der das Rascheln von Papier zu hören war. »Ruth ist mit dem Hund raus. Sie konnte nicht schlafen, weil sie sich um Martin Sorgen macht. Sandra hat sehr früh angerufen, schreibt sie. Er ist noch immer nicht zu Hause.« Eine zweite Pause. Norma vernahm ein Quietschen, als würde ein Stuhl über den Fliesenboden gezogen. Dann wieder Ingas nörgelnde Stimme: »Was gibts denn?«

»Mir ist heute Morgen etwas eingefallen. Eine Bemerkung von Ruth, die sie auf der Terrasse machte. Sie sagte, Martin würde sich beim Radfahren strikt an seine Routen halten.«

»Das stimmt. Aber lass mich mit dem in Frieden.«

»Inga, er ist vermutlich dein Vater!«

»Das sagt ein anderer auch!«

Bei aller Kratzbürstigkeit, das Mädchen litt schmerzlich.

»Sind dir Zweifel gekommen?«, fragte Norma mitfühlend.

Inga schluchzte. »Wie soll ich sicher sein, dass Martin mich nicht wieder anlügt? Ich weiß nicht, wem ich trauen kann.«

»Du wirst Gewissheit bekommen, sobald der DNA-Vergleich vorliegt. Nur noch ein wenig Geduld. Weißt du, ob Martin im Büro Wanderkarten oder Streckenbeschreibungen aufbewahrt? In der Wohnung ist laut Sandra nichts zu finden.«

Inga erzählte von der Computerdatei. »Manchmal zeigt er mir die Bilder, die er unterwegs gemacht hat. Dort gibt es außerdem einen Trainingsplan. Martin nimmt seinen Sport viel zu ernst.«

»Hast du einen Schlüssel für die Agentur?«

Inga zögerte. »Schon. Aber ich weiß nicht ...«

»Befürchtest du, Bernhard könnte dort sein?«

»Keine Ahnung. Ich gehe sonntags nie ins Büro.«

»Dann machst du heute eine Ausnahme. Ich hole dich ab.«

Um Viertel vor 9 Uhr parkte Norma den Polo vor der Agentur. Der Wind trieb den Regen durch die Eichen, die den Parkplatz säumten. Nur ein weiterer Wagen stand auf dem Parkplatz. Wassertropfen benetzten das graue Blech. Der Kombi gehöre Martin, bestätigte Inga. Das Mädchen ging voraus und schloss die Eingangstür auf. Der Empfangstresen lag verwaist. Zum Raum nebenan stand die Tür offen. Bernhards Büro, meinte Inga.

»Hoffentlich hat Martin nicht abgesperrt.« Norma flüsterte unwillkürlich, obwohl die Agentur verlassen schien.

»Das macht hier keiner«, gab Inga ebenso leise zurück. Sie behielt recht. Die Tür zu Martins Büro am Ende des

Flurs war unverschlossen. Drinnen herrschte eine behagliche Unordnung. Auf dem Schreibtisch und den Regalen stapelten sich Papierausdrucke und Bücher. Ein fröhlicher kleiner Buddha breitete seine Körperfülle auf dem niedrigen Fensterbrett aus und schien sich in der Gesellschaft von allerlei Büroutensilien wohlzufühlen. Auf dem grauen Teppichboden lag ein bunt gestreifter Läufer.

»Hässliches Ding«, murmelte Inga. »Martin hat Rotwein verschüttet.«

Norma hörte nur mit halbem Ohr hin. Sie schaltete den Computer ein und machte sich auf ein lästiges Problem gefasst. Ihre Fähigkeiten als Hackerin waren dürftig; im Gegensatz zu den Spezialisten, die sich auch ohne Passwort Zugang verschaffen würden. Nur hätte Norma zu gern selbst einen Blick in die Dateien geworfen. Auf dem Bildschirm öffnete sich das erwartete Eingabefeld.

Norma seufzte und fragte ohne große Hoffnung: »Du weißt nicht zufällig Martins Passwort?«

»Na klar!«

Inga beugte sich herüber und klimperte mit flinken Fingern über die Tastatur. Ihre Eingabe wurde akzeptiert.

»Ich bin beeindruckt«, lobte Norma erfreut. »Kennt noch jemand den Zugang?«

»Die halbe Firma, nehme ich an. In solchen Dingen ist Martin schlampig. Der Ordner mit den Fotos heißt ›privat‹.«

Damit endete die Glückssträhne. Weder ließ sich ein so bezeichneter Ordner finden noch irgendein sonstiger Hinweis auf Martins Radtouren. Alle vorhandenen Dateien bezogen sich auf die Agentur, Drehbücher und Treatments.

»Ich habe die Dateien mit eigenen Augen gesehen!«, beharrte Inga.

Normas Fingerspitzen tanzten über die Schreibtisch-platte. »Wie es aussieht, ist uns jemand zuvorgekommen und hat diesen Ordner gelöscht.«

»Wer? Martin selbst?«

Oder ein anderer, der das Passwort kannte, überlegte Norma. Bernhard?

Inga ließ sich auf den zweiten Stuhl sinken. »Dann ist alles weg!«

»So scheint es. Doch nichts geht verloren. Jede Datei, die einmal auf der Festplatte gespeichert war, hinterlässt Spuren und kann rekonstruiert werden.«

»Sogar wenn sie gelöscht wurde?«, fragte Inga ungläu-big.

Norma nickte. »Selbst dann.«

»Und du kannst diese Dateien wiederherstellen?«

Norma lachte. »Dein Vertrauen ehrt mich! Es ist immer gut, jemanden zu kennen, der jemanden kennt, der das kann.«

Während Norma überlegte, ob sie erst Milano, dann Wolfert oder in umgekehrter Reihenfolge anrufen sollte, fiel ihr Blick auf den Läufer. Inga hatte recht, hübsch war etwas anderes.

»Was hast du gesagt?«

Inga schreckte auf. »Ich habe kein Wort gesagt.«

Norma erhob sich. »Ich meine, was du vorhin gesagt hast: Martin hat Rotwein verschüttet?«

»Das hat er mir erzählt.«

Norma klappte den Läufer um. Darunter kam ein brei-ter Fleck zutage, der sich fest in den Teppichboden hin-eingefressen hatte. Die Oberfläche war schwärzlich und verkrustet.

Wolfert zuerst, entschied Norma und zog das Handy

aus der Jackentasche. Er meldete sich keine Spur munterer als Inga vor anderthalb Stunden. Norma stellte sich vor, wie er vom Bett aus nach dem Telefon tastete. Oder doch zuerst nach der Brille, ohne die er blind wie ein Maulwurf war.

Der Klang seiner Stimme änderte sich schlagartig, als sie ihren Fund beschrieb. »Ein Blutfleck? Du meinst, Reber ist in seinem Büro … verletzt worden?«

»Ich habe gesagt, hier ist ein Fleck, der nach Blut aussieht. Mehr nicht.«

»Weiß Luigi schon Bescheid?«

»Du bist meine Nummer eins, Dirk.«

Er lachte. »Gib zu, du hast dich nur nicht getraut, ihn um diese Zeit anzurufen. Ich werde den Kerl aus dem Bett holen und die Kollegen informieren.«

»Danke. Bis gleich!«

»Achtung, Bernhard kommt!«, flüsterte Inga aufgeregt.

Schon stürmte Inken herein und verharrte wie ein Kettenhund in der Tür. »Was fällt Ihnen ein! Verschwinden Sie!«

»Wir werden alle drei hinausgehen. Die Spurensicherung ist auf dem Weg hierher.«

Inken wies auf den umgeschlagenen Teppich und blaffte: »Doch wohl nicht deswegen?«

Norma stand auf. »Erzählen Sie mir nicht, dass es Rotwein ist.«

»Warum sollte ich Sie belügen? Natürlich ist das Blut. Mein Blut. Hier!« Er hob die Hand und fasste sich an die verpflasterte Stirn.

»Haben Sie sich auf dem Teppichboden die Stirn aufgeschlagen?«

Inken schob die Daumen in den Hosenbund. Über den

Händen wölbte sich der Bauch. »Lassen Sie den Spott! Was geht es Sie überhaupt an?«

Inga war aufgesprungen. »Sag mir, was los ist, Papa!«

Falls er ihren kindlich-bittenden Tonfall überhaupt bemerkte, so ging er nicht darauf ein, sondern stierte mit unverminderter Angriffslust auf Norma.

Ihr blieben nur noch wenige Minuten, bis sie das Feld für die Kriminaltechniker räumen müsste. »Man wird rasch herausfinden, wessen Blut das ist. Ich möchte nicht in Ihrer Haut stecken, wenn es von Martin Reber stammt.«

Überraschend lenkte er ein. »Also gut, wir hatten Streit. Er hat mich angegriffen und mir den Buddha an den Kopf geworfen. Das lässt sich bestimmt alles nachweisen.«

Inga ging auf ihn zu. »Papa! Warum denn?«

Erst jetzt schien er das Mädchen wahrzunehmen. Seine Antwort war trotzdem an Norma gerichtet. »Wegen nichts eigentlich, ein kindischer Streit. Es ging um das van-der-Val-Exposé. Wir sind uns über die Qualität uneins.«

Draußen wurden Polizeisirenen laut, und ein Paar uniformierter Polizisten besetzte das Büro und schickte alle anderen hinaus. Auf dem Flur erschienen weitere Beamte, zwischen denen sich Milano seinen Weg bahnte. Eine schwarze Regenjacke umhüllte ihn wie ein Zelt. Wolfert, der ihm wie ein zu schmaler Schatten gefolgt war, hielt bei Norma an. Sie fasste zusammen, was es über den Computer zu berichten gab.

»Unsere Fachleute graben jede Zeile aus, die je auf der Festplatte gespeichert wurde«, meinte Wolfert zuversichtlich. »Wir werden einen Ansatz finden, wo wir nach Reber suchen sollen. Der Mann scheint wie vom Erdboden verschluckt.«

»Das nasskalte Wetter wird ihm zusetzen, wenn er mit dem Rad gestürzt ist und verletzt irgendwo liegt.«

»Falls er verunglückt ist, hat er bereits zwei ungemütliche Nächte überstehen müssen. Andererseits, dieser Blutfleck …«

»… gehört vielleicht tatsächlich zu Inken. Trotzdem seid ihr mir etwas schuldig, Dirk«, sagte Norma zum Abschied.

Inga wollte in der Stadt bleiben und einen Freund besuchen. Norma setzte das Mädchen am Bismarckring ab und fuhr weiter zum Hauptbahnhof. Sie parkte den Wagen in einer Seitenstraße hinter der Einkaufspassage ›Liliencarré‹ und ging hinüber zur Bahnhofshalle. Sie hatte Glück: Die S-Bahn nach Frankfurt wartete bereits, ließ ihr aber die Zeit, eine Fahrkarte zu lösen. Norma suchte sich einen ruhigen Wagen und setzte sich ans Fenster. Ein junges Paar hatte sich gegenüber eingerichtet. Das Mädchen studierte einen Stadtführer, während der junge Mann nur Augen für die Freundin hatte. Als sie aufschaute, beugte er sich vor und griff nach ihrer Hand. Norma merkte plötzlich, wie sie die jungen Leute begaffte, senkte den Blick und wandte sich dem Bahnsteig zu, bis sich der Zug ruckartig in Bewegung setzte.

Marika war auf dem Bahnhofsvorplatz aus dem Taxi gestiegen und hatte die S-Bahn um 18.55 Uhr genommen – soviel stand fest. Sie trug eine Reisetasche bei sich und verfolgte zunächst vielleicht die ernsthafte Absicht, dieses Seminar zu besuchen. Dafür ließ sie sogar die fiebernde Tochter in der Obhut der Mutter. Wollte sie sich endlich über die eigenen Gefühle klar werden? Liebte sie Martin wirklich? Oder floh sie aus der Einsamkeit ihrer Ehe und suchte das Abenteuer? Überlegte sie, ihren Mann zu verlassen, und wollte zum Vater ihres Kindes ziehen? Inken, der sich – wie Ruth bestätigte – an diesem Abend rührend um die kleine Inga sorgte, ahnte nichts von dem Kuckuckskind. Martin dagegen wusste vermutlich Bescheid, war allerdings gebunden an Frau und Sohn, die seit der Wende wieder bei ihm lebten. Einmal hatte er seine Familie bereits verlassen und sich in den Westen aufgemacht. Würde er Sandra die endgültige Trennung zumuten?

Der Zug näherte sich dem ersten Halt. War Marika in diesen vier Minuten Fahrzeit zu einer Entscheidung gekommen? Inken befand sich zu der Zeit in seinem Fitnessstudio. Martin war wie so oft unterwegs auf einer Radtour. Hatte Sandra Martin über das Handy zu einem Treffen aufgefordert, um sich mit ihm auszusprechen?

Ein Schild mit der Ankündigung ›Wiesbaden-Ost‹ flog an der Scheibe vorüber. Der Zug bremste ab. Norma verließ die Bahn. Hier musste auch Marika ausgestiegen sein. Zeugen beobachteten sie im Biebricher Schlosspark, durch den sie – so die Schlussfolgerung der damaligen Ermittler – zum Rheinufer hinunterging, sich unter der Brücke versteckte und die Dunkelheit abwartete, um sich dann in den Strom zu stürzen. Eine Theorie, die die dort aufgefundene Reisetasche bekräftigen sollte. Dass Bernhard Inken dieser Ort bestens bekannt war, stand nicht in den Akten.

22

Die zweite eiskalte Nacht liegt hinter ihm. Er wartet. Darauf, dass der Durst vergeht. Dass er die Kälte und den Regen nicht mehr spürt. Er wartet auf die Rückkehr der Schlange. Dieses Wesen wie aus einer fernen Zeit, das über seinen Körper hinwegstreicht und einen Hauch von Wärme zurücklässt. Eine seltsame Sehnsucht ist das, denkt er in einem Augenblick der Klarheit.

Das zweite Thema, das ihn beschäftigt, ist ein Entschluss. Mit quälender Anstrengung, die ihn immer wieder innehalten lässt, gelingt es ihm schließlich, den rechten Arm zu bewegen und die Hand an den MP3-Player heranzuschieben. Nicht weniger Kraft kostet es ihn, den Stick auf ›Aufnahme‹ zu stellen und zum Mund hinaufzuführen. Erschöpft muss er sich eine Weile ausruhen, bevor er zu sprechen beginnt. Die Zeit der Wahrheit ist gekommen und damit das Ende der Lügen. Sobald er ins Leben zurückgekehrt ist, wird er sein Schweigen brechen.

Man wird ihn finden.

Irgendwann reißt ihn ein Geräusch aus dem Dämmerzustand, der ihn immer öfter umfängt. Lautes Rascheln. Schritte. Eine vertraute Stimme.

Endlich.

23

Montag, der 21. April

Am Montagmorgen betrat Norma mit müden Augen die Bäckerei. Sie hatte wenig geschlafen, war viel zu früh aufgewacht und ohne Frühstück hinunter ins Büro gegangen, wo sie vom Steuerordner in Empfang genommen wurde, der als stille Mahnung auf dem Schreibtisch lag. Lustlos rückte sie einem Stapel Belege zu Leibe, doch die Gedanken an den Brief in der Schublade störten die Konzentration. Außerdem ging ihr nicht aus dem Kopf, wie weit die Erkenntnisse in Sachen Blutfleck und Festplatte inzwischen gereift sein mochten. Sie verließ das Büro, als im Bäckerladen gegenüber das Licht anging.

Die Bäckerfrau legte die Brötchentüte neben einen Zeitungsstapel und tippte auf den ›Kurier‹.

»Haben Sie schon gehört? Ein Mann wird vermisst. Wie im vergangenen Sommer Ihr Arthur, Frau Tann.«

Es war das erste Mal, dass sie das Geschehen offen ansprach, war sie Norma doch bisher mit wortlosem Mitgefühl begegnet. Norma kannte nicht einmal ihren Namen. Sie nahm eine Zeitung mit hinauf in die Wohnung und schlug, während sie die Milch für den Kaffee erwärmte, den Lokalteil auf. Ein Foto von Reber auf dem Fahrrad und die Abbildung eines Mountainbikes gleicher Marke ergänzten die Meldung. Der Vermisste wurde als ausdauernder Fahrer beschrieben. Ein Unfall im Taunus oder auf einem Teilstück des Rheinsteigs sei nicht auszuschließen, hieß es im Artikel.

Sie rief Wolfert auf dem Handy an. »Ist Reber zurück?«

»Bisher gibt es keine Spur von ihm. Wir warten auf Hinweise.«

»Was ist mit dem Blutfleck? Habt ihr die Festplatte rekonstruiert?«

»Norma, du weißt, dass dich die Ermittlungen nichts angehen.«

»Selbstverständlich, Dirk! Also, meldest du dich?«

Seine gemurmelte Antwort konnte man so oder so auslegen.

Sie schnitt gerade das zweite Brötchen auf, als Inga anrief. Das Mädchen klang beunruhigt.

»Kannst du herkommen, Norma?«

Eine Wohnung im Westend, erklärte sie hastig. Das Haus im Hinterhof. Vierter Stock. Sie wusste die Hausnummer nicht. Im Vorderhaus sei ein thailändischer Imbiss, nicht zu verfehlen.

Norma trank den Milchkaffee im Stehen. Das zweite Brötchen musste warten. Zehn Minuten später fuhr sie den Kaiser-Friedrich-Ring entlang und an der imposanten Ringkirche vorbei, bis sie beim Sedanplatz tatsächlich auf einen Parkplatz stieß. Zu Fuß begab sie sich auf die Suche nach dem Haus, einem heruntergekommenen Altbau, ein mehrgeschossiges Mietshaus. Ausgetretene Treppenstufen führten nach oben. Inga wartete vor der Wohnungstür. Sie trug dieselben Sachen wie am Sonntagmorgen in der Agentur, als wäre sie seitdem nicht zu Hause gewesen. Draußen an der Wand hing ein Pappschild mit einer bunten Liste überschriebener und ergänzter Namen. Einer der Bewohner ragte hinter Ingas magerem Rücken auf. Ein Typ wie ein Collegestudent und einem amerikanischen Film entsprungen, fiel Norma zu ihm ein: sportliche Figur, breite Schultern, muskulöse Arme und eine blonde Igelfrisur. Dazu blaue Augen und ein offenes Gesicht mit einem breiten Lächeln, das auffallend nervös wirkte.

»Das ist der Max«, sagte Inga.

»Hi, Norma!«, dröhnte der Max und schlug in bestem Frankfurterisch vor, in sein Zimmer zu gehen.

Der Raum war groß, aufgeräumt und hell. Eine Fenstertür führte auf einen Balkon hinaus. An den Wänden hingen farbige Ausdrucke und Kalenderblätter, die Schlangen aller Arten zeigten: gestreifte, gefleckte und einfarbige Reptilien, im Gras lauernd, um einen Zweig gewunden oder zwischen Felsbrocken hervorlugend.

»Der Max studiert Biologie«, verkündete das Mädchen mit einem Blick auf die Bilder. »Wir haben uns über das Internet kennengelernt. In einem Forum für Schlangenfreunde.«

Alle drei blieben mitten im Zimmer stehen. Es gab keine andere Sitzgelegenheit als das ungemachte Bett.

»Er ist dein Freund?«, fragte Norma.

Inga wechselte einen Blick mit Max, der verlegen grinste. »So gut kennen wir uns noch nicht. Ich mochte gestern nicht nach Hause.«

»Was wollt ihr von mir?«

Ein zweiter Blickwechsel zwischen den jungen Leuten. Max errötete bis zu den Wurzeln der stramm aufrecht stehenden Haare.

Inga ergriff wieder das Wort. »Ich muss zur Arbeit, und Max wollte mir sein neues Rad leihen.«

Auf ihre Aufforderung hin öffnete der Student die Balkontür. Das Rad lehnte an der Hauswand: Ein gedrungenes Gestell in mattem Rot und mit übergroßen Rädern. An die Lenkstange war eine daumengroße Figur geknotet. »Siehst du den winzigen Buddha?«, flüsterte Inga. »Den hat Martin von Ruth bekommen. Und so eine Satteltasche hat er auch. Er wird stinksauer sein auf Max. Kannst du nicht mit ihm reden?«

»Mit einem Vermissten?«

»Ist er noch immer nicht zurück?«, erwiderte sie erschrocken.

Norma zog den Klettverschluss auf. Die Tasche war leer. »Was ist mit dem Handy, Max?«

Er wich ihrem Blick aus. »Da war nichts drin. Bitte glauben Sie mir.«

»Lag das Telefon vielleicht in der Nähe?«

Ihm sei nichts aufgefallen, beteuerte er. Sie gingen wieder hinein.

Max schloss die Tür und sank auf die Bettkante nieder. Seine Wangen schimmerten rötlich. »Ich weiß nicht, was in mich gefahren ist. Da lag dieses Rad. Ein Fully mit Carbonrahmen. Davon kann ein Student nur träumen. Ich bin kein Dieb, bitte glauben Sie mir. Ich kann nicht erklären, warum ich es mitgenommen habe.«

Norma unterbrach seinen Redefluss. »Wann und wo?«

Wie ein zurechtgewiesenes Kind legte er die Hände auf die Knie. »Gestern Vormittag in der Nähe von Frauenstein. Im Naturschutzgebiet Sommerberg. Ich darf das Gelände betreten und dort nach den Äskulapnattern sehen. Dicht dabei liegt das Schloss Sommerberg.«

Sie erinnerte sich an ein Hinweisschild und die Schlossmauer, an der sie am Samstag ein Stück entlanggewandert war, bevor sie auf Ruth traf. In den Morgenstunden hatte Max das Rad entdeckt, und 24 Stunden vorher war Martin zum letzten Mal in der Agentur gesehen worden.

Das Mountainbike sei ihm, fuhr Max fort, nur notdürftig versteckt, unter einem Reisighaufen aufgefallen. »Mir war sofort klar: Das Rad ist geklaut.«

»Und wenn es sowieso gestohlen ist, kommt es auf einen zweiten Diebstahl nicht mehr an, dachten Sie? Der Besitzer liegt vermutlich irgendwo verletzt und wäre vielleicht in Sicherheit, wenn Sie den Fund sofort gemeldet hätten. Ich will nicht spekulieren, was diese Verzögerung für Martin Reber bedeuten könnte.«

Max sprang auf. »Ich hatte keine Ahnung, dass jemand vermisst wird! Was passiert jetzt?«

»Sie werden mit einem Kommissar der Kriminalpolizei sprechen.« Norma griff nach dem Mobiltelefon.

Sie käme seinem Anruf zuvor, antwortete Wolfert und erklärte, er sei in Eile. Das Blut auf dem Teppich stamme tatsächlich von Bernhard Inken und bringe sie im Augenblick zwar nicht voran, aber dafür hätten die IT-Spezialisten die Streckenpläne rekonstruiert. Die Suchmannschaft sei auf dem Weg.

»Nehmt euch die Gegend um Schloss Sommerberg vor«, lautete Normas Vorschlag.

»Das Schloss liegt allerdings auf Rebers Strecke. Bist du unter die Hellseher gegangen?«

»Ich arbeite daran. Hier ist ein junger Mann, der dich sprechen möchte.«

Stockend beichtete Max sein Vergehen ins Telefon, unterbrochen von reumütigen Beteuerungen. Inga hielt sich an seiner Seite und betrachtete ihn hingebungsvoll.

Als er fertig war, gab er das Handy zurück. »Danke. Ich

bin froh, dass ich das hinter mir habe. Das Rad wird abgeholt. Ich soll hier warten.«

»Ich muss in die Agentur!«, rief Inga. »Ich bin schon viel zu spät.«

»Du kannst mit mir fahren«, bot Norma an.

Sie setzte das Mädchen ›Unter den Eichen‹ ab, fuhr weiter nach Frauenstein, durchquerte den Obstbauernort und folgte der gewundenen Hauptstraße. Die Zufahrt zum Schloss Sommerberg lag an der Straße nach Georgenborn. Ein Streifenwagen blockierte das überhöhte Gittertor. Sie rollte im zweiten Gang vorbei und wendete auf einem Waldparkplatz. Auf der Rückfahrt bog sie in den Feldweg ein, auf dem sie am Samstag gewandert war, und hielt den Wagen dicht neben der Schlossmauer an. Eilig schnürte sie die Wanderschuhe und zog die Jacke über. Der Sonne zum Trotz strich ein kalter Wind den Abhang hinauf. Sie wich den Pfützen aus und marschierte den Stimmen entgegen, die, von Megafonen verzerrt, über die Obstgärten schallten und von Hundegebell übertönt wurden. Über dem Schlossgelände kreiste ein Hubschrauber.

Ein junger Polizist verstellte ihr den Weg. »Hier ist Schluss mit dem Spaziergang. Eine polizeiliche Maßnahme.«

Norma lächelte. »Deswegen bin ich hier. Ich habe dringende Informationen für die Kommissare Wolfert und Milano.«

»Sind Sie von der Zeitung?«, fragte er misstrauisch.

»Lassen Sie mich durch! Die beiden erwarten mich. Sie wollen bestimmt keinen Ärger mit dem Kollegen Milano.«

Der junge Mann blickte sich unsicher um, als stünde der Kommissar bereits hinter ihm. »Ich habe die strikte Anweisung …«

Norma verlor die Geduld. »Ich rufe Luigi selbst an.«

Es hätte schiefgehen können. Doch Milano zeigte sich großzügig und wies den Kollegen an, für Norma den Weg freizugeben. Sie erspähte ihn durch das Geäst. Wie ein behäbiger Bär trottete er in seinem Regenzelt voran. Bald hatte sie ihn eingeholt und erntete einen neidischen Blick auf ihre robusten Stiefel. Den italienischen Schuhen bekam der nasse Boden gar nicht. Das Leder schien in Auflösung begriffen. Norma verkniff sich eine Bemerkung und erkundigte sich nach dem Kollegen.

Milano rieb sich die kalten Hände. »Dirk leitet die Suche drüben im Naturschutzgebiet. Vielleicht findet sich dort der Inhalt aus den Satteltaschen. Wir nehmen uns die Strecke vor. Wie bist du an den Fahrraddieb herangekommen?«

»Berufsgeheimnis. Habt ihr mit Lambert gesprochen?«

Milano lächelte grimmig und zog die buschigen Augenbrauen zusammen. »Berufsgeheimnis.«

Ein Hundeführer hob den Arm. »Luigi! Hier!«

Norma folgte Milano, der mit ungleichen Schritten vorauseilte. Sie überquerten die Stelle, an der sie Ruth begegnet war. Gleich darauf verengte sich der Pfad, auf beiden Seiten flankiert von einer dichten Hecke.

Der Polizist begrüßte Norma wie eine gute Bekannte und strich dem Schäferhund an seiner Seite über den Kopf. »Don hat etwas angezeigt! Seht mal hier!«

Er beugte sich vor und deutete auf den Stamm einer jungen Buche. Die zarte Rinde war auf Fingerbreite abgerieben.

»Was sagt mir das?«, fragte Milano unbeeindruckt.

Der Blick des Polizisten streifte Milanos Füße. »Deine Schuhe, Luigi!«

»Was soll damit sein? Zeig mir lieber, was du entdeckt hast!«

»Seht euch den Baum gegenüber an!«

Er trat an ein dünnes Eichenstämmchen heran, an dem sich bei genauem Hinsehen eine ebensolche Verletzung entdecken ließ. »Wenn ihr mich fragt, hat jemand quer über den Weg ein Seil gespannt. Eine Falle für einen Radfahrer! Davon stammen die Schrammen im Holz. Was meinst du, Luigi?«

»Du könntest einem indianischen Spurenleser Konkurrenz machen.« Er streckte den Arm aus und wies auf den Abhang unterhalb, auf dem Brombeerhecken und Buschgruppen um Platz und Licht rangen. »Dort unten suchen wir weiter!«

Der Hundeführer riss erschrocken die Augen auf. »Ich soll Don in die Dornen schicken?«

Milano grinste. »Wer A sagt, muss auch B sagen.«

24

Dienstag, der 22. April

Die Telefone schwiegen unerbittlich, der Festanschluss im Büro ebenso wie das Handy. Milano hatte zum Dienstagvormittag erste Ergebnisse der Obduktion versprochen, stand allerdings nicht in dem Ruf, seine Zusagen pünktlich einzuhalten. Ungeduldig fasste Norma den Entschluss, bis 12 Uhr zu warten und dann Wolfert anzurufen, und wandte sich wieder den Unterlagen über Marika zu, die – als Kopien und mit ihren Anmerkungen versehen – auf dem Schreibtisch gestapelt vor ihr lagen. Innerhalb der vergangenen zwei Wochen war sie die Aufzeichnungen der Kollegen mehrfach durchgegangen und wollte trotzdem die Hoffnung nicht aufgeben, doch noch auf den entscheidenden Hinweis zu stoßen. Der Kater leistete ihr Gesellschaft und umfasste ihren Arm spielerisch mit den Pranken, während sie sein pelziges Kinn kraulte. Ihre Gedanken kreisten um den gestrigen Tag und die Suchaktion, die ihrem Gedächtnis ein weiteres beklemmendes Bild hinzugefügt hatte. Die Wiesbadener Zeitungen hatten eine Meldung über das Auffinden des Vermissten gebracht, ohne auf Einzelheiten einzugehen. Auch das Radio ließ nur Andeutungen verlauten.

Polizeihund Don war seiner Aufgabe mit Feuereifer nachgegangen. Der Vermisste lag unterhalb der Stelle, an der die vermeintliche Falle entdeckt wurde. Helfer trugen den Toten nach oben: ein durchnässter Körper, Rücken und Beine braun von Erde, die nackten Arme und das Gesicht vom Sturz in die Dornen gezeichnet. Auf der Stirn klaffte eine Wunde, die jeden medizinischen Laien das Schlimmste befürchten ließe.

»Da hätte auch ein Helm nichts geholfen«, murmelte Wolfert, der zwischen Norma und Milano stand und gemeinsam mit ihnen die Bergung verfolgte.

Milano strich die Schuhe an einem Grasbüschel ab. »Reber hat sich beim Sturz den Schädel aufgeschlagen. Mit dem Loch im Kopf muss er auf der Stelle tot gewesen sein.«

Norma trat zurück, um zwei schwarz gekleidete Männer vorbeizulassen, die einen Sarg herantrugen. »Oder der Fallensteller ist seinem Opfer nachgeklettert und hat die Tat dort unten vollendet.«

Milano unterbrach seine vergeblichen Bemühungen und blickte missmutig auf die Schuhe, in deren Lehmkrusten nun nasse gelbe Grashalme klebten. »Du bist gar nicht hier, Norma!«

Ein Mann kam den Abhang hinaufgeklettert und hielt dabei eine Plastiktüte in der ausgestreckten Hand. Der weiße Schutzanzug war auf Knien und Ellenbogen von Erde beschmutzt und zeugte vom körperlichen Einsatz seines Trägers.

Wolfert nahm den Inhalt der Tüte in Augenschein. »Kopfhörer und Kabel. Und das Gerät dazu?«

»Ein MP3-Player vermutlich«, antwortete der junge Kriminaltechniker, der Norma unbekannt war. »Das Gerät ist nicht aufzufinden.«

»Dann schafft es heran!«, fauchte Milano.

»Reber hatte so einen roten Stick«, sagte Norma und fing sich einen finsteren Milanoblick ein.

»Wolltest du nicht gehen, Norma?«

»Bin schon unterwegs. Soll ich vielleicht Ruth und Inga informieren?« Die beiden Männer waren einverstanden, dass sie ihnen die ungeliebte Aufgabe abnehmen wollte.

»Dafür haltet ihr mich auf dem Laufenden? Rufst du mich bis morgen Mittag an, Luigi?«

Seine geknurrte Antwort hatte sie als Zustimmung aufgefasst, aber die Telefone taten keinen Mucks.

Stattdessen klopfte jemand an die Bürotür. Ein Mann Anfang 40, schlank, in Jeans und Pullover, mit akkuratem Kurzhaarschnitt und aufgewecktem Blick, mit dem er unter der Hand hindurch in den Raum äugte. Typ betrogener Ehemann, urteilte Norma spontan und glaubte, ihm einen enttäuschten Zug anzusehen. Einer, der seiner Frau auf die Schliche kommen wollte. Kein Auftrag nach ihrem Geschmack.

Der Besucher hatte sie entdeckt und winkte. Norma befreite sich mit sanftem Druck aus Leopolds Tatzen und öffnete die Tür.

Sein Lächeln wirkte zurückhaltend. »Frau Tann? Mein Name ist Eiko Ehlers.« Höflich bat er um ein kurzes Gespräch.

Der Kater war auf den Besucherstuhl gesprungen und hinterließ einen Flaum blaugrauer Haare, als Norma ihn herunterhob.

Sie zog den Drehstuhl hinter dem Schreibtisch hervor. »Nehmen Sie besser den!«

Ehlers zögerte einen Augenblick, als traue er dem Stuhl nicht, bevor er sich setzte. Er bückte sich zum Kater hinunter und strich ihm sanft über den Rücken. Vielleicht wollte er einen krankfeiernden Angestellten überführen? Allerdings sah er nicht wie ein Geschäftsmann aus. Eher wie ein Arzt, überlegte Norma. Oder war er Journalist?

Leopold schien angetan und drückte sich schnurrend gegen die Männerwaden.

»Prächtiger Kerl«, lobte Ehlers. »Ich mag die Kartäuser sehr.«

Ein Tierarzt womöglich, überlegte sie.

»Poldi ist hier der Hausherr«, erklärte Norma. »Worum geht es?«

»Ich bin Strafverteidiger.« Er ließ den Kater los und hob den Blick. »Eiko Ehlers. Mein Name sagt Ihnen nichts?«

Norma lehnte sich gegen den Schreibtisch. »Bedaure. Ich weiß leider nicht …«

»Mein Mandant hat Ihnen geschrieben und darum gebeten, dass Sie sich mit mir in Verbindung setzen. Haben Sie keine Post bekommen?«

Wenn sie den Mann einfach aus dem Büro schicken könnte! Mit weichen Knien sank sie auf das haarige Polster nieder.

»Sie sind sein Anwalt?« Norma deutete auf die Schublade. »Ehm … der Brief liegt dort drinnen. Ungeöffnet.«

Sie war Leopold dankbar, der ihr die Gelegenheit gab, sich zu bücken und ihr heißes Gesicht zu verbergen.

Ehlers entging ihre Verlegenheit nicht. »Ich muss mich entschuldigen, Frau Tann, wenn ich Ihnen Unannehmlichkeiten bereite. Ich gebe zu, ich habe meinen Mandanten zu diesem Schreiben geraten. Allerdings unter dem Eindruck, dass zwischen Ihnen beiden, wie soll ich sagen, keine Feindschaft besteht. Er verhält sich sehr kooperativ und behauptet, er habe Sie nicht bedroht, und ich glaube ihm. Liege ich mit der Einschätzung richtig?«

Norma tauchte auf und stellte eine leichte Verunsicherung im Lächeln des Besuchers fest. »Ihr Mandant ist ein gnadenloser Lügner, sobald er sich einen Vorteil verspricht.«

Er räusperte sich. »Glauben Sie mir, ich kann Ihren Unmut verstehen. Dennoch, Sie gehören zu den wichtigsten Zeugen.«

Als ob sie das nicht wüsste! In Gedanken sortierte sie die kommenden Monate in die Zeit vor und nach dem Prozess. Ihr graute vor den Gerichtstagen. Zugleich wünschte sie, die Verhandlungen endlich hinter sich zu bringen.

Ehlers blickte Norma auffordernd an. »Wir brauchen Ihre Mithilfe, Frau Tann.«

»Soll ich für ihn lügen?«

Er hob abwehrend die Hände. »Keinesfalls! Wir bitten Sie ausdrücklich um die Wahrheit. Für meinen Mandanten steht viel auf dem Spiel. Jemand sollte dem Gericht seine menschliche Seite zeigen. Seine verletzte Seele offenlegen.«

Die verletzte Seele? Ehlers legte sich ins Zeug, als hielte er sein Plädoyer. Norma verkniff sich die zynische Antwort, in die sie sich am liebsten gerettet hätte. »Und dieser Jemand soll ausgerechnet ich sein?«

»Wir bauen auf Sie, Frau Tann.«

»Ich werde vor Gericht aussagen, Herr Ehlers, wie es meine Pflicht ist, und mich in allen Einzelheiten an die Wahrheit halten. Was ich in welcher Weise offenlege, das überlassen Sie bitte mir.«

Das Telefon klingelte. Der erwartete Anruf aus dem Kommissariat?

»Augenblick, bitte!« Dankbar für die Unterbrechung, nahm sie das Gespräch entgegen. Wolfert verkündete Neuigkeiten in der Sache Reber.

»Was genau, Dirk?«

»Am besten, du kommst ins Kommissariat.«

»Ich bin gleich bei euch.«

Ehlers erhob sich. Er schob seine Karte zwischen die

Papierstapel auf dem Schreibtisch. »Ich will Sie nicht aufhalten. Vielleicht können wir unser Gespräch ein andermal fortführen?«

Norma begleitete ihn nach draußen. Der Kater stolzierte voraus. Ein metallicgrüner Mini parkte auf dem Gehweg. »Kann ich Sie ein Stück mitnehmen?«, fragte Ehlers.

»Danke, nicht nötig. Ich nehme meinen Wagen.«

Während der Fahrt in den Konrad-Adenauer-Ring wehrte sie sich gegen die Erinnerungen und richtete ihre Gedanken auf das Geschehen am Rheinsteig. Wolfert hatte beunruhigt geklungen. Den Grund dafür würde sie in wenigen Minuten erfahren. Irenes Schreibtisch lag verlassen. Norma hinterließ einen Gruß auf dem Notizblock, mit dem Versprechen, später vorbeizukommen. Von Weitem hörte sie Milanos dröhnenden Bass. Die Bürotür stand weit offen. Der schwergewichtige Kommissar tigerte vor dem Fenster auf und ab und fauchte angriffslustig ins Telefon hinein. Es gab offenbar ein Problem mit seinem Wagen. Bei der Inspektion hatten irgendwelche Kabel Schaden genommen. Norma wollte nicht in der Haut des Mechanikers stecken.

Wolfert bearbeitete derweil mit beiden Zeigefingern einen Laptop und legte in höchster Konzentration die Nagezähne frei.

Als sie an den Türrahmen pochte, blickte er auf und rückte die Brille zurecht. »Hallo, Norma! Kaffee?«

»Gern, falls ihr Milch habt.«

Er wollte nachsehen, was sich in der Teeküche auftreiben ließ. Milano hörte seinem Opfer für einen Moment zu und nutzte die Pause, um Norma einen Stuhl zuzuweisen. Wolfert kehrte zurück und reichte ihr einen Plastikbecher mit einer hellen Brühe, die nach lauwarmem Wasser und fettiger Kondensmilch schmeckte. Er schloss die Tür und nahm wieder Platz.

»Wir sprechen uns heute Abend!« Milano knallte den Hörer auf. »Stümper!«

Mit einem erschöpften Schnaufen ließ er sich hinter seinem Schreibtisch nieder, der im Gegensatz zu Wolferts aufgeräumtem Arbeitsplatz mit Zetteln, Akten und aufgerissenen Verpackungen, vorzugsweise von Süßigkeiten, übersät war.

Aus Höflichkeit nahm Norma einen zweiten Schluck und fragte: »Was hat die Obduktion ergeben?«

Milano fingerte in einer Schublade herum und zog eine unversehrte Papierhülle hervor. »Martin Reber hat sich bei dem Sturz eine Reihe von Verletzungen zugezogen, die für verunglückte Mountainbiker typisch sind, sagt der Doktor. Unter anderem einen Wirbelbruch mit Querschnittslähmung.«

Er riss die Verpackung mit den Zähnen auf. Der Schokoriegel verschwand in seinem Mund.

Sie dachte an das hässliche Loch in Rebers Stirn. »Was wisst ihr über die Kopfwunde?«

Milano kaute und gab dem Kollegen ein Zeichen.

»Die Verletzung der Stirn war verantwortlich für den Exitus«, antwortete Wolfert. »So viel steht fest. Aber …« Er senkte die Stimme: »Die Kopfwunde hat mit dem Sturz nichts zu tun. Wie hast du gestern selbst gesagt, Norma? Wer auch immer die Falle gebaut hat: Er könnte herabgeklettert sein und Reber den tödlichen Schlag verpasst haben. Es sieht so aus, als hättest du mal wieder den richtigen Riecher gehabt. Allerdings hat sich der Täter Zeit gelassen.«

Norma schlug die Beine übereinander. »Zeit gelassen? Was soll das heißen?«

Wolfert rieb sich das spitze Kinn. »Der Sturz geschah am Freitagmorgen um exakt 9.47 Uhr. Rebers Uhr überstand den Aufprall nicht. Er selbst zunächst schon.«

Milano warf einen Blick in die leere Papierhülle und ließ sie achtlos auf die Tischplatte fallen. »Den tödlichen Hieb gegen den Kopf bekam er wesentlich später verpasst.«

Ihre Zehen begannen angestrengt zu wippen. »Wie viel später?«

Milano antwortete: »Bis zu 48 Stunden. Reber starb irgendwann zwischen Samstagnacht und Sonntagvormittag.«

»Soll das heißen, Martin Reber lag zwei Tage lang mit einer Querschnittslähmung im Gebüsch und wurde dann erschlagen?«

Wolfert warf ihr durch die dicken Brillengläser hindurch einen langen Blick zu. »Davon ist auszugehen. Eklige Geschichte.«

»Damit haben wir ein Tötungsdelikt«, fügte Milano hinzu, während seine dicken Fingerspitzen in einem Trommelsolo über die Schreibtischplatte jagten, und erklärte, dass er und Kollege Wolfert der umgehend gebildeten Mordkommission zugeteilt wären.

Norma bemerkte, dass sie noch immer den Kaffeebecher in der Hand hielt, und stellte ihn zwischen einer angebrochenen Bonbontüte und den Rest einer Schokoladentafel ab. Die nächste Frage fiel ihr schwer: »War Reber bei Bewusstsein, als man ihm den letzten Schlag verpasste?«

»Davon ist auszugehen«, wiederholte Wolfert tonlos.

Das Doppelkinn des Kollegen geriet in Schwingungen, als er nickend zustimmte, ohne die Trommelei einzustellen.

Sie fragte nach Sandra. »Wie kommt Rebers Frau damit klar?«

»Wir lassen sie vorerst in dem Glauben, dass ihr Mann auf der Stelle tot war«, erklärte Milano. »Die Wahrheit wird sie früh genug erfahren. Außerdem kommt das den Ermittlungen zugute. Ich erwarte, dass auch du dich daran hältst, Norma.«

»Keine Frage, Luigi!«

»Sandra Reber erwartet den Sohn aus Irland«, sagte Wolfert. »Heute ist eine Freundin bei ihr.«

Vielleicht die Begleiterin zur Opernpremiere, dachte Norma. Wenigstens war Sandra in der Situation nicht allein. Ob Ruth und Inga einander beistehen konnten? Sie war nach dem Ende der Suchaktion ins Weingut gefahren und hatte dort beide angetroffen. Ruth nahm die Nachricht von Rebers Tod gefasst entgegen, setzte sich wortlos und schien innerlich zu versteinern. Inga brach in Tränen aus, schrie und schwieg und weinte wieder, bis sie alle Kraft verlor und an der Seite der Großmutter erstarrte. Als Norma nach zwei Stunden das Haus verließ, erschien ihr die Frühlingssonne wärmer denn je. Zumindest musste sie beiden Frauen vorerst nicht erklären, auf welch grausame Weise Martin Reber zu Tode gekommen war.

Leise bekannte sie: »Ich bin am Samstagvormittag an der Absturzstelle vorbeigekommen. Er könnte noch leben, wenn ich gehandelt hätte.«

»Woher solltest du wissen, dass er dort unten lag?«, wandte Wolfert ein. »Mach dir deswegen keine Vorwürfe.«

Sie erzählte von der Begegnung mit Ruth. »Ich war so ignorant! Der Hund hing an Reber, wie ich selbst beobachtet habe. Arlo wollte Ruth und mir etwas mitteilen. Das habe ich nicht begriffen.«

»Und Ruth Diephoff?«

»Sie rief den Hund zu sich, mehr nicht.«

Wolfert reckte den Kopf wie ein Jagdhund, der Witterung aufnahm. »Wie war ihr Verhältnis zu Reber?«

»Dirk, er war ihr engster Vertrauter! Das weiß ich von beiden Seiten. Ruth hat nichts mit dem Mord zu tun. Ich kann mir kein Motiv vorstellen.«

Milano schnaufte ungläubig. »Ihr habt die Böschung selbst gesehen. Die Frau ist 70! Erzählt mir mal, wie eine alte Frau die Böschung herunterklettert, mitten auf dem Abhang einen Felsbrocken aufhebt und einen Mann erschlägt!«

Unvorstellbar für ein Schwergewicht wie ihn, diesen Steilhang überhaupt zu bewältigen, mit oder ohne Stein, dachte Norma und sagte: »Täuscht euch nicht! Ruth betreibt seit Jahrzehnten Yoga. Über die Terrassenböschung vor ihrem Haus klettert sie wie eine Bergziege.«

»Vergesst die Frau«, raunzte Milano. »Wir haben einen Verdächtigen.«

Norma horchte auf. »Lambert? Er hätte ein Motiv, und dann dieser Angriff im Foyer. Was sagt er dazu?«

»Was wir bisher haben, reicht nicht für ein Verhör«, erklärte Wolfert. »Zurzeit werten wir die Spuren vom Tatort aus.«

»Und die wären?«

»Norma, ich weiß nicht ...«

»Spring über deinen Schatten, Dirk! Ich bin hier, um euch Informationen zu liefern. Dafür brauche ich ein paar Anhaltspunkte.«

Wolfert tauschte einen Blick mit Milano, der widerstrebend nickte, und erzählte, dass die Fußspuren im Versteck unbrauchbar seien. »Alle Abdrücke sind sorgfältig verwischt. Damit lässt sich nichts anfangen.«

»Und die Tatwaffe?«

Er lachte bitter. »An dem Hang gibt es mehr Steine als alles andere. Aber unsere Kriminaltechnik gibt so schnell nicht auf. Die Leute drehen jeden Brocken um.«

Milano erklärte mit zufriedener Miene: »Und sie waren erfolgreich! Im Gebüsch fand sich ein Parkticket. Es stammt aus der Parkgarage am Kurhaus. Abgestempelt am Donnerstag um 20.30 Uhr.«

»Gratuliere!«, rief Norma. »Der Halter des Wagens heißt Lambert?«

Milano gab einen grunzenden Laut von sich. »Jedenfalls wurde sein Wagen zu dieser Uhrzeit ins Parkhaus gefahren. Das beweist die Videoaufzeichnung. Du weißt selbst, für einen Haftbefehl reicht das nicht aus.«

»Habt ihr den Musikstick gefunden?«

Wolfert verneinte. Stattdessen hätten die Kollegen an der Baumrinde Faserspuren entdeckt; rötliche Fasern einer chemischen Substanz. »Dieselben Fasern finden sich am Fahrrad.«

»Also Fasern von dem Seil«, sagte Norma nachdenklich. »Lambert war am Freitagvormittag am ›Grauen Stein‹. Sein Wagen stand am Monstranzenbaum, und zwar schon eine Weile. Die Motorhaube fühlte sich kalt an. Im Kofferraum lag ein rotes Bergseil.«

Milano schnalzte zufrieden mit der Zunge. »Danke, Norma! Das bringt uns weiter.«

Wolfert richtete sich wieder auf und schaute über den Laptop hinweg. »Fürs Erste wird das sogar den Staatsanwalt überzeugen. Wir werden weitere Zeugen auftreiben, da bin ich sicher. Auch für den Sonntagmorgen. Irgendjemand muss ihn am Rheinsteig gesehen haben!«

»Da war noch etwas Merkwürdiges«, fiel Norma ein. »Lambert behauptete seinem Sohn gegenüber, das Seil sei gar nicht im Wagen. Und Lenny hatte den Autoschlüssel verloren und fand ihn unter dem Sitz wieder.«

Milano nickte entschlossen. »Lambert wird uns den gesamten Ablauf haarklein erklären. Dafür sorge ich.«

»Was ist mit Bernhard Inken?«, gab Norma zu bedenken. »Vielleicht wollte Reber tatsächlich die Partnerschaft erpressen. Damit hätte auch Inken ein Motiv. Wie hat er das Blut im Büro erklärt?«

Milano antwortete: »Nach Inkens Aussage hat dieser Streit alle Unstimmigkeiten bereinigt. Nach Rebers Angriff mit dem Buddha, den Inken angeblich herausgefordert hat, hätten sie sich versöhnt, und Inken bot Reber die Partnerschaft an. Eine Erpressung streitet er ab.«

»Behaupten kann er viel! Glaubt ihr ihm?«

»Wie auch immer, für den Freitag hat Inken ein Alibi«, sagte Wolfert. »Er verbrachte den Vormittag auf dem Golfplatz. Dafür gibt es mehrere Zeugen.«

So leicht wollte Norma nicht aufgeben. »Inken hat Dreck am Stecken! Da bin ich mir sicher.«

»Es geht dir um seine Frau?« Milano schüttelte den Kopf. »Eine andere Baustelle. Komm, Norma, lass uns das Protokoll schreiben. Und dann nehme ich mir diesen Lambert vor!«

Mit dem wiederholten Versprechen, alle Einzelheiten von Rebers Tod für sich zu behalten, verließ sie das Zimmer mit dem seltsamen Gefühl, auf gewisse Weise noch Teil des Kommissariats zu sein. Der schnelle Erfolg war unter anderem ihr zu verdanken. Kai Kristian Lambert, der tödliche Rache an seinem Verräter genommen hatte, würde seiner Strafe zugeführt. Sie selbst könnte sich endlich ganz ihrem Auftrag widmen und Marika Inkens Schicksal aufklären. Für Ruth, die ihr diese Aufgabe anvertraut hatte.

Und mehr noch für Inga, die nach der Mutter nun den Freund verloren hatte, der womöglich ihr Vater war. Nur die Wahrheit konnte dem Mädchen einen Halt im Leben geben.

25

Irene nahm Norma mit einem Lächeln in Empfang. »Schön, dich zu sehen. Magst du?«

Sie stellte einen Teller mit Weintrauben auf den Schreibtisch. »Es gibt Schicksale, die gönnt man seinem ärgsten Feind nicht. Dieser unglückliche Radfahrer ... Lass uns von etwas anderem reden. Was macht die Vermisstensache Marika Inken? Bist du mit deinen Ermittlungen vorangekommen?«

Weniger aus Appetit als um dem trockenen Geschmack im Mund abzuhelfen, zupfte Norma eine Traube ab. »Wollten wir nicht das Thema wechseln?«

»Sag bloß, es gibt eine Verbindung zwischen beiden Fällen?« Die altmodisch gerundete Brillenfassung und der gespitzte Mund unterstrichen Irenes Verwunderung. Aufmerksam lauschte sie Normas kurzem Bericht. »Verstehe ich das richtig? Die vermisste Marika Inken hat eine Tochter, und deren Vater ist nicht der Ehemann, sondern der ermordete Reber. Der wiederum hat sich erst vor wenigen Tagen zu seiner Tochter bekannt.«

Norma stimmte ihr zu. »Nur weiter so!«

»Marikas Ehemann gab am Abend ihres Verschwindens den treu sorgenden Vater. Später kühlte sich die Liebe zum Kind deutlich ab. Weil er wusste, dass die Kleine ein Kuckuckskind ist?«

»Das sehe ich ebenso.«

Irene pickte eine faule Traube heraus. »Könnten deine

Nachforschungen eine verhängnisvolle Kettenreaktion angestoßen haben?«

»Der Gedanke lässt sich nicht von der Hand weisen.« Norma strich sich nervös durch die Haare. »Ich will nicht ausschließen, dass Marika ermordet wurde. Von Reber womöglich. Nun hat jemand an ihm eine späte Rache geübt.«

Irene stützte nachdenklich das Kinn auf die Hand. »An Rache glaube ich gern. Einem Schwerverletzten einen Stein auf den Kopf zu schleudern, das erfordert eine große Wut. Könnte das Mädchen die Falle gestellt haben?«

Norma räumte ungern ein, dass dieser Verdacht zumindest zeitlich zu begründen sei. »Inga ist am Freitagvormittag in der Nähe herumgewandert. Allerdings behauptet sie, ihre Mutter nicht zu lieben. Warum sollte sie für die ungeliebte Marika ein solches Verbrechen begehen? Wesentlich emotionaler ist ihre Bindung an Reber. Dass er nicht offen zu ihr stand, hat sie sehr verletzt. Zugegeben, ein denkbares Motiv. Allerdings gehen Dirk und Luigi einer handfesten Spur nach. Lambert hat einen brodelnden Zorn auf Reber, der ihn an die Stasi verraten hat.«

Irene sagte mit einem Lächeln: »›Protokoll und Genie‹ entkommt auf Dauer niemand! Wenn die Kollegen Recht behalten, hat der Fall Reber nichts mit deinen Ermittlungen zu tun.«

»Mag sein. Trotzdem erscheint mir die Suche nach Marika wie ein Stochern im Hornissennest.«

Eine junge Frau betrat das Büro und setzte sich an den zweiten Schreibtisch. Irene stellte sie als die neue Praktikantin vor.

Schon an der Tür fiel Norma eine Frage ein. »Irene, kennst du einen Rechtsanwalt namens Ehlers?«

»Meinst du Eiko Ehlers?«

Norma rief sich die Karte in Erinnerung. »Das ist er. Er hat sein Büro im Schiffchen.«

Die Praktikantin kicherte. »Eine Kanzlei in einem Schiffchen, na, so was! Warum nicht auf einer Yacht?«

Norma schmunzelte. »Sie sind nicht aus Wiesbaden?«

»Ich komme aus Kassel!«

»Das Schiffchen, von dem wir reden«, erklärte Irene belustigt, »liegt in der Altstadt. Die Häusergruppe bildet die Form eines Schiffs. Deshalb nennen wir diesen Teil der Altstadt Schiffchen.«

Die junge Frau strahlte. »Dann kenne ich das Schiffchen. Dort befinden sich all die netten Kneipen und Restaurants!«

»Wo Sie sich bestimmt besser auskennen als ich«, bemerkte Irene trocken. »Ehlers besitzt eine Kanzlei in der Altstadt. Man darf davon ausgehen, dass er seit der Scheidung in den Büroräumen wohnt. Meine Nichte betreibt im selben Haus ein Stehcafé. Ehlers gehört zu den Stammgästen. Sie hält ihn für einen netten Kerl, der Pech hatte. Seine Ex lässt ihn bluten. Kaum anders zu erwarten bei dieser Familie.«

Eiko Ehlers habe in eine einflussreiche Wiesbadener Juristenfamilie eingeheiratet, fuhr sie fort. Einigen Familienmitgliedern war Norma bei Einladungen in der Villa Tann begegnet. In der Tat konnte sie sich angenehmere Widersacher vorstellen.

Sie verabschiedete sich von Irene und verließ das Gebäude. Draußen kamen ihr ein blonder Hüne und eine zierliche Frau entgegen.

Das Mädchen lächelte unsicher. »Max soll seine Aussage wiederholen. Mich will man auch befragen. Hast du schon das Ergebnis vom Gentest?«

Norma bat um Geduld. »Wie geht es dir, Inga?«

»Ich komme klar!« Sie schenkte Max einen warmen Blick, woraufhin er nach ihrer Hand griff.

»Und Ruth?«

»Sie sagt nichts und stiert vor sich hin, wenn sie sich unbeobachtet fühlt. Aber sie sorgt sich um mich. Das lenkt sie ab. Gestern Abend war Sandra bei ihr. Sie wollte nicht allein sein. Früher konnten sich beide nicht besonders gut leiden. Martins Tod hat alles verändert.«

»Weiß Sandra von dem Verhältnis zwischen Martin und deiner Mutter?«

Ein energisches Kopfschütteln. »Sie hat keine Ahnung, dass Martin vielleicht mein Vater war. Sie ist unverändert nett zu mir. Das wäre sie sonst wohl kaum.«

Es sei denn, überlegte Norma, Sandra spielt die ahnungslose Ehefrau, weil sie sich der Wahrheit nicht stellen wollte. Oder um die Wahrheit zu verheimlichen. Eifersucht als Mordmotiv? Ein Motiv, so alt wie die Menschheit. Fing sie an, überall Gespenster zu sehen?

Max legte den Arm um Ingas schmächtige Schultern.

»Komm jetzt! Es wird Zeit«, drängte er, als wollte er die peinliche Aussage rasch hinter sich bringen.

Auf der Rückfahrt hielt Norma an einem Lebensmittelmarkt, um den Vorrat an Poldis Lieblingsfutter aufzustocken, und machte bei der Gelegenheit weitere Besorgungen. Als sie die Lebensmittel in den Kofferraum packte, wurde ihr klar, warum man nicht hungrig einkaufen sollte. Sie hatte dem frischen Gemüse nicht widerstehen können und großzügig eingepackt. Zurück in der Wohnung, begann sie umgehend mit der Reduzierung. Sie zerschnitt Zucchini, Brokkoli und Möhren, dünstete das Gemüse im Wok und richtete es mit einer würzigen Soße an. Beim

Essen kreisten ihre Gedanken um den Besuch am Morgen. Der Anwalt hatte böse Erinnerungen wachgerüttelt. Ins Höllenfeuer mit dem Kerl, dachte sie und träufelte einen Löffel Chilisoße auf den Teller.

Hatte Martin Reber, wie sie selbst, dem falschen Freund vertraut?, überlegte sie, während sie das Geschirr in das Spülbecken räumte. Auf welchen Feind war Marika hereingefallen, bis sie die Gutgläubigkeit mit dem Leben bezahlte? Es musste einen Zusammenhang geben! Beim Abtrocknen ließ Norma ihrer Fantasie freien Lauf und verbannte jeden Gedanken an den Prozess. Der Schreibtisch konnte warten. Sie nahm den Wagen und fuhr hinaus in den Rheingau.

Als hätte die Natur über Nacht eine Extraschicht eingelegt, leuchteten die Wiesen in einem überirdischen Grün. Die blühenden Obstbäume strahlten mit dem postkartenblauen Himmel um die Wette. Bald kam das Weingut in Sicht, von dem der Frühling auf seine Weise Besitz ergriffen hatte und die Hausfront hinter den sprießenden Ranken versteckte. Ruth öffnete auf das Klingeln. Sie trug dunkle Sportkleidung, die sie verletzlich und niedergeschlagen wirken ließ. Blass und mit Schatten unter den Augen, schien sie den 70 Lebensjahren näher denn je.

Ihr Blick verriet, dass Norma nicht willkommen war. »Ich bin mitten in einer Einzelstunde.«

Norma entschuldigte sich. »Ich wollte nicht stören. Ehrlich gesagt, ich hatte nicht erwartet, dass Sie heute arbeiten.«

»Wie sollte ich sonst aushalten, was sich in meinem Kopf abspielt?«

»Ich dachte, ich könnte Ihnen irgendwie beistehen. Martins Tod …«

Ruth schnitt ihr das Wort ab. »Danke für das Angebot. Ich komme zurecht. Was wollen Sie? Meine Schülerin wartet.«

»Eine Frage, bitte. Darf ich mir das Gartenhaus ansehen? Marika hat sich gern dort aufgehalten.«

»Was soll das bringen? Nach all der Zeit?«

Norma fragte verwundert: »Soll ich überhaupt weiterhin nach Ihrer Tochter suchen?«

Ruth deutete ein Lächeln an. »Warum sollte ich den Auftrag zurückziehen? Schauen Sie sich meinetwegen im Garten um, wenn Ihnen das hilfreich erscheint. Keine Sorge wegen Arlo.«

Der Labrador begrüßte Norma mit stürmischer Unbekümmertheit und legte ihr einen Ball vor die Füße. Sie tat ihm den Gefallen und trat das Spielzeug auf den Rasen hinaus. Arlo stürmte mit schlackernden Ohren hinterher. Sie ging an der Terrassenmauer entlang und stieg hinter der Böschung den Pfad bergan. Der Ball war vergessen. Arlos Hecheln erfüllte den Luftraum hinter ihrem Rücken. Eine Elster flog schmetternd auf, als sie sich dem Gartenhaus näherten. Inga war vermutlich noch nicht zurück, aber vorsichtshalber klopfte Norma an. Nichts rührte sich. Die Tür war abgeschlossen, doch sie brauchte die Dietriche nicht und ertastete den Schlüssel oben auf dem Türrahmen. Dieser Raum war ein Rückzugsort. Heute für Inga, damals für Marika. Das Letztere ließ Norma als Rechtfertigung gelten.

Die Kraft der Sonne war nicht bis in die Hütte gedrungen. Die kühle Luft roch modrig. Arlo schnupperte am Sofa und legte sich davor auf die Holzdielen nieder. Ein heftiges Flattern ließ ihn sogleich wieder aufspringen. Norma fuhr erschrocken zusammen. Es war nur eine

Taube, die sich durch die zerbrochene Scheibe im rückwärtigen Fensterband in die Hütte verirrt hatte und sich auf dem Weinregal vor dem kläffenden Hund in Sicherheit brachte. Norma fasste Arlo am Halsband und stieß die Tür weit auf. Die Taube schien unentschlossen, als traute sie dem Ausweg nicht, bis sie schließlich die Flügel hob und mit lautem Flügelklatschen davonflatterte.

Norma sah sich um, als wäre es ihr erster Besuch. Die staubigen Flaschen im Weinregal. Das im langen Gebrauch zerschrammte Rüttelpult. Das Weinfass, flankiert von zwei Stühlen. Hatte Marika sich hier mit ihren Liebhabern getroffen? Mal mit Lambert? Dann mit Martin? Über den Wanderweg oberhalb des Gartens konnte man zur Hütte gelangen, ohne vom Wohnhaus aus gesehen zu werden.

Sie zog einen Stuhl heran und legte Marikas Foto, das sie im Portmonee mit sich trug, auf das Fass. Eine junge, dunkelhaarige Frau mit unverkennbarer Ähnlichkeit zu Inga: die zarten Züge, das verhaltene Lächeln. Nur die Augen waren anders: groß und leicht schräg angesetzt. Hast du aus dem Zug heraus deinen Geliebten angerufen? Vielleicht hattet ihr gestritten, und du wolltest dich versöhnen. Oder wolltest du Schluss machen und ihn zu einer letzten Aussprache auffordern? Nehmen wir an, du hast ihn nach Biebrich bestellt. Er holt dich am Schlosspark ab. Ihr fahrt zurück in den Rheingau, schleicht euch hinauf in das Gartenhaus.

War es so?

Marikas Lächeln blieb unergründlich. Norma erhob sich vom unbequemen Stuhl, stieg über den schnarchenden Hund hinweg und ließ sich behutsam, als könnte das Möbelstück unter ihr zusammenbrechen, auf dem Sofa nieder. Hinten im Raum verstärkte sich der muffige Geruch.

Die Schlangen fielen ihr ein, die unter dem Boden hausten, wie Inga erzählt hatte. Womöglich gefiel es den Schuppentieren in der Couch? Norma sprang so hastig auf, dass der Hund es ihr erschrocken gleichtat, und kehrte zum Stuhl zurück.

Sie treffen sich im Gartenhaus. Martin und Marika, die verkappten Eltern einer Tochter. Unten im Wohnhaus sorgt sich Ruth um die fiebernde Inga, entdeckt kurz darauf den gefährdeten Bagger. Sie ruft Bernhard an, erreicht ihn im Fitnessstudio. Nein, die Reihenfolge stimmt so nicht, fiel Norma ein. Bernhard trifft kurz vor 19 Uhr bei Ruth ein. Um dieselbe Zeit steigt Marika in die Bahn. Der Zug braucht vier Minuten vom Hauptbahnhof nach Biebrich. Die Zeit für die Autofahrt und den kurzen Fußmarsch zusammengerechnet, können Martin und Marika 20 bis 25 Minuten später im Gartenhaus eintreffen. Sie sind bereits hier oben, als Bernhard – es ist inzwischen 20 Uhr – unten im Garten gemeinsam mit Ruth auf die Terrasse hinausgeht. Sie wiegen sich in Sicherheit. Wie können sie ahnen, dass Bernhard, der sonst niemals heraufkommt, bei der Hütte nach Holzbohlen suchen will? Überrascht er sie? Oder kommt er hinzu, als Martin Marika im Streit erschlägt? Hat Bernhard Martins Tat bis in diese Tage gedeckt und den Geliebten seiner Frau nun aus Rache getötet? Oder ist Bernhard der Mörder und machte Martin zum Komplizen?

Norma seufzte verwirrt. Nichts als Mutmaßungen.

Arlo trottete zur Tür. Er kratzte am Rahmen und winselte auffordernd.

Norma steckte die Fotografie ein. »Du hast recht! Gehen wir!«

Sie verließ die Hütte, schloss die Tür ab und legte den Schlüssel an seinen Platz zurück.

Wenn der Mord dort drinnen geschehen ist, gibt es Spuren, überlegte Norma. Blutspritzer können Jahrzehnte überdauern. Leider besaß sie nicht die Macht, einen Polizeiapparat in Gang zu setzen. Sie brauchte Milanos Unterstützung. Für den Kommissar hatte der Mord an Reber Priorität vor einem 15 Jahre alten Fall, der zudem als Selbsttötung abgestempelt war.

Milano gab wenig auf die Spekulationen einer Privaten Ermittlerin. Er verlangte Indizien.

26

In Milanos schwarzen Augen spiegelte sich das Decken-
licht. Seinem Gesicht war der Triumph anzusehen. Wolfert gab sich bescheidener, erlaubte sich nur ein Lächeln,
das dennoch Genugtuung verriet. Lambert habe sich zu
beiden Taten bekannt, zu dem inszenierten Unfall wie
dem anschließenden Tötungsdelikt, fasste er das Ergebnis
der Vernehmungen zusammen. Sein Anruf hatte Norma
unterwegs erreicht, als sie sich auf der Rückfahrt von einer
Wanderung über die Höhen zwischen Rüdesheim und
Lorch befand und noch ganz erfüllt war von den Stunden unter einer frühlingswarmen Sonne und den Aus-
sichten auf den hier in einem engen Bett fließenden Rhein.
Ungeachtet der ermatteten Beine und des gefüllten Kühl-
schranks, hatte sie einem Treffen am Abend erfreut zugestimmt. Der Fall Reber war geklärt, und der Spürsinn der
Kommissare konnte eine neue Herausforderung gebrauchen. Norma hatte etwas im Angebot.

Milano schlug ein Restaurant im Schiffchen vor, das ihr
sehr gelegen kam. Als Vegetarierin wusste sie die italie-
nische Küche zu schätzen. Sie waren die einzigen Gäste
im sparsam ausgestatteten Nebenraum. Milano hatte um
den Tisch gebeten, damit sie unbefangen reden konnten. Wolfert zog die Brille bis auf die Nasenspitze herunter und blätterte in der Karte, während Milano auf

Italienisch mit dem Wirt plauderte und jede Silbe mit vergnüglicher Leidenschaft von sich gab. Wieder einmal fiel Norma auf, wie die Sprache einen Menschen verwandelte. Der melodische Klang verlieh selbst dem ungehobelten Milano einen südländischen Charme. Sie bestellte Panzerotti mit Ricottakäse, Butter und Salbei und dazu einen Erbacher Honigberg; dem Rheingauer Riesling hielt sie auch beim Italiener die Treue. Milano entschied sich für einen Chianti zum Fischgericht, Wolfert verlangte ein Bier zur Pizza. Ein Mädchen brachte die Getränke. Milano schaute ihr wohlwollend nach und nahm den ersten Schluck.

Wolfert richtete den Blick auf Norma und prostete ihr zu. »Dein Tipp mit dem Kletterseil gab der Sache die richtige Würze. Die Fasern an der Baumrinde stammen vom Seil aus Lamberts Auto. Daran gibt es nichts zu rütteln. Weitere Faserspuren befanden sich außerdem in Lamberts Rucksack. Dieses Seil war die Falle, die Reber abstürzen ließ. Und jetzt hängt Lambert selbst drin.«

Der holprige Vergleich ließ ihn selbst schmunzeln.

Norma hob das Weinglas. »Ihr hattet Lambert bereits in Verdacht. Das Parkticket hat euch auf die richtige Fährte gelockt.«

»Sicher, aber mit deiner Hilfe konnten wir ihn im Handumdrehen festnageln. Immerhin hast du ihn am Freitagmorgen in der Nähe des Tatorts gesehen. Kurz nachdem Reber abstürzte.«

»Das betrifft den arrangierten Unfall«, bemerkte Norma.

Milano grinste zufrieden. »Auch für den zweiten Teil der Tat haben wir einen Zeugen.«

Norma staunte. »Jemand hat die Tat beobachtet?«

»Luigi übertreibt«, warf Wolfert ein. »Unserem Zeugen ist zur Tatzeit ein Mann aufgefallen. Schwer bepackt mit Rucksack und Kamera, nahe bei der Absturzstelle.«

Milano bedachte ihn mit einem tadelnden Blick. Er ließ sich ungern verbessern. »Den Todeszeitpunkt kann man auf die frühen Morgenstunden am Sonntag eingrenzen. Genau die Zeit, zu der Lambert am Rheinsteig spazieren ging. Angeblich, um Probeaufnahmen zu machen. Der Zeuge hat ihn einwandfrei identifiziert.«

»Es ist niemandem verboten, dort oben zu wandern.«

»Was willst du, Norma? Wir haben den Täter. Er hat alles zugegeben.«

Wolfert fügte hinzu: »Lambert blieb keine Gelegenheit für Ausflüchte. Das Geständnis war nur eine Frage der Zeit.«

»Und das Motiv?«

»Wie wir vermutet hatten«, erklärte Milano zufrieden. »Lambert wusste, dass sein Plan, sich von der DDR zu verabschieden, an die Staatssicherheit verraten worden war. Während der Haftzeit und in den Jahren danach hatte er die ganze Zeit einen bestimmten Bekannten in Verdacht. Dass es in Wirklichkeit Reber war, erfuhr Lambert erst vor Kurzem. Der Durst auf Rache war entsprechend groß und dringend.«

»Und euch bleiben keine Zweifel, dass Lambert Reber getötet hat?«

»Wir stützen uns nicht allein auf die Faserspuren, das Ticket und die Zeugenaussagen. Lambert hat alles zugegeben«, sagte Milano.

Wolfert ergänzte verwundert: »Man könnte meinen, du gönnst uns den Erfolg nicht.«

Das sei Unsinn, widersprach sie. »Ich kann mir Lam-

bert einfach nicht als den Mann vorstellen, der einem hilf-
losen Opfer einen Stein auf den Kopf haut.«

»Du warst lange genug Polizistin«, sagte Wolfert, »um
zu wissen, zu welchen Dingen die lieben Mitmenschen
fähig sind. Lambert hat rot gesehen und sich gerächt.«

»Hat er den kompletten Ablauf gestanden?«

Es gebe Lücken, räumte Wolfert ein, was durchaus
nachvollziehbar sei. »Lambert war in höchstem Maße
erregt. Viele Details blendet er aus. Er will oder kann sich
nicht darauf besinnen. Die Erinnerungen werden sich
wieder einstellen.« Gedankenverloren betrachtete er die
nackte Wand. »Der Sohn tut mir leid. Lenny wirkt reichlich mitgenommen. Der Vater ein Mörder ...«

Der Alkohol machte ihn sentimental – das hatte
Norma schon früher erlebt – und er vertrug nicht viel.
Milano dagegen wurde mit jedem Glas stiller. Der Wirt
servierte persönlich und brachte unaufgefordert eine
Karaffe Rotwein und ein weiteres Bier mit. Beim Essen
beklagte sich Wolfert über die zunehmende Bürokratie,
die den Dienst erschwerte. Milano schwieg und füllte
sein Glas auf.

Auch Norma bestellte einen zweiten Wein. Sie war mit
dem Bus gekommen und hatte den Wagen im Hof gelassen. »Könnt ihr mir einen Gefallen tun?«

Wolfert rückte die Brille zurecht. »Geht es um den Fall
Marika? Bist du weiterhin dran an der Sache?«

Sie nickte stumm, weil sie einen Bissen Panzerotti im
Mund hatte. Der Salbei schmeckte köstlich.

Wolfert legte die Gabel ab. »Lambert kann mit dem
Verschwinden der Frau nichts zu tun haben. Er hielt sich
nachweislich in Tasmanien auf, als Marika abtauchte.« Er
war verdächtig gut mit den Einzelheiten vertraut.

»Ihr habt euch beide über den Fall informiert?«, fragte sie.

»Ganz inoffiziell«, stellte Wolfert unwillig klar.

»Wird der Fall Marika neu aufgenommen?«

»Das steht zurzeit nicht zur Diskussion«, widersprach er. »Lamberts Vernehmungen haben Vorrang. Noch gibt es viele offene Fragen.«

»Aber danach!«

Er bat mit einem Lächeln um Verständnis. »Du kennst unsere Personalausstattung, Norma. Muss ich dir erklären, welcher Rang dieser uralten Geschichte eingeräumt wird? Zumal der Fall als Selbsttötung abgelegt wurde.«

»Eine Schlussfolgerung, die schon damals an den Haaren herbeigezogen war, wenn ihr mich fragt!« Sie berichtete von dem Gartenhaus und ihrer Annahme, Marika habe sich dort mit ihren Liebhabern verabredet. »Würdet ihr Lambert fragen, ob ich richtig vermute?«

»Die Hütte wurde unmittelbar nach Marikas Verschwinden durchsucht«, sagte Wolfert. »Das steht in der Akte. Im Gartenhaus gab es keine Auffälligkeiten.«

»Wie auch, Dirk? Man hat nach einer Vermissten gesucht. Nicht nach den Spuren eines Verbrechens.«

Schwungvoll wischte er sich den Bierschaum von den Lippen. »Du scheinst davon überzeugt, dass Marika ermordet wurde.«

»Ihr etwa nicht? Gebt zu, dass euch das Jagdfieber gepackt hat.«

Ein Rosenverkäufer erschien in der Tür, spähte schüchtern hinein und machte angesichts des dicken Mannes am Tisch auf dem Absatz kehrt. Milano schaute ihm verblüfft hinterher.

Wolfert lächelte verschmitzt. »Ich empfehle dir, Norma,

halte dich an die Statistik. Ich würde den Mörder im nahen Umfeld suchen.«

»Ob mit oder ohne Statistik«, antwortete Norma. »Darauf bin ich von allein gekommen. Mein Favorit ist der Ehemann. Andererseits hat auch Reber einiges zu bieten.«

Milano griff mit geröteten Wangen zur Weinkaraffe. Er fand seine Sprache wieder. »Ich tippe auf den Ehemann. Eifersucht ist ein grundehrliches Motiv. Er kommt zur Hütte, sieht die beiden, und – zack – haut zu. Ende, aus.«

»Unsinn«, widersprach Wolfert eifrig. »Ein Totschlag vor einem Zeugen? Nein, Reber war es! Er hatte die Geliebte satt. Lasst uns den DNA-Vergleich abwarten. Angenommen, er war wirklich Ingas biologischer Vater: Womöglich hat Marika ihm die Pistole auf die Brust gesetzt. Sie und das Kind gegen seine Ehefrau und den sicheren Job. Daraufhin hat er zugeschlagen!«

Milano musterte den Kollegen mit schiefem Kopf. »Deine Fantasie in allen Ehren, Dirk. Ich glaube, die Männer haben gemeinsame Sache gemacht.«

»Langsam!«, rief Norma. »Zunächst müssen wir wissen, ob die Hütte tatsächlich der Ort der heimlichen Zusammenkünfte war.«

»Also gut, ich werde bei Lambert nachhaken«, murmelte Wolfert. Müde stützte er das Kinn auf die Hände. »Ohne Protokoll. Ganz unverbindlich, einverstanden?«

»Danke, Dirk. Wenn Lambert die Annahme bestätigt, muss die Hütte nach Spuren untersucht werden. Könnt ihr das veranlassen?«

Zu ihrer Erleichterung nickte Milano bedächtig. »Gib uns Zeit, Norma. Auf ein paar Tage mehr oder weniger kommt es nach 15 Jahren nicht an. Erst muss die Anklage gegen Lambert in trockenen Tüchern sein. Er hat einen unangenehm engagierten Anwalt aufgetrieben. Der Mann macht uns richtig Druck.«

Norma verabschiedete sich nach dem Espresso mit der Hoffnung, dass sich beide bei klarem Verstand an die Versprechen erinnerten. Sie spürte die angestrengten Waden, als sie zur Haltestelle spazierte. Von Weitem sah sie den Bus um die Ecke biegen. Die letzten Meter rannte sie.

27

Donnerstag, der 24. April

Ein Stockentenpaar überquerte, der Erpel um eine Schna-
bellänge voraus, im Watschelgang den Pfad, hielt auf halber
Strecke inne und holperte, als Norma sich näherte, mit auf-
geregtem Schnattern dem Teichufer zu. Hinter dem Wasser
erhob sich die Mosburg. Vor fast 200 Jahren als Ruine in
den Biebricher Schlosspark gesetzt, diente die Burg damals
wie heute als romantischer Blickfang; insbesondere, wenn
sich das Licht zwischen den Bäumen im Nebel brach und
der Park in frühmorgendlicher Stille lag. Norma trabte
locker voran. Die Beine hatten sich von der Wanderung
erholt, und der Riesling vom Abend zuvor war ihr bestens bekommen. Die Morgensonne hatte sie zeitig aus
dem Haus gelockt. Nach einer Runde um die Burgruine
trat sie den Rückweg an und hielt auf das Schloss zu. Mit
den Gedanken war sie bei jenem Problem, das verbannt,
aber nicht vergessen, seit zwei Wochen in der Schreib-
tischschublade lauerte. Dieser verfluchte Brief! Irgendwann musste sie ihn lesen. Allerdings nicht heute, entschied sie, als sie am Schloss angekommen war, und fühlte
sich sofort besser. Das letzte Wegstück zur Wohnung ging
sie langsam, damit der Puls zur Ruhe kam, und kaufte in
der Bäckerei zwei Brötchen und die Zeitung. Als sie wieder auf die Straße trat, bemerkte sie Ruth, die gegenüber
vor dem Büro wartete.

Sie begrüßte Norma mit einer Entschuldigung. »Ich bin zeitig dran, aber ich muss Sie dringend sprechen.«

Norma schloss die Tür auf und bat Ruth herein. Über den Gehweg jagte der Kater heran und strich Norma um die Waden. Sie legte die Zeitung und die Brötchentüte auf den Schreibtisch.

Ruth wollte sich nicht setzen und blieb mitten auf dem Fliesenboden stehen. »Die Polizei hat Martins Mörder gefasst. Es ist überstanden.«

»Woher wissen Sie das?«

Ruth zeigte auf den ›Kurier‹. »Lesen Sie selbst!«

Norma überflog den Artikel, der nicht mehr verriet, als Milano angekündigt hatte. Der in der DDR inhaftierte Kai L., hieß es, habe Martin Reber als Verräter betrachtet und Rache geübt. Als Indizien wurden das Seil und ein Parkticket genannt und außerdem auf die Aussage einer ›vertrauenswürdigen Zeugin‹ verwiesen.

Ruth schlug die Arme um den Oberkörper, als müsste sie sich trotz der gefütterten Jacke wärmen. »Dann ist es also vorbei. Ich möchte, dass Sie aufhören. Sie sollen nicht länger nach meiner Tochter suchen.«

»Aber gestern …«

»Ich habe meine Meinung geändert!«, fiel sie Norma ins Wort.

»Weil Martins Tod etwas mit Marikas Verschwinden zu tun haben könnte?«

»Es gibt keinen Zusammenhang«, widersprach Ruth heftig. »Wie kommen Sie darauf?«

Kein guter Augenblick, um über die Spurensuche im Gartenhaus zu sprechen, entschied Norma.

Ruth hob die Arme an und unterstrich ihre Worte mit ausladenden Gesten. »Ich ziehe den Auftrag zurück.

Das gilt ab sofort. Bitte schicken Sie mir die Rechnung zu.«

Ob es irgendetwas an ihrer Arbeit zu beanstanden gebe?

Das sei nicht der Grund, versicherte Ruth, um Freundlichkeit bemüht. »Mir ist das alles zu viel. Ich kann einfach nicht mehr, verstehen Sie? Bitte akzeptieren Sie meine Entscheidung.«

Martins Tod hatte sie sehr getroffen. In diesem Moment erinnerte wenig an die beherrschte, souveräne Frau der ersten Begegnungen. Sie wirkte aufgewühlt, beinahe verstört.

»Sind Sie sicher, dass ich Ihnen nicht helfen kann?«, fragte Norma behutsam und überlegte im Stillen, ob Bernhard seine Schwiegermutter mit einer Teufelei unter Druck setzte.

»Ich will die Sache beenden«, erklärte Ruth entschieden. »Sie helfen mir am besten, wenn Sie meine Entscheidung akzeptieren.«

»Selbstverständlich.«

Norma versprach, den Bericht in den kommenden Tagen abzuschließen, und begleitete Ruth zum Ausgang. Leopold hatte sich auf dem Regal eingerichtet und fauchte verstimmt. Norma überließ den Kater seinen Launen und ging hinauf in die Küche. Beim Frühstück dachte sie über die Konsequenzen der Kündigung nach. Sie verspürte nicht die geringste Lust, sich so kurz vor dem Ziel ausbremsen zu lassen. Jedes Aufgeben hinterließ den Geschmack des Scheiterns.

Mit dem Becher Milchkaffee in der Hand schlug sie die Zeitung auf und las den Artikel ein zweites Mal. »Die Öffentlichkeit ist dank der raschen Aufklärung erleichtert«, hieß es am Schluss des Berichts, und dann: »Allerdings betont Rechtsanwalt Eiko Ehlers, das Geständnis seines Mandanten weise Ungereimtheiten auf.«

Ehlers, der Spezialist für hoffnungslose Fälle?

Das Telefon zeigte einen Anruf an. »Wie gehts dir?«, fragte Lutz.

Seine Stimme klang besonnen und wohltuend wie immer. Der Abend im Kurhaus lag fünf Tage zurück. Norma erschien die vergangene Zeit wie fünf Wochen, nach allem, was inzwischen geschehen war.

»Ruth hat den Auftrag zurückgezogen.«

»Wundert dich das? Von deinen Vorgängern hat sie sich ebenfalls nach kurzer Zeit getrennt.«

Norma seufzte. »Ich nehme es trotzdem persönlich.«

»Schaff dir ein dickeres Fell an, liebe Norma.«

»Es geht nicht nur um mich. Marika ist mir nahegekommen. Ich lasse sie ungern im Stich.« Sie wechselte das Thema und fragte nach Undine.

Lutz lachte leise. »Sie ist für ein paar Tage in die Schweiz gereist, zu einer Kunstauktion in Zürich. Solange wir nur telefonieren, wird unsere Liebe von Harmonie getragen.«

»Schön gesagt! Aber von Luft und Liebe kann niemand leben. Wie wäre es mit einem Gemüseeintopf? Dazu gibt es einen guten Tropfen aus Martinsthal. Heute Abend um 20 Uhr?«

Erfreut stimmte Lutz der Einladung zu.

Norma machte sich sofort an die Vorbereitungen, wusch Möhren, Sellerie, Lauch, Petersilienwurzeln und Kohlrabi und schnitt das Gemüse in feine Würfel. Anschließend putzte sie den Rosenkohl, ließ die Zutaten eine Weile dünsten und füllte Gemüsebrühe in den Topf. Bis das Gemüse weich gekocht war, trank sie den zweiten Milchkaffee und las die Zeitung.

Es wurde Zeit für die Büroarbeit. Sie wollte ihre Korrekturen der Wanderstrecken überarbeiten, damit Lutz die Texte am Abend mitnehmen konnte. Die Aufgabe war beinahe erledigt, als sich ein Besuch bemerkbar machte. Die Situation vom Dienstag schien sich zu wiederholen: Eiko Ehlers klopfte an die Fensterscheibe. Norma winkte ihn herein.

»Sie sind gut beschäftigt«, begrüßte sie ihn, »und haben sich außerdem Kai Kristian Lamberts angenommen.«

»Das wissen Sie? Also stimmt es, was man sich über Sie erzählt.«

»Was sagt man über mich?«, fragte sie mit skeptischem Unterton.

»Es heißt, Sie würden über enge Kontakte zur Wiesbadener Polizei verfügen. Speziell zu den Kommissaren Milano und Wolfert.«

»Um über Ihr Mandat informiert zu sein, musste ich die beiden Herren nicht bemühen. Dafür genügte ein Blick in den ›Kurier‹. Haben Sie heute noch keine Zeitung gelesen?«

»Leider nein. Der Punkt geht an Sie!« Er lächelte. »Vielleicht hätten Sie einen Kaffee für mich übrig? Dazu bin ich heute auch noch nicht gekommen.«

»Mit Milch?«

»Schwarz genügt«, erwiderte er eilig, als wollte er alle Umstände vermeiden.

Das Büro war für die wichtigen Dinge des Lebens ausgestattet. Norma füllte den Wasserkocher und erwärmte für sich selbst die Milch auf der Kochplatte im Regal, bevor sie das Kaffeepulver in den Glaszylinder schüttete. Derweil kraulte ihr Gast den Kater, der ihm um die Beine strich, und scheute nicht vor dem katzenhaarigen Besucherstuhl zurück.

Norma brachte die Becher zum Schreibtisch und setzte sich Ehlers gegenüber. »Ich sage es lieber gleich. Den Brief habe ich nicht angerührt.«

»Keine Sorge, deswegen bin ich nicht gekommen.« Er probierte den heißen Kaffee. »Ich möchte mit allen Leuten reden, die in Wiesbaden nähere Kontakte zu Lambert hatten. Jede Einzelheit kann mir bei der Verteidigung helfen.«

»Ich habe ihn nur zwei Mal getroffen.«

Er lächelte. »Ich baue auf Ihre Beobachtungsgabe.«

»Wie sind Sie an das Mandat gekommen?«

»Ein Zufall. Der Sohn hat mein Schild gelesen und kam hinauf in die Kanzlei. Beide haben ein sehr gutes Verhältnis, wie mir scheint. Die Mutter ist vor einigen Jahren an Krebs gestorben. Lenny ist verzweifelt. Er hält die Anklage für absurd.«

Norma fragte sich, ob der Anwalt wusste, dass der Junge nicht das leibliche Kind war. Aber diese Tatsache war im Grunde unerheblich. »Lambert hat beide Taten gestanden. Den arrangierten Unfall wie den Schlag mit dem Stein.«

Beide sahen dem Kater zu, der seinen Ausguck verlassen hatte und vom Fenstersims aus einen verhassten Streuner aus der Nachbarschaft ausspähte.

»Sehen Sie, das ist der Punkt«, sagte Ehlers. »Dieses fixe Geständnis. Ist Ihnen bekannt, dass er seinen Namen geändert hat?«

»Er nennt sich nach seiner Frau. Das ist nichts Ungewöhnliches mehr.«

»Lambert hatte besondere Gründe«, widersprach Ehlers. »Die Namensänderung war der Versuch, mit der Vergangenheit abzuschließen. Mein Mandant hat in seinem Leben eine Menge einstecken müssen.«

»Sie sprechen von der Haftzeit in der DDR?«

»Von der Haft und von den Verhören. Die Staatssicherheit war dafür bekannt, dass sie nicht zimperlich mit den Leuten umging. Lambert, damals noch Bieler, war ein sensibler junger Mann. Und nun wiederholt sich die Situation. Er fühlt sich der Polizei ausgeliefert.«

Norma richtete sich auf. »Bei allem Respekt, Herr Ehlers. Wollen Sie die Methoden unserer Polizei mit denen der Stasi auf eine Stufe stellen?«

»Darum geht es nicht. Ich will unseren Behörden nichts vorwerfen. Die Beamten Milano und Wolfert stehen in dem Ruf, scharf, aber korrekt vorzugehen. Versetzen Sie sich in Lamberts Situation. Er ist traumatisiert wie viele Menschen mit ähnlichem Schicksal. Ein dunkles Kapitel der jüngsten deutschen Geschichte. Das DDR-Regime hat unbescholtene Leute, die nichts anderes wollten, als das Land zu verlassen, als Kriminelle stigmatisiert. Sie wurden während der Untersuchungshaft mit Psychoterror drangsaliert und nach der Verurteilung über viele Jahre mit Mördern und Schwerverbrechern zusammengesperrt. Vielleicht konnte Lambert das nur überstehen, indem er lernte, sich anzupassen und kleinzumachen?«

»Sie meinen, er gibt Dinge zu, die er nicht getan hat? Aus Furcht vor Repressalien?«

»Von einer traumatisierten Persönlichkeit wie Lambert dürfen Sie kein Vertrauen zur Polizei erwarten. Obwohl seitdem viele Jahre vergangen sind. Die alten Wunden brechen wieder auf. Der Mann hat sofort aufgegeben und alles gestanden, was man hören wollte.«

»Will er widerrufen?«

Ehlers verneinte. »Vorerst bleibt Lambert bei seiner Aussage, befürchte ich. Er kann gar nicht anders und weicht jeder Situation aus, die an ein Verhör erinnert.«

Sie ließ einen Augenblick verstreichen, bevor sie fragte: »Hat er sein Verhalten Ihnen gegenüber so geschildert?«

»Zugegeben, die Gespräche mit meinem Mandanten gestalten sich beschwerlich einseitig. Ich bin auf Mutmaßungen angewiesen.«

»Sie sind sein Anwalt! Hat er kein Vertrauen zu Ihnen? Das ist verrückt.«

»Traumatisierte Menschen verhalten sich nicht unbedingt vernünftig.«

Sie bemerkte einen grauen Schimmer in den dunklen Haaren. »Aufgepasst, Herr Rechtsanwalt! Gerade dieses Argument spricht gegen Lambert. Impulsives, nicht rationales Handeln in Verbindung mit dem Verlangen nach Rache kann durchaus zu Totschlag führen. Und das Entscheidende sind die Indizien: die Faserspuren und das Ticket.«

»Sehen Sie, gerade das macht mich misstrauisch! Finden Sie es nicht reichlich dick aufgetragen? Warum sollte ein intelligenter Mann wie Lambert solche Spuren hinterlassen? Nein! Der wahre Mörder hat ihm eine Falle gestellt.«

Norma widersprach: »Sie wissen so gut wie ich, dass den Tätern die dümmsten Fehler passieren. Vor allem, wenn sie aufgeregt und planlos vorgehen. Zum Glück für die Polizei. Was macht Sie überhaupt so sicher, dass Lambert unschuldig ist?«

Absolut überzeugt sei er nicht, gab Ehlers offen zu.

»Noch einen Kaffee?«

Sie füllte den Becher auf. Vielleicht war Lambert tatsächlich nicht in der Verfassung, selbst einer korrekt geführten Vernehmung standzuhalten. Zu welchem Irrsinn psychischer Druck einen Menschen verleiten konnte, hatte sie mit Arthur erlebt – ohne auch nur annähernd eine Parallele zwischen den Farc-Rebellen und der deutschen Polizei ziehen zu wollen. Ehlers setzte sich tatkräftig für seine Mandanten ein. Dafür konnte Lambert dem Himmel danken. Und ein anderer ebenso.

Er nahm den Becher entgegen und wechselte unvermittelt das Thema. »Was macht die Suche nach Marika Inken?«

»Woher wissen Sie davon? Ich dachte, Lambert redet kaum mit Ihnen?«

»Das war ein Ausrutscher. Er deutete kurz Unklarheiten wegen Marikas Tochter an.«

Norma lächelte. »Die Unklarheiten betreffen weniger die Tochter als den Vater.«

»Wortklauberei«, murrte er und setzte den Becher ab. »Sie hätte Juristin werden sollen.«

Sie gab ihm ein paar Informationen darüber. »Ruth Diephoff hat mir den Auftrag soeben entzogen.«

Nach kurzem Schweigen, als müsste er diese Auskunft sacken lassen, sagte er: »Spannender Fall. Ich würde diese Sache nur ungern aufgeben.«

»Hat jemand behauptet, ich hätte das vor?«

»Außerdem käme mir als Erstes nicht unbedingt der Gedanke, dass es keine Verbindung zwischen beiden Fällen gibt.«

Er grinste listig und nippte am Kaffee. Sie beobachtete ihren Gast verstohlen. Der Eindruck verdichtete sich, dass er es faustdick hinter den Ohren hatte.

»Wie wärs mit einem Verdächtigen im Fall Reber?«, fragte er. »Ich bin überzeugt, Sie können mir eine lohnende Alternative zu Lambert nennen.«

»Strengen Sie die eigene Fantasie an!«

»Eine besondere Vorstellungskraft braucht man in der

Tat nicht. Was halten Sie von Bernhard Inken? Trifft er Ihren Geschmack?«

»Ausschließlich als Täter.«

Ehlers stellte den Becher ab. »Mir ist etwas zu Ohren gekommen. Danach beabsichtigte Inken, seinen Lektor Reber zum Geschäftspartner zu machen. Obwohl er ihn kurz zuvor entlassen wollte. Wie passt das zusammen?«

Der Anwalt wusste seine Kontakte zu nutzen!

Norma ging auf das Spiel ein. »Für eine Erpressung passt es bestens. Vielleicht hat er zu viel Schwarzgeld in Liechtenstein angelegt oder einen Kunden übers Ohr gehauen. Das Geschäftsleben bietet reichhaltige Möglichkeiten.«

»Wie das Privatleben! Zum Beispiel eine verschollene Ehefrau.«

Sie fühlte sich an die Dienstbesprechungen erinnert. In Gedanken sah sie Wolfert vor sich, wie er in der hinteren Reihe lauerte, in seinem Notizheft herumkritzelte und hin und wieder ein Stichwort einwarf, während Milano sich nicht zügeln konnte und ausschweifenden Kollegen ins Wort fiel, was zu lebhaften und fruchtbaren Auseinandersetzungen führte. Seither diskutierte sie viel zu oft mit sich allein.

Ehlers hakte nach. »Glauben Sie, Inken hat seine Frau getötet?«

»Was ich glaube oder nicht, hilft mir nicht weiter. Inken hat für Marikas Verschwinden ein Alibi. Und ebenso für den aktuellen Fall: Er war auf dem Golfplatz, als Reber durch das Seil zu Fall kam. Zwar wurde er am Sonntagmorgen auf dem Rheinsteig gesehen. Allerdings nicht in der Nähe des Tatorts. Übrigens gehöre ich selbst zu den Zeugen und habe am Freitagmorgen mit ihm gesprochen.«

Ehlers erhob sich. »Ich habe einen Termin beim Staats-

anwalt. Nebenbei, er ist fest von Lamberts Schuld überzeugt. Hoffentlich kann ich schnell erreichen, dass man
einen Psychiater hinzuzieht. Es geht Lambert nicht gut.«

Bevor er ging, vergaß er nicht, sie an den Brief zu erinnern. Norma hatte nichts anderes erwartet.

28

Nach dem Gespräch mit Ehlers nahm sie sich wieder ihre Anmerkungen zum Rheinsteig vor und fragte sich, während der Drucker Blatt für Blatt auswarf, ob sich Lambert inzwischen wider Erwarten von dem Geständnis distanziert haben mochte. Im Kommissariat waren weder Milano noch Wolfert ans Telefon zu bekommen. Eine Teambesprechung der Mordkommission, lautete die Auskunft. Da auch Irene in die Sonderkommission eingebunden war, musste Norma sich eine Weile gedulden. Sie rief die Datei mit dem Formular auf, das sie für die Abschlussberichte vorgefertigt hatte, und begann mit den Standardeingaben zu den Personen der Familie Inken. Schnell schweiften ihre Gedanken ab. Etwas seltsam schien es durchaus, dass Ruths Rückzug so eng mit Lamberts Verhaftung zusammenfiel. Mit welcher Formulierung hatte Ruth ihren Entschluss am Morgen begründet? *Es ist überstanden.* So drückten sich Menschen aus, die einen Autounfall überlebt oder einer Naturkatastrophe wie einer Überschwemmung standgehalten hatten und nun mit den Aufräumarbeiten beginnen wollten. Womit wollte Ruth aufräumen? Lamberts Festnahme hatte sie der vermissten Tochter nicht nähergebracht.

Wie so oft in den vergangenen Tagen nahm Norma sich die eigenen Aufzeichnungen über Marika vor. Sie hatte nach den Methoden der Fallanalyse ein Flussdiagramm angelegt und alle denkbaren Motive und Hypothesen aufgezeichnet. Bisher spielte Lambert darin nur die Rolle des kurzzeitigen Liebhabers. Rächte sich nun diese Zurückhaltung? Sollte sie ihm – in Hinblick auf die verschollene Geliebte – eine größere Bedeutung einräumen? Unsinn, entschied Norma. Damals hielt sich Lambert zweifelsfrei auf der fernen Insel auf. Sie musste einen aktuellen Zusammenhang finden!

Vielleicht konnten die Ex-Kollegen weiterhelfen. Die Zusammenkunft war vorüber. Wolfert klang angespannt, befand sich in diesem Zustand zwischen Übermüdung und höchster Konzentration, den Norma während der Mitarbeit in einer Mordkommission selbst erlebt hatte. Sie wusste, wie sehr die Ermittlungsarbeit an die Substanz gehen konnte, vor allem, wenn die Ergebnisse ausblieben. Was in diesem Fall allerdings nicht zutraf. Oder doch?

»Hat Lambert widerrufen?«

Wolfert widersprach. »Nein, er bleibt bei seiner Aussage. Trotzdem kommen mir Zweifel.«

»Gibt es neue Hinweise?«

»Nein, nur mein Instinkt sagt mir, dass an dem Geständnis etwas faul ist.«

»Der Anwalt war bei mir. Er meint, Lambert sei durch die DDR-Haft traumatisiert.«

»Geh mir fort mit dem!«, entfuhr es Wolfert ungewohnt emotional. »Will der Herr Anwalt uns unterstellen, wir hätten Lambert unter Druck gesetzt? Hält der Mann uns für Anfänger?«

»Was meint Luigi?«

»Zu diesem Ehlers? Kannst du dir das nicht denken?«

»Dirk! Mir geht es um Lambert! Glaubt Luigi noch an das Geständnis?«

»Frag ihn doch selbst!«, knurrte er.

Norma lächelte überrascht. War das ein einsamer Ausrutscher in bestem Milano-Temperament, oder näherten sich die Kollegen wie ein altes Ehepaar immer mehr einander an?

»Was ist mit der Hütte?«

»Alles zu seiner Zeit, Norma! Da kommt Luigi. Willst du ihn sprechen?«

»Nicht nötig, Dirk. Bis dann!«

Sie hatte genug erfahren. Milanos Laune konnte nur schlimmer sein als Wolferts. Mit dem Vorsatz, sich nicht länger ablenken zu lassen, brachte sie den Bericht zu Ende und druckte anschließend die Rechnung aus. Inzwischen war es später Nachmittag. Der Hunger meldete sich und erinnerte Norma an die Verabredung mit Lutz. Sie packte die Unterlagen für Ruth in einen Umschlag und verließ das Büro. Oben in der Wohnung nahm sie sich einen Joghurt und schaute, während sie zum Nachtisch einen Apfel verspeiste, auf den Rhein hinaus. Zwei Frachtschiffe begegneten sich auf Höhe der Rettbergsaue und verdeckten für die Dauer des gemächlichen Vorbeigleitens die Campingwagen entlang des weißen Badestrands der Insel. Im Abendlicht schimmerte der Strom in einem grundlosen Blaugrau. Marika drängte sich in ihre Gedanken. Wenn die Tote im Rhein lag, was mochte nach so vielen Jahren von ihr übrig sein? Schaudernd verbat Norma sich jede weitere derartige Vorstellung und bückte sich nach dem schweren Topf. Während die Suppe auf dem Herd warm wurde, schmeckte Norma ab und würzte großzügig nach. Den Wein hatte sie rechtzeitig in den Kühlschrank gestellt. Sie mochte den Riesling am liebsten gut gekühlt.

Lutz kam pünktlich und brachte als Gastgeschenk einen aufwändigen Bildband über das historische Wiesbaden mit, das jüngste Kind des Verlags. Auf ihre Bitte entkorkte er eine Flasche Martinsthaler Wildsau Kabinett und füllte die Gläser. Sie mussten in der Küche essen. Der Couchtisch im Wohnzimmer war dafür ungeeignet, wie sie aus Erfahrung wusste. Zwei Stühle passten an den Küchentisch, der die Gedecke und den Suppentopf kaum fassen konnte. Die Lücke hatte Norma mit Kerzen gefüllt. In der Gesellschaft des einfachen Küchenmobiliars erschien ihr der wertvolle Silberleuchter auf anrührende Weise deplatziert. Nur die luxuriöse Espressomaschine neben dem Herd, eine Hinterlassenschaft Arthurs und selten in Gebrauch, erschien ihr nicht minder fehl am Platz.

Lutz musste sich unter die Dachschräge bücken, um auf seinen Stuhl zu gelangen. »Du hast es gemütlich hier, Norma. Und trotzdem frage ich mich, warum du in dieser Enge wohnen bleibst. Warum gehst du nicht zurück in die Taunusstraße?«

Als sie nicht antwortete, wurde er unsicher, wie sie seinem Blick anmerkte und der Art, das Sakko zu richten.

»Nimmst du mir die Einmischung übel, Norma?«

Sie lächelte beruhigend. »Nicht doch, Lutz. Die Wohnung mag eng sein, und die Fliesen im Bad sind zerlöchert wie Schweizer Käse. Für die Renovierung fehlt Eva das Geld.«

»Was hält dich hier?«

Sie hob das Glas. Der Wein schmeckte nach Erde und milder Säure, kräftig und sanft gleichermaßen, und erinnerte sie in seiner Vielschichtigkeit unwillkürlich an Ruth. »Ich möchte den Rhein sehen.«

29

Freitag, der 25. April

Angenehm müde vom Wein und der angeregten Unterhaltung, schlief sie so tief und fest wie seit Langem nicht. Es war spät geworden. Der Kater hatte sich huldvoll herabgelassen, die Nacht mit ihr zu verbringen, und sich am Fußende zusammengerollt. Er sprang mit dem Telefonsignal auf und stimmte mit hellem Miauen ein.

»Halt die Klappe!«, zischte Norma, als sie das Gespräch entgegennahm.

»Ich hatte noch kein Wort gesagt, liebe Norma.«

Milano. Gemessen an der frühen Morgenstunde, klang er bemerkenswert gut gelaunt.

»Das war für Leopold bestimmt!«

»So barsch gehst du mit deinem Freund um?«

»Der lässt sich sowieso nichts sagen«, antwortete sie mit einem Lachen.

Die Kriminaltechniker müssten am Montag zu einer abschließenden Untersuchung in den Rheingau, verkündete Milano. »Ich konnte den Kollegen Eppmeier dazu überreden, sich bei der Gelegenheit in der Gartenlaube umzusehen.«

Dem Kollegen Eppmeier eilte der Ruf voraus, die Stecknadel im Heuhaufen zu finden und eine schier aussichtslose Suchaktion als das schönste Geschenk zu betrachten. Dass Milano ausgerechnet ihn um Hilfe gebeten und ihrem Wunsch überhaupt so schnell nachgekommen war, hatte sie nicht zu hoffen gewagt.

»Also hat Lambert meinen Verdacht bestätigt?«

»Marika nutzte das Gartenhaus als Liebeslaube, so viel haben wir aus ihm herausbekommen. Vergiss nicht, die Untersuchung bleibt vorerst inoffiziell. Es ist dein Part, Norma, das mit Ruth Diephoff zu regeln. Sie muss zustimmen, ohne die Aktion an die große Glocke zu hängen.«

»Was sollte sie dagegen haben?« Norma verzichtete auf die Erwähnung, dass der Fall nicht mehr der ihre war. »Danke, Luigi.«

»Da ist noch was!«, knurrte er, als müsste er mit der Freundlichkeit haushalten und sich noch eine Handvoll für den Tag aufheben. »Der DNA-Vergleich liegt vor.«

Sofort begann ihr Herz zu klopfen, obwohl sie überzeugt war, das Ergebnis zu kennen. »Lässt sich eine Übereinstimmung nachweisen?«

»Zweifelsfrei. Martin Reber ist der biologische Vater von Inga Inken. Die Kleine hat bislang wenig von ihrem Erzeuger gehabt, und jetzt ist er tot. Redest du mit dem Mädchen?«

»Ich kümmere mich um Inga«, versprach Norma. »Und Ruths Einwilligung für die Durchsuchung besorge ich dir.«

Der April näherte sich so launisch seinem Ende, wie er in die ersten Tage gestartet war. Nadelspitze Regentropfen bliesen ihr entgegen, als sie das Haus verließ und, mit der Yogamatte unter dem Arm, durch den Hof zum Auto ging. Unterwegs nahm der Schauer zu. Die Scheibenwischer kämpften gegen die Wasserflut an, und sie musste das Tempo drosseln, als sie auf der Autobahn in Richtung Rüdesheim fuhr. In der Ausfahrt setzte der Regen schlagartig aus, und bis Martinsthal verschaffte sich die Sonne freie Bahn. Vor dem Weingut glitzerten die Pfützen, und die Blätter schwankten unter der Last der Wassertropfen.

Ruth nahm Normas Ausstattung verdrossen zur Kenntnis. »Wo sind der Bericht und die Unterlagen? Ich kann mich nicht erinnern, dass wir eine Stunde vereinbart hätten.«

Norma lächelte entschuldigend. »Den Bericht liefere ich nach. Es bleibt noch eine Lücke zu schließen. Ich komme auf gut Glück zur Yogastunde. Sie leiten um diese Zeit eine Gruppe, nicht wahr? Keinesfalls möchte ich mich aufdrängen. «

»Meinetwegen kommen Sie mit. Wir fangen gerade an.«

Ruth führte Norma in einen Saal im Erdgeschoss, in dem die Teilnehmerinnen ihre Matten im Kreis ausgelegt hatten. Eine ältere Frau begrüßte Norma freundlich und rückte zuvorkommend beiseite. Die geübte Gruppe war mit den wortkargen Anweisungen der Trainerin vertraut und folgte diesen in stillem Eifer. Obwohl Norma die meisten Asanas aus den Selbstversuchen kannte, so fühlte sie sich armselig mit ihren ungeschickten Nachahmungen und zeitlichen Verzögerungen, und stellte dankbar fest, wie sehr die anderen mit den eigenen Ausführungen beschäftigt schienen. Ruth schenkte der neuen Schülerin wenig Beachtung. Die Meditationsübung zum Schluss gab Norma die Gelegenheit, die Yogalehrerin verstohlen zu mustern und sich zu fragen, ob Ruth allein der schlichte schwarze Dress und die strenge Miene diese so abweisend kühle Ausstrahlung verliehen. Sie wirkte in den vergangenen Tagen gealtert, als hätte sie ihre sprühende Energie eingebüßt, und wie von einer verborgenen Kraft an den Boden gefesselt, tat sie sich mit dem Aufstehen schwer und musste sich von zwei Schülerinnen aufhelfen lassen.

»Ruth hat einen Freund verloren«, raunte die Frau an Normas Seite. »Ihre Trauer ist tief. Wir alle sind sehr in Sorge um sie.«

Jede Einzelne verabschiedete sich mit einer Umarmung von der Lehrerin. Norma ließ sich Zeit mit dem Aufrollen der Matte und blieb, bis alle gegangen waren.

Ruth erwartete sie im Flur. »Als Anfängerin haben Sie sich gut geschlagen. Hüten Sie sich davor, Yoga als eine Art Gymnastik zu verstehen. Ebenso könnte man die Loreley für die Alpen halten. Die Asanas sind nur ein Weg zu erkennen, was in uns unveränderlich und unsterblich ist.«

Norma nickte respektvoll.

Ruth fuhr mit leiser Stimme fort: »Den anderen konnte ich es eben nicht sagen, sie bekommen in den nächsten Tagen Post. Ihnen gegenüber erkläre ich jetzt und hier: Ich habe mich entschieden, die Yogaschule zu schließen. Dieses war meine allerletzte Stunde.«

Sie beendete die Proklamation mit dem Falten der Hände, die sie vor der Brust zusammenführte, und einer angedeuteten Verbeugung.

»Darf ich fragen, was Sie dazu bewegt? Gerade jetzt?«

Ruth senkte die Arme. »Was meinen Sie mit: gerade jetzt?«

»Das liegt doch nahe.«

»Sie sprechen Martin an? Sein Tod hat nichts mit meinem Entschluss zu tun.«

»Sondern?«

Ruth lächelte. »Sie sind hartnäckig, das gefiel mir von Anfang an. Begnügen Sie sich bitte mit der Antwort, dass für einen alten Körper wie den meinen und die geplagte Seele irgendwann die Zeit gekommen ist, sich zur Ruhe zu setzen.«

Norma erkundigte sich nach der Enkeltochter, und die Nachfrage stimmte Ruth ein wenig milder. »Inga hat so sehr an Martin gehangen. Ich kann ihr in ihrem Kummer nicht helfen, wie sie sehr genau spürt. Deswegen hat sie sich heute freigenommen und ist zu einer Freundin nach Mainz gefahren.«

»Ich müsste Inga dringend sprechen. Können Sie mir bitte die Adresse geben?«

Sie kenne die Freundin nicht, erwiderte Ruth und bemerkte auf dem Weg zum Ausgang: »Ich hatte nicht damit gerechnet, Sie so bald wiederzusehen.«

Norma wandte sich um. »Es gibt einen besonderen Grund für meinen Besuch. Zwar haben Sie mir den Auftrag entzogen. Trotzdem möchte ich Sie um einen Gefallen bitten.«

Ruth reagierte ungehalten. »Ich habe Ihnen gesagt, die Suche nach Marika ist für mich erledigt. Begreifen Sie das nicht?«

»Ehrlich gesagt, fällt es mir schwer! All die Jahre haben Sie unter der Ungewissheit gelitten. Nun hat sich eine Spur aufgetan, und Sie machen einen Rückzieher? Ist Ihnen das Schicksal Ihrer Tochter plötzlich nicht mehr wichtig?«

Die Provokation zeigte Wirkung.

»Wie können Sie einer Mutter Gleichgültigkeit unterstellen! Was wollen Sie?«

»Die Gartenhütte untersuchen lassen! Zunächst ohne offiziellen Polizeiauftrag, verstehen Sie? Es wird keinerlei Aufsehen geben. Wenn Sie einverstanden sind, kommt am Montag ein Beamter und sieht sich erst einmal um. Es ist fraglich, ob sich über die lange Zeit überhaupt Spuren erhalten konnten.«

»In drei Tagen also?« Ruth strich sich durch das graue

Haar, als müsste sie für die Entscheidung Zeit gewinnen, und willigte schließlich ein.

Norma bedankte sich und verließ das Haus. Nachdenklich stieg sie in den Wagen. Ruth hatte der Durchsuchung zugestimmt, ohne nach dem Anlass zu fragen. Dabei hatte sie bisher nie erwähnt, dass sie von Marikas Treffen im Gartenhaus wusste. Wo war ihre Offenheit geblieben? Ruths plötzliche Zurückhaltung ließ nur einen Schluss zu: Was neue Spuren betraf, schien die ehemalige Auftraggeberin der Privatdetektivin um einen Schritt voraus zu sein. Eine Vermutung, die unweigerlich die nächste Frage aufwarf: Was trieb Ruth zu dieser Geheimniskrämerei?

30

Unter der Mobilnummer lief die Computeransage. Sie versuchte es unterwegs noch zwei Mal, bevor sie eine Nachricht mit der Bitte um Rückruf hinterließ. Sie wollte sich so bald wie möglich mit dem Mädchen treffen. Inga sollte über das Ergebnis des zweiten Vaterschaftstests nicht länger im Unklaren bleiben. Gemächlich folgte sie der Bundesstraße, auf der es stockend voranging, und ihre Blicke streiften den Rhein und das sich über den Strom spannende Blau des Himmels, ohne den Anblick richtig wahrzunehmen. Sie fühlte sich kribblig und überwach, als habe die Yogastunde ihre Sinne geschärft. Eine Wirkung, auf die sie nicht vorbereitet war.

Das Telefonsignal ertönte, als sie Schierstein erreichte und an dem herrschaftlichen Gebäude der Sektkellerei entlangrollte. Es war nicht – wie erhofft – Inga, sondern der Anwalt Ehlers, der um ein Gespräch bat.

»Können wir uns in Ihrem Büro treffen, Frau Tann? In einer halben Stunde?«

Sie stimmte aus Höflichkeit zu und ließ sich im Verkehrsstrom weiter auf Biebrich zutreiben. Wenn er wieder mit dem Brief anfing? Mit einem Mal sah sie sich selbst, so überdeutlich wie in den Alpträumen, in einen schummrigen Gerichtssaal versetzt und fühlte sich ausgeliefert vor der Empore, auf der ein missbilligend blickender Richter thronte und neben ihm ein zynisch grinsender Staatsanwalt, die beide das letzte Detail aus ihrer Aussage herauszuquetschen versuchten. In ihrem Rücken lauerte der Angeklagte, in Handschellen gefesselt und mit blutbesudeltem Verband um die Schulter. Irgendwie gelang es ihr, den Polo unbeschadet in den Hof zu steuern. Ihr Herz raste. Hastig suchte sie in der Ablage nach einem Taschentuch, tupfte die verschwitzte Stirn ab und wartete, unschlüssig darüber, ob dieses Ausharren als Überwindung der Angst oder erneute Schwäche zu bewerten wäre. Immerhin, sie blieb bei Bewusstsein. Also ein Sieg! Wenn auch mit zittrigen Knien erfochten. Wie hatte Ehlers gesagt? Lambert sei traumatisiert. Der Herr Anwalt mit seinem angelesenen Halbwissen hatte doch keine Vorstellung, was die Gefühle der Hilflosigkeit und des Ausgeliefertseins aus einem Menschen machen konnten.

Ehlers kam pünktlich. Norma hatte – frisch geduscht und mit feuchten Haaren – kaum das Büro betreten, als er an die Tür klopfte.

Sie winkte ihn herein. »Wie geht es Lambert?«

»Alles andere als gut. Sein Misstrauen sitzt tief, und das macht mir die Arbeit schwer«, erwiderte er aufrichtig.

»Konnten Sie inzwischen einen Psychiater einschalten?«

Ohne Aufforderung zog Ehlers sich den Besucherstuhl heran. »Ich habe alles in die Wege geleitet. Sie wissen selbst, wie lange so etwas dauern kann. Es sieht nicht gut aus für Lambert.«

Norma ließ sich auf den Drehstuhl nieder. »Die Indizien sprechen gegen ihn! Angefangen mit den Faserspuren vom Kletterseil, das ich selbst im Kofferraum seines Wagens gesehen habe.«

»Wo Lambert es, davon geht die Polizei aus, nach der Tat verstaute«, ergänzte der Anwalt trübsinnig.

»Hat Lenny Ihnen von dem verlorenen Autoschlüssel erzählt?«

Ehlers bestätigte, was Norma über den Schlüssel und das verlegte Bergseil wusste. »Lenny hatte sich wenig Gedanken gemacht, als der Schlüssel nicht aufzufinden war. Zumal er sowieso mit dem Mountainbike zum ›Grauen Stein‹ hinausfahren wollte.«

»War der Wagen auf dem Hotelparkplatz abgeschlossen?«

»Lambert ist sich in diesem Punkt sicher.«

In Gedanken griff Norma nach einem Stift und ließ ihn zwischen den Fingern umherwandern. »Kann man das Auto auch ohne Schlüssel absperren?«

Ehlers verstand, worauf sie hinauswollte. »Sie meinen, jemand hat den Autoschlüssel aus Lennys Zimmer gestohlen und auf dem Hotelparkplatz das Seil aus dem Wagen genommen? Später – am Monstranzenbaum – legte der Dieb das Seil in den Kombi zurück und deponierte den Schlüssel unter dem Sitz, damit es so aussah, als wäre er dort verloren gegangen? Dann musste er nur noch die Tür zuschlagen. Und zwar so, dass das Schloss verriegelt war.«

»Nehmen wir einmal an, das ließe sich bei dem Kombi bewerkstelligen. Demnach konnte der Täter auch das Parkticket im Wagen finden, als er das Seil herausnahm, und damit die zweite falsche Spur legen.« Sie schnippte den Stift zurück und wandte sich ihrem Besucher zu. »Die Frage ist: Wann und wo bekam der Täter Kontakt zu Lambert? Und wie kam er an den Autoschlüssel heran? Nach dem Vorfall im Foyer bin ich Lambert gefolgt, habe ihn leider draußen aus den Augen verloren. Wie hat er den Rest des Abends verbracht?«

»Nach eigenen Angaben ist er sofort zum Hotel gefahren. Im Restaurant hat er sich eine Flasche Whisky besorgt und sich in seinem Zimmer betrunken. Seine Methode, den Zwist mit Reber so radikal zu ertränken, ist eine Steilvorlage für jeden Richter. Besser konnte Lambert seinem Hass auf den Verräter kaum Nachdruck verleihen.«

Er schaute sich im Raum um, als vermisste er den Kater, der sich an diesem Morgen nicht blicken ließ.

Resigniert fuhr er fort: »Lambert sitzt tief in der Klemme. Er wurde frühmorgens, mit Rucksack und Gepäck, am Rheinsteig gesehen, und später von Ihnen, Frau Tann, am ›Grauen Stein‹. Um das Maß voll zu machen, spricht auch der Radunfall, der Reber in seiner Jugend widerfuhr, gegen meinen Mandanten. Sandra Reber behauptet, der Unfall sei ein Anschlag gewesen, den kein anderer zu verantworten habe als Kai Kristian Lambert.«

»Wer weiß, es ist ewig her. Fest steht dagegen, dass Bernhard Inken von diesem, nennen wir es Dummen-Jungen-Streich, wusste. Er gehörte zur Clique, und Martin hat mit seinen Anschuldigungen nicht hinter dem Berg gehalten.« Sie ließ ihren Gedanken freien Lauf. »Vielleicht war die alte Geschichte der Anstoß für Inken, seinen Jugendfreund Kai als Sündenbock zu missbrauchen? Inken wollte Lamberts aktuelle Wut auf Reber für seine Zwecke nutzen.«

»Aber wie und wann hat er von dem Vorfall im Foyer erfahren?«

»Zum einen von mir! Allerdings erst am Freitagmorgen, bei unserem Gespräch vor seinem Haus. Da tat er allerdings so, als wüsste er nicht, dass Lambert wieder in Deutschland lebt. Vielleicht hat Lambert ihn noch am Abend selbst angerufen? Um sich eine moralische Unterstützung zu holen. Möglich, dass er sich bei dem alten

Freund ausweinen wollte. Sich bei ihm über den Verrat beklagen. Und Inken fackelte nicht lange!«

Ehlers lächelte beeindruckt. »Diesen Inken haben Sie wirklich auf dem Kieker! Was hat er Ihnen getan?«

Norma gab das Lächeln zurück. »Mir? Nicht das Geringste. Dafür seiner Frau! Und das werde ich ihm nachweisen.«

»Angenommen, er hat seine Frau auf dem Gewissen. Ein Ehedrama, wie es leider vorkommen kann. Aber weswegen sollte er seinen Lektor aus dem Weg räumen? Warum einen Mann erst abstürzen lassen und Tage später erschlagen?«

»Es muss mit Marikas Verschwinden zusammenhängen. Da lief irgendeine Erpressung. Hatte Lambert an dem Abend Besuch im Hotel?«

»Er behauptet nein, weiß aber im Grunde nichts mehr. Klassischer Filmriss. Kein Wunder nach einer Flasche Balvenie.« Mit spürbarem Zweifel fügte er hinzu: »Sie nehmen an, Inken habe alle Indizien gegen Lambert fingiert? Trauen Sie dem Mann eine solche Durchtriebenheit zu?«

»Ich werde es herausfinden!«

Ehlers stand auf. »Dann los! Fahren Sie mit mir?«

Draußen vor dem Büro wartete das Mini Cooper Cabrio, chromblitzend und mit seinen runden Scheinwerferaugen auffällig verspielt für einen Mann wie Ehlers, der galant die Beifahrertür öffnete, bevor er selbst einstieg.

»Das Hotel zuerst?«

»Einverstanden!« Norma tippte gegen den hellblauen Plüschhasen, der am Rückspiegel baumelte. »Nettes Maskottchen.«

Ehlers warf ihr einen amüsierten Blick zu und widmete seine Aufmerksamkeit dem Verkehr. Das Hotel befand sich im Rheingauviertel. Norma kannte es von ihrer ersten Suche nach Lambert und beschrieb Ehlers den Weg, bevor sie einen weiteren Versuch bei Inga startete. Wieder blieb ihr nur die Mailbox.

Der Anwalt klappte die Sonnenblende herunter. »Im Fach müsste eine Sonnenbrille liegen. Könnten Sie bitte nachsehen?«

Als Norma die Klappe öffnete, rutschte eine Fotografie heraus. Norma hob das Bild auf und betrachtete die hübsche junge Frau, die so strahlend lächelte, als stünde die ganze Welt auf ihrer Seite. Vielleicht Mitte 20, schätzte Norma und korrigierte den Eindruck nach dem zweiten Blick. Höchstens Anfang 20. Allerhöchstens.

»Der Wagen gehört ihr«, bemerkte Ehlers mit einem Seitenblick. »Ab und zu darf ich ihn ausleihen. Hase inklusive.«

»Wer ist die junge Dame?«

Er schaute lächelnd geradeaus. »Der wichtigste Mensch in meinem Leben.«

Er sagte es mit einer Selbstverständlichkeit, die keine Zweifel erlaubte. Norma überlegte, wer ihr wichtigster Mensch war, um sich dann einzugestehen, dass es keinen solchen Menschen geben konnte, sobald man sich diese Frage überhaupt stellen musste. Sie legte das Foto zurück und gab die Sonnenbrille weiter. Nach kurzer Fahrt erreichten sie das Hotel in der Nachbarschaft gediegener Wohngebäude. Das Haus vermittelte eine solide Bescheidenheit. Langsam ließ Ehlers den Wagen am Haupteingang vorbeirollen, der unmittelbar in ein Restaurant führte, und bog in den Hof ab. Er hielt neben einem Kombi mit Berliner Kennzeichen.

»Lamberts Auto!«, stellte er zufrieden fest. »Wenn Lenny auf dem Zimmer ist, können wir die Sache mit dem Schlüssel gleich ausprobieren.«

Eine Treppe führte zu einem Nebeneingang hinauf. Durch die unverschlossene Tür gelangten sie zu den Zimmern.

»Soviel steht fest«, zischelte Ehlers. »Hier kann man sich leicht einschleichen, ohne bemerkt zu werden.«

Die Empfangsdame, eine dezent geschminkte Mittfünfzigerin, schien nicht verwundert, dass die beiden Besucher über den Flur zur Rezeption gelangten.

»Die meisten Gäste wollen vom Parkplatz auf dem kürzesten Weg ins Haus kommen«, erklärte sie auf Ehlers Nachfrage. »Warum sollten wir die Hintertür abschließen? Nachts sperren wir allerdings zu. Wer keinen Schlüssel hat, muss abends den Weg durch das Restaurant nehmen.«

»Um welche Uhrzeit schließen Sie ab?«, fragte Norma.

»Meistens gegen 11 Uhr nachts. Warum wollen Sie das wissen? Gibt es Beschwerden?«, fragte die Frau besorgt.

»Nein!«, versicherten Norma und Ehlers in einem Wort.

Der Anwalt fragte nach Lenny.

»Zimmer zwölf«, lautete die Antwort. »Er müsste oben sein.«

»Lambert hat das Theater um 21 Uhr verlassen«, flüsterte Norma, als sie außer Hörweite waren. »Wenn er sofort ins Hotel gefahren ist, blieben dem Täter beinahe zwei Stunden Zeit, sich ins Haus zu schleichen.«

»Hier, die Zwölf!«, raunte Ehlers ebenso leise und klopfte so unverhofft lautstark an die Tür, dass Norma zusammenzuckte.

Lenny öffnete umgehend und begrüßte den Anwalt mit dankbarer Miene, die sich verfinsterte, als er Norma bemerkte. »Was wollen Sie hier?«

»Lenny, es war nicht meine Absicht, Ihren Vater zu beschuldigen«, entgegnete sie. »Aber ich muss sagen, was ich gesehen habe. Würden Sie uns für einen Augenblick Ihren Autoschlüssel leihen?«

»Um meinen Vater noch mehr reinzureißen?«

»Im Gegenteil, Lenny. Ich will Ihrem Vater helfen. Also bitte geben Sie uns den Schlüssel.«

Ehlers wiederholte die Bitte. Schließlich willigte Lenny ein, folgte ihnen jedoch argwöhnisch auf den Hof hinunter und beobachtete schweigend den kurzen Test. Erst als sie sich wieder in seinem Zimmer befanden, wollte er wissen, was das zu bedeuten habe.

Norma ging nicht auf die Frage ein. »Am Donnerstagabend muss Ihr Vater Besuch bekommen haben. Ist Ihnen nichts aufgefallen?«

»Wenn ich nur hier gewesen wäre!«, rief Lenny verzweifelt. »Ich habe ein Mädchen kennengelernt und war mit ihr im Kino. Später sind wir in eine Kneipe gegangen. Als ich ins Hotel kam, lag mein Vater im Bett und stank nach Schnaps. Er war nicht ansprechbar.«

»Kommt das öfter vor?«

»Nach dem Tod meiner Mutter hat er viel getrunken«, bekannte Lenny. »In den letzten Jahren allerdings eher selten. So schlimm wie an dem Abend war es lange nicht mehr.«

»Wo war der Zweitschlüssel?«, fragte Ehlers.

Lenny zeigte neben das Bett. »Ich lege den Wagenschlüssel immer auf den Nachttisch – sofern ich daran denke. Manchmal verschludere ich Sachen wie Schlüssel und Handy. Deswegen habe ich mir nichts dabei gedacht, als der Schlüssel an dem Morgen fort war. Mein Vater war schon aufgebrochen. Ich habe drüben bei ihm nachgesehen, den Schlüssel aber nirgends gefunden.« Er stieß die dritte Tür auf. »Das ist das Zimmer meines Vaters.«

Ein Hemd hing über der Stuhllehne. Der Koffer lag halb geöffnet auf der Ablage. Auf dem Tisch am Fenster entdeckte Norma Zeitschriften und einen Stapel Bücher über den Rheingau, von denen sie zwei oder drei dem Verlag ihres Schwiegervaters zuordnete. Das Zimmer schien darauf zu warten, dass Lambert jeden Augenblick hereinspazierte.

»Ist die Verbindungstür immer unverschlossen?«

Der Junge schaute irritiert. »Warum denn nicht? Wir haben keine Geheimnisse voreinander.«

»Sicher nicht! Aber es war die Chance für den Täter, sich den Autoschlüssel zu schnappen.«

»Welcher Täter?«, fragte Lenny wie elektrisiert. »Wissen Sie, wer Reber wirklich umgebracht hat?«

Norma wiegelte ab. »Bisher ist es nur ein Verdacht.«

»Mein Vater ist nicht das, was die Polizei behauptet. Er ist kein Mörder. Er ist der beste Vater, den man sich wünschen kann!«

Ehlers versprach, alles für Lambert zu tun, was in seiner Macht stand. Norma fühlte sich unglaubwürdig, als sie Lenny versicherte, ebenfalls auf seiner Seite zu stehen. Für ihn galt sie als Hauptbelastungszeugin.

Sie verließ das Hotel gemeinsam mit dem Anwalt auf dem Weg, den sie gekommen waren.

Ehlers klang hochzufrieden, als er verkündete: »Das Ergebnis unseres Versuchs bringt mich zu folgender Hypothese: Der Täter hat sich am Donnerstagabend, als Lambert betrunken war, den Autoschlüssel besorgt und das Seil aus dem Kombi genommen. Er wusste, dass Lambert am Morgen zum ›Grauen Stein‹ wollte. Nach Rebers Absturz schlich sich der Täter zum Parkplatz Monstranzenbaum, wo bereits Lamberts Wagen stand. Mit dem

geklauten Ersatzschlüssel konnte er den Kombi aufschlie-
ßen und das Seil hineinlegen. Er ließ die Heckklappe offen,
als er den Wagen wieder absperrte, kletterte dann von hinten hinein und versteckte den Schlüssel unter dem Sitz.
Von außen musste er schließlich nur noch die Heckklappe
zuschlagen. Einverstanden?«

»Keine Einwände«, erklärte Norma.

Sie rief Ingas Nummer auf. Wieder die Mailbox.

Ehlers beobachtete sie aufmerksam. »Ein dringender
Anruf? Sie wirken beunruhigt.«

Norma schluckte. »Ich fange an, mir Sogen zu machen.«

Erst Marika, dann Martin, dachte sie beklommen. War
nun Inga in Gefahr?

31

Seine Hände ruhten auf dem Lenkrad. Schmale Hände mit blassen Fingern. Schreibtischhände. Aus den Augenwinkeln nahm sie sein ironisches Lächeln wahr, das einen unvorhersehbaren Übermut andeutete. »Frau Tann?«

Sie zuckte zusammen.

Sein Lächeln vertiefte sich. »Hören Sie zu? Ich biete Ihnen soeben meine Hilfe an. Soll ich den Antrag schriftlich einreichen?«

»Entschuldigung, ich war in Gedanken.«

»Wir sollten diesem Inken gemeinsam auf den Zahn fühlen.«

»Sie für Lambert? Ich für Marika? Einverstanden.« Sie wandte sich ihm zu. »Aber vorher müssen wir einen Besuch machen. Fahren Sie los!«

Die Strecke vom Hotel bis ins Westend dauerte nur wenige Minuten, die Suche nach einem Parkplatz drei Mal so lange. Sie wies auf die Lücke in einer weiten Kurve, die man mit etwas Fantasie als Parkbucht deuten konnte, doch Ehlers fuhr stur daran vorbei und lehnte auch die nächste halbwegs legale Chance ab, obwohl der Mini inzwischen die zweite Runde durch die zugeparkte Einbahnstraße drehte.

Norma verlor die Geduld. »Jetzt halten Sie irgendwo! Ich ersetze Ihnen die Strafe.«

»Das ist nicht mein Wagen!«, murrte er.

Eine Antwort, aus der Norma schloss, dass er der jungen Geliebten das Insistieren des Ehemanns ersparen wollte, der auf einen Bußgeldbescheid argwöhnisch reagieren könnte. »Dann halten Sie dort in der Einfahrt. Lassen Sie mich allein gehen!«

»Nicht nötig!«

Dicht vor ihnen blinkte ein parkender Wagen und scherte aus. Ehlers trat auf die Bremse und schoss so schwungvoll in die Lücke, dass der Plüschhase um die eigene Achse rotierte.

»Wen besuchen wir eigentlich?«, fragte Ehlers beim Aussteigen.

»Einen jungen Mann namens Max.«

»Der Fahrraddieb?«

»Sie haben Ihre Hausaufgaben brav erledigt.«

Ihr Ziel lag in der Parallelstraße. Mit einem Umweg fand Norma den thailändischen Imbiss wieder, ging durch den Hinterhof voraus und stieg zügig die Treppen hinauf. Das Lauftraining zahlte sich aus. Der Anwalt versuchte vergeblich, sein leichtes Schnaufen wegzuatmen, hielt das Tempo aber mit.

Die Klingel funktionierte nicht. Norma pochte gegen die Tür, bis endlich ein Mädchen öffnete. Das Haar zerwühlt, der Blick verschlafen, blinzelte sie ins Licht. »Der Max? Der ist nicht da. Glaube ich jedenfalls.«

Sie wollte die Tür zuschlagen, aber Norma war schneller und hatte schon den Fuß im Türspalt.

Das Mädchen wachte langsam auf. »He, was soll das?«

»Es ist wichtig! Würden Sie bitte nachschauen?«

Achselzuckend schlurfte das Mädchen davon. Bald darauf tauchte tatsächlich Max auf. Um seinen Hals baumelte ein Kopfhörer. Er habe Musik gehört, entschuldigte er sich, und warf einen neugierigen Blick auf Ehlers, der sich im Hintergrund hielt.

»Ich kann Inga nicht erreichen«, sagte Norma. »Wissen Sie, wo sie ist?«

»Sie wollte sich mit einer Freundin in Mainz treffen.« Max kratzte sich das unrasierte Kinn. »Sie ist völlig durcheinander.«

»Wann haben Sie Inga zuletzt gesehen?«

»Gestern Nachmittag war sie kurz hier. Sie hat Krach mit der Großmutter. Deshalb wollte sie ein paar Nächte woanders schlafen. Leider nicht bei mir.« Er grinste unglücklich.

»Wissen Sie den Namen der Freundin?«

Wieder die ratlose Berührung am Kinn. »Sabina? Marina? Ich bin mir nicht sicher. Vielleicht war es Julia? Ich kenne Ingas Freundinnen nicht.«

Norma zückte ihre Karte. »Rufen Sie mich bitte umgehend an, wenn Inga sich meldet.«

Ehlers folgte ihr auf die Straße, ohne eine Frage zu stellen, und hielt zielstrebig auf den thailändischen Imbiss zu. Ihren Einwand schmetterte er entschlossen ab. Mit knurrendem Magen könne er weder Auto fahren noch nachdenken, und beides erschien ihm in den folgenden Stunden erforderlich. Die junge Frau, die auf Zehenspitzen über den hohen Tresen lugte, empfing ihre Gäste mit einem herzlichen Lächeln. Norma bestellte Frühlingsrollen mit Gemüsefüllung, und Ehlers schloss sich an.

»Nehmen Sie Platz!«, bat die Bedienung. »Ich bringe Ihnen das Essen hinüber.«

Es gab nur einen Tisch, der klein und wacklig und mit einer abgeschabten Plastikdecke bedeckt am Fenster stand. Sie waren die einzigen Gäste.

Ehlers brachte die Getränke mit, ein Glas Wasser für Norma und für sich selbst einen Apfelsaft. »Sie wirken besorgt.«

Norma nahm einen Schluck. Die Kälte biss ihr in die Zähne. »Ingas Eltern wurden getötet, und nun ist das Mädchen nicht auffindbar. Halten Sie ein paar dunkle Gedanken für überzogen?«

»Nicht unbedingt. Lassen Sie uns zuerst das Mädchen suchen.«

»Nicht unser Job! Das Wagnis ist mir zu groß.«

Sie fischte das Handy aus der Jackentasche und rief Wolfert an, der zu ihrer Erleichterung sofort zu sprechen war. Dass auch er ihre Besorgnis teilte, trug nicht zu ihrer Beruhigung bei.

Ehlers hatte schweigend zugehört, bis sie das Handy zurücksteckte. »Was wird man unternehmen?«

»Wolfert schickt sofort zwei Kollegen in Zivil zum Weingut. Falls sich die Adresse der Freundin dort nicht auftreiben lässt, läuft die Fahndung an.«

»Also können wir uns wie geplant Inken vornehmen.«

Vorsichtig ließ er ein paar Tropfen rote Soße auf sein Essen fallen und spießte eine fingerdicke Rolle auf die Gabel, um manierlich wie ein Internatsschüler ein Stück abzubeißen. Norma machte weniger Umstände. Sie nahm die Rolle zwischen die Finger und stupste das Ende großzügig in die Chilisoße. Knisternd zersprang der Teig zwischen ihren Zähnen. Nach dem ersten Bissen merkte sie, wie hungrig sie war. Die Frühlingsrollen schmeckten vortrefflich. Ehlers bestellte zwei Portionen nach. Das Zischen im Wok war bis zum Tisch zu hören.

Norma pickte einen Teigkrümel vom Teller. »Haben Sie überhaupt einen Plan? Auf welche Weise wollen Sie Bernhard Inken auf den Zahn fühlen?«

»Warum fangen wir nicht mit dem Freitag an, an dem

Martin Reber abstürzte? Womöglich gelingt es uns, an Inkens Alibi zu rütteln.«

Norma seufzte. »Das wird schwierig. Bedenken Sie, dass er sich unter anderem auf mich berufen kann. Ich habe ihn am Freitagmorgen vor seinem Haus getroffen, wo wir kurz über Lambert gesprochen haben. Inken tat überrascht, dass Lambert in Wiesbaden war, und vermutete seinen alten Freund weiterhin im Ausland.«

»Haben Sie ihm geglaubt?«

»An jenem Morgen? Ich war misstrauisch. Andererseits klang, was er sagte, soweit plausibel.«

Die junge Frau brachte die neuen Teller. Dieses Mal ließ Ehlers die Gabel liegen und tat es Norma nach. Nur mit der Soße ging er sparsamer um. Mit der Serviette hantierend, fasste er die Angaben aus dem Protokoll zusammen und bewies dabei aufs Neue ein zuverlässig funktionierendes Gedächtnis.

»Gegen 8 Uhr trafen Sie Inken vor seinem Haus an. So steht es im Protokoll. Nach dem Gespräch fuhr er in der Agentur, wurde dort von der Tochter und der Sekretärin gesehen und machte sich um 8.15 Uhr auf den Weg zum Golfplatz ›Rheinblick‹. Kennen Sie das Gelände?«

Norma bejahte. »Ich war vor einigen Jahren einmal mit meinem Mann dorthin eingeladen. Der Platz ist im Besitz des amerikanischen Militärs, soweit ich weiß, darf aber auch von deutschen Clubmitgliedern benutzt werden. Die Lage ist wunderschön.«

Eine sehenswerte Anlage, bestätigte Ehlers. »Spielen Sie Golf?«

Norma wehrte lächelnd ab. »Bisher nicht, und dabei wird es sicherlich bleiben. Für den Sport bin ich viel zu ungeduldig. Und Sie?«

Er lachte leise. »Mein einstiger Chef und Schwiegervater hatte es aufgegeben, aus mir einen halbwegs passablen Golfspieler zu machen. Was allerdings weniger an meiner Ungeduld als an mangelnder Geschicklichkeit liegt. Ich kenne den Platz recht gut. Frühmorgens geht es dort meistens ruhig zu. Ein Zeuge gibt an, Inken um 9.20 Uhr in der Nähe des Clubhauses begegnet zu sein. Zwei andere Golfer trafen ihn um 10.50 Uhr auf der Bahn sieben an. Die Zeugen erscheinen glaubwürdig. Allerdings ergibt sich eine Lücke von anderthalb Stunden, in denen Inken von niemandem gesehen wurde.«

»Der Platz befindet sich mitten im Wald und ist in vielen Bereichen schwer einsehbar«, wandte Norma ein. »Inken könnte ihn zwischendurch verlassen haben. Er kennt sich in der Gegend bestens aus, und die Stelle, an der Reber abstürzte, liegt nur wenige Kilometer vom Golfplatz entfernt.«

»Bedenken Sie, Inkens Jeep stand die ganze Zeit auf dem Parkplatz. Das jedenfalls wird glaubwürdig versichert.«

Norma erinnerte sich an den Morgen vor Inkens Haus. »Er hatte ein Mountainbike im Kofferraum. Als er die Tasche einlud, ist mir das Rad aufgefallen. Angeblich sollte es in die Werkstatt.«

»Davon steht nichts im Protokoll!«

Norma verstand sich selbst nicht. »Ich hatte es völlig vergessen.«

Ehlers kratzte sich am glatt rasierten Kinn. »Im Golfclub ist niemandem aufgefallen, dass Inken zwischendurch ein Fahrrad ausgeladen hätte.«

Norma knabberte an der letzten Teigrolle. »Vielleicht ist Inken nicht auf direktem Weg zum Vereinshaus gefahren? Stattdessen hat er unterwegs angehalten und das Rad irgendwo am Rand des Golfplatzes deponiert. Auf dem Platz hat er sich, als redlicher Golfspieler getarnt, dem Versteck genähert. In einem unbeobachteten Augenblick versteckte er die Golfausrüstung, schnappte sich das Rad und machte sich auf zum Rheinsteig.«

»Um dort seine Falle aufzubauen! Klingt soweit schlüssig. Aber woher sollte er wissen, wann sein Opfer die Stelle passieren würde?«

Norma erwärmte sich für die Theorie. »Kein Problem! Reber führte im Bürocomputer penibel Buch über seine Strecken. Aus seinem Passwort hat er kein Geheimnis gemacht. Und Inken hatte jederzeit Zugang zu Rebers Büro.«

Ehlers starrte sie an. »Beeindruckend, Frau Privatdetektivin!«

»Sagen Sie das nicht.« Norma seufzte entmutigt. »Je tiefer ich in diese Fälle eintauche, umso komplizierter erscheinen mir die Zusammenhänge.«

»Wenn man den Wald vor lauter Bäumen nicht sieht, braucht man Abstand.«

Norma erhob sich. »Das sagen Sie, obwohl der Wald unser nächstes Ziel ist? Kommen Sie!«

32

Sie brauchten den halben Nachmittag, um sich in dem unübersichtlichen Waldstück rings um den Golfplatz einen Überblick zu verschaffen, und der gewonnene Eindruck untermauerte die Annahme, dass sich Bernhard Inken durchaus ungesehen entfernen und mit dem Rad zum Rheinsteig hätte begeben können. Überall im Unterholz ließen sich denkbare Verstecke für ein Mountainbike nebst einer Golfausrüstung ausfindig machen, und der niedrige Maschendraht, der das Gelände umzäunte, stellte kein ernst zu nehmendes Hindernis dar. Normas Herz schlug schneller, als sie wieder im Wagen saß. So muss sich ein Spürhund fühlen, der eine Fährte aufgenommen hat, dachte sie und warf einen heimlichen Blick auf Ehlers. Der Anwalt hatte den Schlüssel eingesteckt, den Motor aber nicht angelassen, und strich mit den Fingern abwartend über das Lenkrad.

Norma rief Milano an. »Habt ihr Inga gefunden?«

Der Kommissar zeigte sich unwirsch. »Die Kleine war bei der Freundin und hat sich nach einer Stunde wieder davongemacht. Das Handy ist ausgeschaltet, und niemand hat eine Idee, wo sich das Mädchen aufhalten könnte. Die Fahndung läuft.« Er zögerte. »Die Kollegen werden sie finden. Mach dir keine Sorgen, Norma.«

»Nicht mehr als du selbst, Luigi. Klappt das mit dem Gartenhaus?«

»Wie besprochen. Die Hütte nehmen wir uns gleich am

Montagmorgen vor.« Nun freue er sich auf das Wochenende und wolle zwei Tage lang nichts von Mord und Totschlag hören. Das Stadion warte auf ihn, und das halbe Kommissariat gehe mit. »SV Wehen Wiesbaden gegen FSV Mainz 05! Sogar Dirk wird dabei sein!«

Würden die Kollegen ihn in Handschellen hinführen? Norma konnte sich nicht erinnern, dass Wolfert das Wort ›Fußball‹ jemals in den Mund genommen hätte.

»Ich kann euch eine spannende Alternative anbieten«, begann sie vorsichtig und erklärte mit leidenschaftlichem Elan, welche Spuren am Golfplatz auf ihre Entdeckung warteten.

Milano stöhnte auf. »Offenbar hast du keine Vorstellung davon, was für eine aufreibende Woche hinter uns liegt! Und da kommst du und verlangst, ich soll aufgrund eines hanebüchenen Verdachts eine Hundertschaft anfordern und einen Wald durchkämmen lassen? Am Wochenende? Wir haben unseren Mörder, Norma! Bis Montag will ich nichts davon hören!«

Milano kappte das Gespräch; den zweiten Anruf konnte sie sich sparen. »Luigi ist nicht überzeugt von unserer Theorie. Ich fürchte, wir müssen uns übers Wochenende gedulden.«

Ehlers ließ das Lenkrad in Ruhe. Sie spürte seinen Blick auf sich ruhen, als sie geradeaus auf den Parkplatz schaute. Am Wagen gegenüber lehnte ein Jogger und richtete seine Sportschuhe. Mit einem Mal packte sie eine verrückte Sehnsucht, es dem Mann gleichzutun und in den Wald hineinzurennen. Nur laufen. Ohne den geringsten Gedanken im Kopf.

Der Anwalt wurde ungeduldig. »Ich will nicht untätig ausharren!«

Norma sammelte ihre Gedanken. »Wollen wir mit Inken reden? Damit er nicht misstrauisch wird, fragen wir ihn nach seinem Freund Lambert. Mal sehen, wie sich das Gespräch entwickelt.«

Ehlers startete den Motor. »Ich bin dabei. Ob er in seiner Wohnung ist?«

»Versuchen wir es zuerst in der Agentur.«

Er schlug das Lenkrad ein und bog nach links ab, um den Weg über Georgenborn nach Wiesbaden zu nehmen.

Norma beobachtete den Plüschhasen, der beschaulich vor sich hin schaukelte. »Was treibt Sie eigentlich an? Mir ist bisher kein Anwalt begegnet, der sich für einen Mandanten den Nachmittag im Wald um die Ohren schlägt.«

»Dafür kannte ich bisher keine Privatdetektivin, die sich den Nachmittag im Wald um die Ohren schlägt, ohne überhaupt einen Mandanten zu haben!«

»Wie viele Privatdetektivinnen kennen Sie?«

Er lachte. »Vermutlich weniger, als Sie Anwälte kennen.« Mit einem Blick in den Außenspiegel bremste er ab und ließ einen eiligen Autofahrer überholen. Ernsthaft fuhr er fort: »Als junger Mann besaß ich wahrhaftige Ideale. Ich wollte Anwalt werden, um den Menschen zu ihrem Recht zu verhelfen. Mein Traum war eine ebenso kleine wie feine und unabhängige Kanzlei. Soviel zu den Luftschlössern eines Berufsanfängers. Gleich mit meinem ersten Job lernte ich die raue Wirklichkeit kennen. Zu oft bleibt die Gerechtigkeit auf der Strecke. Die Nase vorn hat derjenige mit den besseren Nerven, den vertrackteren Kniffen und den skrupellosesten Rechtsauslegungen. Der Mann, der mein Schwiegervater war, ist ein Meister seines Fachs. Nur in einem ist er gescheitert: aus mir den ersehnten Nachfolger zu schnitzen. In seinen Augen und denen seiner Tochter bin ich ein Versager.«

Norma schaute auf die vorbeiziehenden Bäume, deren Blattgrün, so erschien es ihr, sich innerhalb weniger Stunden vervielfacht hatte. »Und wie sehen Sie sich selbst?«

»Auf einem steinigen Weg zurück zu den Anfängen.«

»Also handeln Sie«, stellte sie nüchtern fest, »in erster Linie aus Eigennutz.«

»Wenn Sie das so sehen«, entgegnete er gelassen. »Wer ist schon zum Altruismus berufen? Vielleicht will ich mir selbst etwas beweisen. Oder meiner Exfrau und dem ehemaligen Chef mit diesem Idealismus eins auswischen. Was auch immer dahinter stecken mag: Ich habe die ehrliche Absicht, Kai Kristian Lambert von dem Mordverdacht zu befreien.«

Wieder einmal wurde ihr bewusst, dass sie Ehlers in wenigen Wochen im Gerichtssaal gegenüberstehen müsste. Mit einem vorwurfsvollen Klang, den sie nicht beabsichtigt hatte, fragte sie, ob er mit gleichem Engagement einem überführten Mörder zu einer milden Strafe verhelfen wollte. »Der andere Mandant ist kein Unglückswurm wie Lambert. Sondern gerissen und skrupellos, und er gehört zu genau den Menschen, die Sie nicht mehr vertreten wollten!«

Er ließ sich nicht auf ihren Zorn ein. »Jeder Mensch hat ein Recht auf Verteidigung, das muss ich Ihnen nicht erklären. Wollen Sie wirklich, dass dieser Mann zu lebenslänglich mit anschließender Sicherheitsverwahrung verurteilt wird?«

»Fragen Sie mich besser nicht nach dem Strafmaß. Mir könnte womöglich eine politisch unkorrekte Antwort einfallen.«

Der Wald öffnete sich zu einem grünen Tal. Auf der Anhöhe tauchten die Hochhäuser von Klarenthal auf. Ehlers bremste vor einer Ampel. »Mein Mandant ist in dem guten Glauben, er sei Ihnen nicht gleichgültig.«

»Er ist ein Lügner! Merken Sie das nicht?«

Es fiel kein Wort mehr, bis sie den westlichen Stadtrand durchquert und an dem kleinen Park mit knorrigen Eichen angelangt waren, der dem Medienzentrum gegenüberlag. Ehlers steuerte den Parkplatz an.

Norma schaute sich nach allen Seiten um. »Wir sind zu spät. Kein Jeep zu sehen!«

»Lassen Sie uns trotzdem in der Agentur nachfragen.«

Sie wurden von einer rundlichen Sekretärin in Empfang genommen. Der Chef sei soeben losgefahren, gab sie zur Antwort und wirkte auffällig beunruhigt.

Norma fühlte sich sofort alarmiert. »Ist etwas passiert? Geht es um Inga?«

»Sie kennen Inga?«

»Gut genug, um mir Sorgen zu machen! Ich bin die Privatdetektivin, die nach Ingas Mutter sucht. Bitte sagen Sie mir, was geschehen ist!«

Die Sekretärin rang mit einer theatralischen Geste die Hände. »Wenn ich das selbst verstehen würde! Bernhard hat einen Brief bekommen.«

Eine Frau mit dem Talent für dramatische Auftritte! Norma wurde um eine Nuance lauter: »Was für einen Brief?«

»Von seiner Frau!«

Jetzt war es an Norma, sich zu wundern. »Von Marika?«

Inkens Angestellte nickte ehrfürchtig und hauchte: »Von einer Toten!«

Norma wechselte einen Blick mit Ehlers. »Tote schreiben keine Briefe!«

»Aber Marika hat unterschrieben! Das habe ich mit eigenen Augen gesehen. Der Umschlag war ohne Absender und deshalb habe ich ihn aufgemacht. Ich konnte ja nicht ahnen ...«

»Was stand drin?«

Die Sekretärin hob die Augenbrauen. »Ich darf Ihnen nicht einfach ...«

»Sie können!«, schnitt Norma ihr das Wort ab. »Dazu bin ich als Privatdetektivin autorisiert!«

Eine Behauptung, die so sinnlos wie nützlich war und ihre Wirkung nicht verfehlte.

»Wenn Sie meinen! Marika erwartet Bernhard im Weingut. Von einem Gartenhaus war die Rede.«

Sie ließen die verunsicherte Frau stehen und rannten zum Wagen.

Norma krallte sich am Haltegriff fest, als sich der Mini in die Kurve legte.

»Schleuderkurs!« Ehlers grinste und gab mehr Gas.

Die Fahrt erschien Norma, dem Tempo zum Trotz, unerträglich lang, bis endlich das Weingut, inmitten der noch unbelaubten Rebstöcke, in Sicht kam. Oberhalb zog sich als lang gestrecktes grünes Band der verwilderte Garten den Hang hinauf.

Ehlers trat vor dem Wohnhaus auf die Bremse. »Wieder kein Jeep!«

»Vielleicht ist er von oben an den Garten herangefahren.«

Der Anwalt wollte wenden, aber sie hielt ihn zurück. »Lassen Sie uns zuerst nachsehen, ob Inga zu Hause ist. Was auch immer im Gartenhaus los sein mag, das Mädchen möchte ich in Sicherheit wissen.«

Auf das Klingeln rührte sich nichts. Nicht einmal der

Hund gab Laut. Ehlers folgte Norma ums Haus herum zur Gartenpforte. Plötzlich war Arlo da, hatte vielleicht in der Hecke gelegen. Entgegen seiner Gewohnheit bellte er nicht, sondern trabte winselnd heran, richtete sich am Tor auf und balancierte mit den Vorderpfoten über den oberen Balken. Aus seinem Fang schaute ein Stück rotes Plastik hervor.

»Was hat er im Maul?«, fragte Ehlers.

»Arlo klaut ständig anderer Leute Sachen.«

»Seien Sie vorsichtig!«

Als Norma nach dem Diebesgut greifen wollte, stellte der Hund das Wedeln abrupt ein und knurrte, bis sie die Hand zurückzog. Arlo wedelte erneut und musterte sie mit seinen Bernsteinaugen. Das rote Ding rutschte ein Stück weiter ins Freie.

»Könnte ein MP3-Player sein«, vermutete Ehlers.

Norma wagte sich etwas näher heran. »Das ist ein Musikstick, wie Reber ihn hatte! Am Tatort haben die Kriminaltechniker vergeblich danach gesucht. Wo mag der Hund ihn gefunden haben?«

Ehlers baute sich vor dem Tor auf.

»Aus!«, befahl er. »Aus!«

Arlos Antwort war ein tiefes Grollen. Welche Ernsthaftigkeit dahinterstecken mochte, wusste nur der Hund.

»Reizen Sie ihn ordentlich!«, schlug Norma vor. »Wenn er zubeißt, muss er das Teil fallen lassen!«

Ehlers sandte ihr einen empörten Blick. »Nichts gegen einen Tauschhandel! Aber muss es ausgerechnet mein Arm sein?«

»Einen Knochen haben wir nicht dabei.« Sie sah sich zum Mini Cooper um.

»Unterstehen Sie sich!«

»Haben Sie einen besseren Vorschlag?«

Mit flinken Schritten war sie am Wagen und fasste an den Rückspiegel.

Der Anwalt schüttelte den Kopf. »Das verzeiht sie mir nie!«

Norma ließ das Häschen vor Arlos Augen tanzen, bis er aufgeregt danach schnappte, und schleuderte das Plüschtier im hohen Bogen auf den Rasen. Arlo schoss davon, und Norma konnte ungefährdet unter dem Tor hindurchgreifen und den Stick an sich nehmen, bis der Hund mit dem neuen Fang zurückkehrte. Ehlers beobachtete mit missbilligender Miene, wie der Hund das erbärmlich zerzauste Spielzeug achtlos fallen ließ.

Norma setzte den Datenträger in Gang, der ebenfalls von den Hundezähnen gezeichnet war und dennoch seinen Dienst tat, wie die ersten Takte bewiesen. Gleich darauf brach die Musik ab. Mit zunehmendem Unbehagen lauschte sie der brüchigen Männerstimme, die zuerst voranhetzte, als könnte die Zeit nicht ausreichen, und mit jedem Satz schleppender wurde, bis sie kaum noch zu verstehen war. Das Ende ging in unverständlichem Schluchzen unter.

Ehlers hatte ebenso konzentriert zugehört. »Das ist ungeheuerlich!«, raunte er, als sie den Ton ausstellte. »Und jetzt?«

»Zum Gartenhaus! Wir gehen außen herum.«

Eilig hetzten sie den Berg hinauf. In einer Seitenstraße entdeckten sie den Jeep. Von Inken keine Spur. Norma führte Ehlers zum Gartentor. Er griff an die Klinke.

»Ist offen!«, flüsterte er und riss die Hand erschrocken zurück, als plötzlich der Hund durch das Gebüsch brach und sich hechelnd gegen den Maschendraht warf.

Der Anwalt wischte sich den Schweiß von der Stirn und stieß einen derben Fluch aus, den Norma ihm nicht zugetraut hatte. »Niemals lässt er uns rein!«

»Ach was, Arlo ist wie ein Schaf, solange man ihm nichts wegnehmen will.«

»Na, dann los!«

Beherzt öffnete sie die Tür. Arlo drängte sich gegen ihre Beine und umrundete sie winselnd.

Nach kurzem Zögern folgte der Anwalt. »Sperren Sie ihn aus!«

Norma lockte den Hund vor das Tor, in der Hoffnung, dass er nicht jaulend um Einlass betteln würde, und schlich – auf Ehlers' Fersen – über den Pfad zum Holzhaus hinunter. Auf halbem Weg duckte sie sich und deutete auf das rückwärtige Fensterband mit der zerbrochenen Scheibe. Ehlers nickte stumm, folgte ihrem Beispiel und legte das letzte Stück auf den Knien zurück. Durch Laub und Grasbüschel robbten sie an die Hütte heran.

Das Fensterband lag ebenerdig. Ehlers schaute hindurch, fuhr herum und legte warnend den Zeigefinger auf die Lippen. An seiner Seite spähte Norma in die halbdunkle Hütte. Durch die zersprungene Scheibe waren Stimmen zu hören. Inkens zornige Rechtfertigungen. Und die anklagenden Vorwürfe einer Frau.

33

Auf dem Bauch kauerte sie sich ins Gras und flehte im Stillen darum, dass sich Arlo draußen auf der Straße weiterhin still verhielt. Sie strengte die Augen an, die sich nur langsam auf das Zwielicht in der Hütte einstellen wollten.

Bernhard Inken hatte sich an die Wand zurückgezogen und wandte den heimlichen Beobachtern den Rücken zu. Seine Aufmerksamkeit galt Ruth, die mit der Präsenz ihrer agilen Gestalt die Tür bewachte, Inken wie eine Tigerin lauernd in Schach hielt und dabei die Hände gegen die Gürteltasche stützte, die sie sich vor den Bauch geschnallt hatte. Mit abgespreizten Fingern, wie zum Zweikampf bereit.

»Was soll das!«, bellte Inken. »Mach dich nicht lächerlich!«

»Du fragst gar nicht nach deiner Frau«, entgegnete Ruth mit eisiger Stimme. »Dabei war es doch Marika, die dir die Nachricht geschickt hat. Warum willst du nicht wissen, wo sie ist?«

»Was soll das, Ruth?«

»Ich kann dir erklären, warum du nicht nach Marika fragst: Weil niemand besser als du mit Bestimmtheit weiß, dass sie tot ist.«

Inken spannte die Schultern an. »Hast du es endlich kapiert? Marika ist im Rhein ersoffen. Das Wasser hat sie mitgerissen.«

Erregt warf Ruth die Arme hoch und brachte damit die Bauchtasche ins Schlenkern. »Erzähle mir kein Märchen, Bernhard. Du wolltest ihre erste Verzweiflungstat für dich ausnutzen. Du hast die Reisetasche unter der Brücke abgestellt und ihren Selbstmord vorgetäuscht. Nachdem du meine Tochter getötet hast.«

»Was für ein Irrsinn!« Er lachte gequält. »Man hat Marika am Bahnhof Wiesbaden-Ost beobachtet! Dafür gibt es Zeugen!«

»Selbstverständlich hat man sie dort gesehen! Weil sie tatsächlich in Biebrich ausgestiegen ist«, erklärte Ruth mit gepresster Stimme. »Aber sie war nicht auf dem Weg zum Rhein. Sie wollte sich nicht umbringen. Ganz im Gegenteil. Sie wünschte sich ein neues Leben. Gemeinsam mit Martin.«

»Ausgerechnet Martin!«, höhnte er.

Ruth sprach unbeirrt weiter: »Er bekam ihren Anruf aus der S-Bahn. Sie bat ihn um ein Treffen im Gartenhaus. Als du an jenem Abend zu mir kamst, war Marika hier oben mit Martin zusammen. Sie wollten sich aussprechen.«

Norma wagte kaum zu atmen. Ruths Schlussfolgerungen konnten sie nicht überraschen. Marikas Mutter wiederholte, was sie aus Martins Aufzeichnung erfahren hatte. Eher verwirrte sie Inkens Verhalten, der keinerlei Schuldbewusstsein zeigte. Statt einzulenken, stieß er Schmähungen über Martin und Marika aus, bis Ruth an die Bauchtasche griff und den Klettverschluss aufriss.

»Ich helfe deiner Erinnerung gern auf die Sprünge. Marika war hier, als du zur Hütte kamst. Martin war im Streit auf und davon. Sie hat von ihm verlangt, sich zu seinem Kind zu bekennen! Ich muss dir nicht sagen, wie verletzend sie sein konnte, wenn sie zornig war. Und als du so unverhofft auftauchtest, hat sie es dir ins Gesicht gesagt: Inga ist nicht deine Tochter! Martin kam zurück, versteckte sich hinter der Hütte und hörte alles mit an.«

Er gab nicht auf. »Leere Behauptungen! Ich habe nie bestritten, dass ich an jenem Abend zum Gartenhaus hinaufging. Und zwar allein. Außer mir war kein Mensch hier.«

Ruth ließ den Blick nicht von ihm. »Du lügst! Und du bist voller Wut auf sie los, hast sie gepackt und geschüttelt, dass die Goldkette riss, und Marika mit dem Kopf gegen das Rüttelbrett gestoßen! Bis sie tot war!«

Inken wurde wieder laut und stritt alles ab.

Ruth schob die Hand in die Gürteltasche. »Wer brüllt, hat Unrecht. Das Leugnen hilft dir nichts! Die Polizei wird Blutspuren finden. Marikas Blut! Am Montag wird die Hütte durchsucht.«

Als erfordere diese Nachricht eine neue Taktik, schwieg Inken einen Augenblick, bevor er einlenkend sagte: »Zugegeben, ich habe gelogen. Ich habe Martin all die Jahre gedeckt. Weil er mein Freund ist. Sicher, das war ein unverzeihlicher Fehler. Doch wenn man erst einmal verstrickt ist in eine solche Lügengeschichte, kommt man schwer heraus. Und Marika hätte die Wahrheit nicht wieder lebendig gemacht. Martin sollte seine Familie aufgeben und mit ihr zusammenziehen. Daraufhin verlor er die Nerven und stieß sie gegen das Rüttelpult. Es war keine Absicht, aber der Schlag hat sie getötet.«

Sein beharrlicher Widerstand, die Worte, mit denen er sich verteidigte, all das zusammengenommen besaß Überzeugungskraft, musste Norma ihm zugestehen. Immerhin war nicht auszuschließen, dass sich Martin Reber mit seiner letzten Aussage reinwaschen und die Tat dem Freund aufbürden wollte.

Ruth war am Zug. »Du bist schamlos, Bernhard! Martin ist nicht der Mörder, sondern der Zeuge. Er kehrte zurück, um sich mit Marika zu versöhnen, und musste zusehen, wie du ihr das Leben nahmst.«

Inken schob sich einen Schritt zur Seite. »Davon stimmt kein Wort!«

»Im Gegenteil. Hättest du ihm sonst die Falle am Rheinsteig gestellt?«

»Er wollte mich erpressen. Seine Version hätte gegen meine Aussage gestanden. Das spielt jetzt keine Rolle mehr.«

»Du irrst dich. Martins Aussage hat seinen Tod überdauert«, behauptete Ruth mit fester Stimme.

Auch sie pokert, dachte Norma und vergewisserte sich, dass das Beweismittel sicher in ihrer Hosentasche verwahrt war. Aus der Jackentasche zog sie das Handy und tauschte einen raschen Blick mit Ehlers.

»Martin lügt doch!«

Dieses Mal widersprach Ruth ihm nicht. »Ein Lügner und Heimlichtuer, der mich unendlich enttäuscht hat. 15 Jahre lang hat er geschwiegen und zugesehen, wie ich mich quäle und wie Inga leidet. Aber über den Abend, an dem Marika sterben musste, spricht er die Wahrheit.«

Die Risse in Inkens Widerstandskraft vertieften sich. »Wenn du dir so sicher bist: Warum hast du mich nicht längst an die Polizei verraten?«

»Weil ich jetzt die Wahrheit wissen will. Wo hast du Marikas Leiche gelassen? Was hast du Inga angetan?«

»Wieso Inga?«, gab er sichtlich verblüfft zurück. »Was soll mit Inga sein? Sie ist doch bei dieser Freundin, oder nicht?«

»Kein Ausflüchte! Antworte!« Sie riss die Hand aus der Gürteltasche und zog einen Revolver hervor. Mit der Waffe in beiden Händen zielte sie auf Inkens Brust. »Falls du dich fragst, ob ich damit umgehen kann: Die Antwort heißt ja. Erinnerst du dich an die Wildschweine, die unsere Weinberge verwüsteten? Weil die Jäger nichts dagegen unternahmen, hat mein Mann den Revolver besorgt. Wir haben abwechselnd Wache gehalten und geschossen, wenn es sein musste. Bleib, wo du bist!«

Mit flinken Fingern schrieb Norma eine SMS. Unten in der Hütte zog Inken den Fuß zurück.

Ruth legte den Daumen auf den Hahn und spannte ihn mit einem Griff, der Übung verriet. »Wo ist Inga?«

»Ich könnte Inga niemals etwas antun!«, brüllte er.

»Wo ist Marika?«

»Hat Martin dir das nicht verraten?«

»Er war zu schwach. Gegen Ende ist seine Stimme nicht mehr zu verstehen. Wie hättest du es gern? Das Bein zuerst?«

Inken wich bis zur Wand zurück. »Mach dich nicht unglücklich!«

Sie senkte die Waffe um eine Handbreit. »Unglücklicher als heute kann ich nicht werden.«

Ehlers erhob sich auf die Knie. Norma wollte den Anwalt zurückhalten, aber er legte den Finger auf die Lippen und kroch los.

In der Hütte richtete Ruth unbeirrt die Waffe auf Inken. »Wo hast du meine Tochter verscharrt?«

Er schüttelte stumm den Kopf.

Ruth drückte ab. Der Schuss krachte. Zentimeter vor Inkens Füßen schlug die Kugel ein und zerschlug eine Holzdiele.

Norma duckte sich hinter die Bretterwand und schrie: »Polizei! Lassen Sie die Waffe fallen!«

Erschrocken sah Ruth zum Fensterband hinauf, und

Inken nutzte die Verwirrung und sprang vor. Norma konnte erkennen, wie er die Waffe an sich riss und die Tür aufstieß. Dann war er draußen und ließ Ruth ohne die ersehnte Antwort zurück.

Draußen vernahm Norma Ehlers' lauten Befehl: »Stehen bleiben!«

Ein Poltern und die Laute eines Zweikampfs. Auf der Straße bellte der Hund wie rasend.

34

Nur kurz hielt sie nach Inken Ausschau, der den Pfad bergauf hetzte, und eilte zu Ehlers. Der Anwalt lag auf dem Bauch und hielt die Arme schützend über den Kopf, ohne einen Laut von sich zu geben.

Norma kniete sich neben ihn und berührte seine Schulter. »Sind Sie verletzt?«

Als er sich aufraffte, entdeckte sie die Platzwunde auf seiner Schläfe.

Wider Erwarten grinste er. »Mein Kopf dröhnt wie ein Wespennest. Inken hat einen verdammt harten Schlag. Aber es war nicht umsonst.«

Er griff sich unter den Bauch und zog den Revolver hervor. »Nehmen Sie das Ding bitte an sich! Ich verstehe nichts davon.«

Norma leerte die Trommel und steckte die Patronen in die Jackentasche. Danach half sie dem Anwalt, sich aufzusetzen. Mit einem unterdrückten Stöhnen lehnte er sich gegen einen Baum. Der Blutfluss ließ nach.

Norma rief Milanos Nummer auf.

Wolfert nahm das Gespräch an. »Wir sind nach deinem Notruf sofort losgefahren.« Er sitze im Wagen neben Milano, der mit den Kollegen den Einsatz koordiniere, erklärte er hastig. »Bist du okay, Norma?«

Seine Sorge rührte sie. »Mit mir ist alles in Ordnung. Aber Eiko Ehlers ist verletzt. Schickt bitte einen Krankenwagen.«

»Bist du gemeinsam mit dem Anwalt …?« Er brach mit einem verlegenen Hüsteln ab. »Was ist dort los?«

Sie fasste das Geschehen in der Hütte in wenigen Sätzen zusammen und nannte ihm das Kennzeichen des Jeeps.

»Inken wird nicht weit kommen«, meinte Wolfert zuversichtlich. »Wir sind gleich bei dir!«

Norma wandte sich Ehlers zu. »Kann ich Sie allein lassen?«

»Ungern!« Er tupfte mit den Fingerspitzen auf dem Gesicht herum. »Machen Sie schon! Kümmern Sie sich um Ruth Diephoff. Ich komme zurecht.«

Norma ließ den Revolver in seiner Obhut und ging zum Gartenhaus. Die Tür stand offen, die Sonne schien tief in den Raum hinein. Arlo hatte sich eingefunden. Auf einem Lichtfleck lag er Ruth zu Füßen, die reglos auf dem Stuhl saß und die Hände wie in Meditation vor dem Herzen gefaltet hielt. Ein Bild des Friedens, das den Streit und die tödlichen Bedrohungen hätte vergessen lassen können, wäre da nicht die zersplitterte Holzbohle. Und Ruths versteinerte Miene.

Norma setzte sich auf den zweiten Stuhl. Den MP3-Player hielt sie in der Hand.

Ruth warf einen flüchtigen Blick darauf. »Arlo hat sich das Ding vom Tisch geschnappt. Zum Glück erst, nachdem ich alles angehört hatte.«

»Es war Inken, der Martin die Falle stellte. Trotzdem hat Inken ihn nicht erschlagen.«

Ruth ließ die Hände sinken. »In der Nacht von Samstag auf Sonntag konnte ich nicht schlafen. Mir ging Arlos seltsames Verhalten am Rheinsteig nicht aus dem Kopf. Ihnen ist es auch aufgefallen!«

»Leider habe ich zu spät meine Schlüsse daraus gezogen. Reden Sie weiter!«

»Am frühen Sonntagmorgen kehrte ich zu der Stelle zurück und schickte Arlo den Hang hinunter. Nach einer Weile brachte er dieses Ding herauf. Ich wusste, dass Martin so einen Musikstick besaß. Also bin runtergeklettert. Dort lag er – beinahe völlig verborgen unter Ranken und Gestrüpp. Er sah grauenhaft aus. Mehr tot als lebendig.«

»Noch lebte er!«

Der scharfe Klang schien Ruth zu erschrecken. Sie sah erschöpft aus.

»Es war nur noch ein winziger Rest Leben in ihm. Er hatte gerade noch genug Kraft, um mir flüsternd zu beichten, wie rücksichtslos er mich all die Jahre belogen und hintergangen hat. Tagtäglich hat er mein Leid mit angesehen und mich in meinen verzehrenden Hoffnungen bestärkt, Marika könnte irgendwo auf der Welt in Sicherheit leben. Martin hat all die Jahre Marikas Mörder gedeckt! Der Grund dafür ist entsetzlich banal.«

Sie brach ab, und Norma drängte sie nicht.

Ruth stützte den Kopf in die Hände. Als sie wieder aufschaute, sagte sie in gezwungener Ruhe: »Er hat geschwiegen, damit er sein Dasein so unverbindlich und belanglos weiterführen konnte wie zuvor. Er hat sich nicht zu Inga bekannt, um die Auseinandersetzung mit Sandra zu vermeiden. Er hat Bernhard gedeckt, um den Job in der Agentur nicht zu gefährden. Aus feiger Bequemlichkeit hat er mich belogen. Unter dem Vorwand, mir die grausame Wahrheit zu ersparen. Erst mit dem Tod vor Augen beschloss er, sich den Tatsachen zu stellen. Deshalb hat er auf dieses Gerät gesprochen. Seine letzte Gelegenheit, reinen Tisch zu machen.«

Norma räusperte sich, mochte der eigenen Stimme nicht trauen. »Sie haben Martin Reber erschlagen.«

Ruth nickte bedächtig. »Wie ein Sturzbach drang es aus ihm heraus. Wie Bernhard Marika packte und gegen das Rüttelbrett schleuderte. Wie sie in ihrem gelben Kleid reglos in der Hütte lag. Aber als ich fragte, was Bernhard mit Marikas totem Körper machte, stellte er sich stur. Verlangte, dass ich ihn ins Krankenhaus bringen sollte. Ich war außer mir. Ich packte den erstbesten Felsbrocken und ließ ihn auf Martins Gesicht fallen.«

»Damit brachten Sie sich selbst um die Chance zu erfahren, wo Marika begraben liegt. Deshalb haben Sie Inken ins Gartenhaus gelockt.«

»Ich musste handeln, bevor Ihre Spezialisten Marikas Blutspuren finden könnten und Bernhard verhaftet würde. Ich kenne Bernhard zu gut. Er ist mental äußerst stark. Er hält jedem Polizeiverhör stand.«

»Und Sie hofften, mit der Waffe könnten Sie ihn zu einer Aussage zwingen?«

Arlo hob den Kopf. Auch Norma blickte zur Tür.

Ehlers lehnte im Eingang. Mit blutleeren Wangen, Lehmspuren auf Jeans und Hemd und dem Revolver in der Faust. Norma widerstand dem Impuls, aufzuspringen und zu ihm zu gehen.

»Sie sollten besser schweigen, Frau Diephoff«, sagte er. »Sie müssen sich nicht selbst belasten.«

Ruth wehrte ab. »Ich stehe zu dem, was ich getan habe. Im Yoga heißt es, man soll sich im Innern vollkommen leeren und von vorn beginnen, um zu sehen, was wirklich ist. Ich habe nichts mehr zu verlieren. Nur an Wahrheit zu gewinnen.«

Der Hund sprang auf und trabte winselnd aus der Hütte. Der Anwalt trat beiseite, als Inga hereinstürmte.

»Die Polizei hat mich nach Hause gefahren«, rief sie aufgeregt. »Kann mir mal einer sagen, was hier los ist?«

»Wo warst du?«, fragte Norma, und vor Erleichterung klang ihre Stimme verärgert. »Wir alle haben uns Sorgen gemacht!«

»Wieso denn? Ich war in Mainz, in einer kleinen Pension. Ich wollte allein sein. Ruth, was ist mit dir? Du siehst furchtbar aus. Hoffentlich nicht meinetwegen?«

»Schon gut, Inga.« Ruth zog sich mühsam am Weinfass hoch.

Inga trat zu ihr und umarmte die Großmutter. »Ich habe einen Entschluss gefasst. Ich bin sicher, er wird dir gefallen.«

»Gewiss, mein Kind«, entgegnete Ruth leise.

35

Wolfert eilte mit einem Kopfnicken als Gruß vorüber. Milano hielt schnaufend inne und warf einen abschätzigen Blick auf Ehlers, der vor der Hütte auf dem Boden saß, und rieb sich mit einem Taschentuch über die verschwitzten Wangen, bevor er dem Kollegen ins Gartenhaus folgte, in dem Ruth wartete. Norma fing Ehlers' Blick auf und sah sich zu Inga um, die von zwei Polizisten befragt wurde. Ein weiterer Beamter kündigte den Krankenwagen an, der, so weit es ging, an das obere Grundstück herangefahren sei. Norma half Ehlers auf die Beine und begleitete ihn zur Straße hinauf. Seine zunehmende Blässe bereitete ihr Sorgen.

Er versuchte ein Lächeln. »So viel Aufhebens um einen Kratzer! Am besten fahre ich nach Hause und ruhe mich aus.«

Der Rettungssanitäter stimmte dem Vorhaben grundsätzlich zu, legte Ehlers aber nahe, den kleinen Umweg über das Krankenhaus zu wählen und sich dort gründlich untersuchen zu lassen.

Ehlers willigte schließlich ein und reichte Norma den Wagenschlüssel. »Können Sie bitte mit dem Mini zurück nach Wiesbaden fahren? Ich gebe der jungen Dame Bescheid, damit sie das Auto bei Ihnen abholt.«

»Ich will versuchen, einen neuen Hasen zu besorgen«, bot Norma an. »Damit Sie keinen Ärger mit Ihrer Freundin bekommen.«

Das zweite Lächeln gelang ihm besser. »Freundin? Die Göre ist meine Tochter! Den Wagen hat sie von ihrem Großvater zum Geburtstag bekommen, der ihr die Hölle heiß machen würde, wenn er wüsste, wer hin und wieder hinter dem Steuer sitzt. Das Plüschtier ist ein Geschenk ihres Freundes.«

Der Sanitäter war ihm beim Einsteigen behilflich.

Als Norma in den Garten zurückkehrte, lief Inga ihr aufgeregt entgegen. »Stimmt es, dass Ruth auf Bernhard geschossen hat?«

»Wir müssen miteinander reden, Inga. Gibt es hier eine ruhige Ecke?«

Inga führte sie einige Schritte abseits der Hütte zu einer verwitterten Bank. Norma hätte Inga die Zusammenhänge lieber behutsam erklärt. Die bittere Wahrheit ließ keine schonenden Worte zu. Als sie das weinende Mädchen in den Armen hielt, fühlte sie sich hilflos und war erleichtert, als Inga für eine Weile allein sein wollte. Der Hund gesellte sich zu ihr.

Milano trat aus der Hütte und winkte Norma heran. Ruth Diephoffs Geständnis klinge glaubwürdig, meinte er. Martin Reber wurde zum Opfer zweier Täter. Ihre präzise Schilderung ließ kaum Fragen offen, und er wollte ihr glauben, obwohl dies seiner Vorstellung widersprach, eine alte Dame könnte diesen Abhang nicht bewältigen. Offenbar habe es ihm für diesen Punkt und das weitere Geschehen an Vorstellungskraft gefehlt, gab er selbstkritisch zu.

Norma übergab ihm den Datenstick. »Darauf hat Reber sein Herz ausgeschüttet und geschildert, was er in der Hütte beobachten musste.«

Milano schnalzte mit der Zunge. »Das ist wie Weihnachten!«

»Leider wird der Ton gegen Ende unverständlich. Wir erfahren nicht, was Bernhard mit der Leiche gemacht hat.«

»Lass uns abwarten, was die Techniker aus der Aufnahme herausholen können«, meinte Milano zuversichtlich.

Norma nahm Inga und den Hund mit nach Biebrich. Sie redeten die halbe Nacht. Am nächsten Morgen wollte Inga zu Max, und Norma bot an, sie hinzubringen. Inga führte Arlo an der Leine und stieg in den Polo, den Norma am Abend auf die Straße gefahren hatte, um den Parkplatz im Hof für den Mini Cooper freizumachen.

Norma hielt vor dem thailändischen Imbiss und bat Inga, einen Augenblick zu warten. »Ich bin sehr froh, dass dir nichts geschehen ist. Wirst du zurechtkommen?«

Inga schaute geradeaus auf den Gehweg. In dem Profil zeigte sich ihre Entschlossenheit. »Mach dir keine Gedanken, Norma. Max kümmert sich um mich.«

»Du magst ihn sehr, nicht wahr?«

Die Antwort kam ohne Zögern. »Er hat mir deutlich gemacht, worauf es wirklich ankommt.«

»Worauf kommt es an?«

»Jeder ist für sich selbst verantwortlich. Dank Max ist mir eins bewusst geworden. Es ist an der Zeit, dass ich meine Zukunft selbst in die Hand nehme.«

»Deshalb wolltest du ein paar Tage für dich sein?«

Inga nickte. »Ich musste zu einem Entschluss kommen.«

»Wofür hast du dich entschieden?«

»Ich werde weiter zur Schule gehen und das Abitur machen. Ich möchte Biologie studieren und über Schlangen forschen.«

Norma lächelte. »Gemeinsam mit Max?«

Inga gab das Lächeln zurück. »Man wird sehen.«

Norma wartete, bis das Mädchen im Durchgang verschwunden war, und fuhr nach Biebrich zurück.

Inzwischen liefen die polizeilichen Ermittlungen auf Hochtouren. Wolfert und Milano waren nicht zu sprechen, dafür meldete sich Ehlers aus dem Krankenhaus. Er sollte zwar über das Wochenende zur Beobachtung in der Klinik bleiben, sei nach Ansicht der Ärzte aber nicht wesentlich verletzt, versicherte er nachdrücklich.

Gegen Mittag betrat eine junge Frau das Büro. Sogar für jemanden wie Norma, die wenig von Mode verstand, war offensichtlich, dass Ehlers' Tochter eher in den Boutiquen der Wilhelmstraße als in den Kaufhäusern shoppen ging.

»Das Maskottchen fiel einer detektivischen Ermittlung zum Opfer«, erklärte Norma. »Kann ich den Schaden wieder gutmachen?«

»Was, der Hase ist weg?« Die junge Frau lachte befreit. »Umso besser. So muss ich das Teil nicht eigenhändig im Rhein versenken. Gestern habe ich mit meinem Freund Schluss gemacht!«

»Wie schade«, meinte Norma mitfühlend.

Die junge Frau winkte lässig ab. »Der Typ ist keine Träne wert. Es war meine Entscheidung.«

Sie nahm den Schlüssel an sich und ließ Norma mit der verunsichernden Frage zurück, ob ein solch unbefangener Egoismus ein Vorrecht der Jugend war.

Am frühen Abend rief Wolfert endlich an.

»Gibt es Spuren in der Gartenhütte?«, fragte Norma gespannt. »Habt ihr Inken gefasst?«

»Geduld, Norma! Was hältst du von einem Abendessen unter Freunden? Bei Luigis Lieblingsitaliener im Schiffchen?«

Sie saßen beide am Tisch, als Norma im Restaurant eintraf, und hatten sich wie beim vergangenen Treffen für den Nebenraum entschieden: Milano im schwarzen Mafiaanzug mit offenem Hemdkragen um den fleischigen Hals und Wolfert ungewöhnlich leger in Jeans und ebenfalls krawattenlos. Die Männer wirkten zufrieden, und trotzdem vermisste Norma diesen gewissen Triumph, der eine umfassende Aufklärung in die Gesichter gezeichnet hätte.

»Raus mit der Sprache: Was ist mit der Hütte? Was ist mit Inken?«

»Eins nach dem anderen«, brummte Milano. »Setz dich erst einmal hin! Dirk, erkläre ihr, was wir bisher haben.«

Wolferts wasserblaue Augen zwinkerten müde hinter den dicken Brillengläsern. »Also, wir haben Inken geschnappt. Er streitet alles ab. Ein harter Brocken, der Mann. Wenigstens befinden sich am Rüttelpult tatsächlich Blutspuren.«

»Von Marika?«, fragte Norma gespannt.

»Wer weiß? Wir brauchen DNA zum Vergleich.«

»Wir müssen die Leiche haben!«, knurrte Milano. »Oder das, was von ihr übrig ist.« Er schaute ungeduldig zur Tür. »Ich habe Hunger wie ein Wolf. Und Durst! Wo bleibt der Wein?«

Er brüllte einen italienischen Satz in Richtung Küche. Wolfert zuckte zusammen, sagte aber nichts und schaute selbst erwartungsvoll zum Eingang, als der Wirt herbeieilte und in seiner Muttersprache antwortete. Es klang vergleichsweise höflich, fand Norma.

Wolfert beugte sich zu ihr herüber. »Wenn Inken auch beharrlich schweigt, der Mord an Reber ist aus unserer Sicht geklärt. Inken hat Martin Reber eine Falle gestellt, um zu verhindern, dass Reber ihn des Mordes an Marika Inken bezichtigt. Das steht für uns fest. Und dieses Mal irren wir uns nicht. Wir werden Inken die Tat nachweisen, und wenn es DNA-Spuren am Seil und am Ticket sind.«

Milano übernahm die nähere Ausführung: »Lambert selbst hatte Inken am Donnerstagabend angerufen und zu sich ins Hotel bestellt. Das können wir an Hand der Telefonverbindungen nachweisen. Nach dem Angriff auf Reber im Foyer war er aufgewühlt und erhoffte sich wohl ein wenig Zuspruch von seinem alten Kumpel Inken, der die Situation spontan für sich zu nutzen wusste. Lambert war betrunken und hat gar nicht mitbekommen, wie Inken Lennys Autoschlüssel an sich nahm. Lambert hat Inken selbst erzählt, dass er am nächsten Morgen zum ›Grauen Stein‹ wollte, kann sich aber kaum an den Abend erinnern. Ein Filmriss, der ihm einen schlimmen Verdacht bescherte.«

»Filmrisse kommen vor«, sagte Norma. »Deswegen gesteht man keinen Mord, den man nicht begangen hat.«

Der Wirt begrüßte Norma mit einem charmanten Lächeln, als er die Getränke brachte – für Milano eine Karaffe Chianti und ein Bier für Wolfert – und reichte ihr die Karte. Nach einem schnellen Blick entschied sie sich für Linguine mit frischem Gemüse.

Milano nahm einen kräftigen Schluck und wischte sich den Rotwein vom Mund. »Dieser Anwalt Ehlers hat uns von Anfang an keine Ruhe gelassen mit seiner Behauptung, Lambert sei traumatisiert. Ich gebe es ungern zu, aber der Mann hatte recht. Wir waren auf dem Holzweg.«

Norma wusste, wie schwer ihm ein solches Eingeständnis fiel.

Wolfert faltete die mageren Hände. »Ein Psychiater hat Lambert untersucht und Ehlers' Einschätzung bestätigt, wenn auch vorerst nur inoffiziell. Das Gutachten folgt später. Mir hat er es so erklärt: Einen traumatisierten Menschen wie Lambert kostet es eine immense Kraft, überhaupt den normalen Alltag zu meistern. Für unvorhersehbare Ereignisse wie diese Festnahme bleiben keine Reserven. Die Mühlen der Stasi haben Lamberts Widerstandskraft gebrochen. Sein falsches Geständnis war reiner Selbstschutz. Dazu kamen Inkens falsche Spuren, die uns in die Irre führten.«

Milano schlug mit der flachen Hand auf den Tisch. »Ein Umweg, der uns unnötig Zeit gekostet hat!«

»Ihr habt den richtigen Täter!«, beschwichtigte Norma. »Inken hat also das Seil aus Lamberts Wagen genommen. Und weiter, Dirk?«

»Es war, wie du vermutet hattest, Norma. Am nächsten Morgen fuhr Inken zum Golfplatz und versteckte unterwegs Seil und Fahrrad. Heimlich radelte er zum Rheinsteig und richtete seine Falle ein. Er wusste, wann Reber den Pfad entlangkommen würde, weil er eine aktuelle Kopie von Rebers Daten besitzt. Den USB-Stick konnten wir ebenfalls sicherstellen. Reber knallte also den Hang runter, und Inken machte sich in der Annahme davon, dass sein lieber Freund tot sei. Vorher verwischte er seine Fußspuren und ließ das Parkticket zurück, das er im Kombi gefunden hatte. Schließlich brachte er das Seil und den Schlüssel zurück in den Wagen.«

»Ruth Diephoff vollendete Inkens feigen Anschlag«, warf Milano mit grimmiger Miene ein.

»Diese Vorstellung fällt mir außerordentlich schwer«, gab Norma zu. »Eine so beherrschte Frau. Wie konnte sie sich dermaßen gehen lassen?«

»Vielleicht haben die Sorgen um die Tochter sie mürbe gemacht?« Wolfert gähnte und riss viel zu spät die Hand vor den Mund. »Bis zum Prozess wird uns irgendein Gutachter irgendeine Erklärung servieren.«

»Signora!« Ein Mädchen brachte den Weißwein und eine Flasche Wasser.

Norma war sehr durstig und setzte das Wasserglas an, bevor sie wieder auf ihre erste Frage zurückkam. »Bleibt der Fall Marika!«

Milano wiederholte den Schlag auf den Tisch und knurrte: »Inken schiebt alles auf Reber und behauptet, kein Wort davon sei wahr.«

»Inken steckt in der Klemme«, meinte Wolfert. »Wenn er den Anschlag auf Reber zugibt, schaufelt er sich damit das eigene Grab. Das wäre so gut wie ein Geständnis für den Totschlag an Marika. Denn sein Motiv für den Anschlag liegt allein in Rebers Drohung, ihn zu verraten.«

»Also weist ihm nach, dass er Marika getötet hat! Dann habt ihr mit einem Schlag beide Fälle geklärt.«

Wolfert griff nach der Gabel und zog imaginäre Muster auf der Tischdecke. »Wenn das so einfach wäre! Er hat sich nicht einmal von Ruths Revolver beeindrucken lassen. So schnell wird er nicht einbrechen.«

Milano grinste. »Andererseits halten wir einen Trumpf in der Hand. Die Spezialisten nehmen sich morgen den Datenstick vor. Vielleicht lässt sich Rebers Stimme so weit verbessern, dass man ihn verstehen kann. Die letzte Rache aus dem Reich der Toten, sozusagen. Inkens böses Spiel wäre aus.«

Er hob den Kopf und lächelte erfreut. Das Essen kam.

36

Donnerstag, der 1. Mai

Oben auf der Waldlichtung hielt Norma inne. Sie hüllte sich in die Jacke, die sie beim Aufstieg abgestreift hatte, und nahm das Bild im Tal in sich auf. Vor der Kulisse des sich mit sprießendem Grün schmückenden Waldes breitete sich das Kloster Eberbach aus. Eine Steinmauer umschloss die Anlage, die vor 800 Jahren von Mönchen des Zisterzienserordens gegründet worden war. Talwärts erhob sich die Klosterkirche, deren barock gerundeter Turm sich deutlich gegen den Hang abzeichnete. Zwischen den Gebäuden waren als winzige Gestalten die umherschlendernden Besucher zu erkennen. Norma blieb genügend Zeit bis zu dem verabredeten Treffen. Ein Stück abseits des Pfads türmte sich ein verrottender Holzstapel auf, hinter dem sie eine umgestürzte Buche entdeckte, die vom Weg nicht einsehbar war. Sie warf die Jacke über den Stamm, setzte sich in die Sonne und nahm einen Schluck aus der Wasserflasche. Den Feiertag hatte sie sich für die Etappe von Schlangenbad zum Kloster Eberbach freigehalten und war auf 15 Kilometern überwiegend durch den Wald und an Waldrändern entlang gewandert. Auf dem letzten Drittel der Strecke hatte sie das Winzerstädtchen Kiedrich durchquert, war danach wiederum in den Buchenwald eingetaucht, bis nun mit dem Kloster Eberbach das Ziel keine zehn Fußminuten entfernt vor ihr lag. Während sie eine

Banane verzehrte, ertappte sie sich dabei, in Gedanken die zurückgelegte Strecke nachzuvollziehen und mit Inkens Beschreibungen zu vergleichen. Eine Mühe, die sie sich sparen konnte. Inkens Rheinsteigführer würde niemals in Lutz Tanns Verlag erscheinen, und ihre Wanderungen waren sinnlos gewesen. Zumindest, sofern sie das Buchprojekt betrafen. Norma bereute keinen Schritt, der sie auf ihren Wanderungen über den Rheinsteig geführt hatte.

Bernhard Inken war in diesen Tagen sicherlich mit anderem beschäftigt als seinem Manuskript. Er saß in Untersuchungshaft, und für Lutz stand eine Veröffentlichung außerhalb jeder Diskussion. Eine weitere Zusammenarbeit mit Inken hielt er für unvorstellbar. Norma schloss die Augen, als die Erinnerungen auf sie einstürzten.

Wenige Tage nach Inkens Verhaftung wurde sie von einem Anruf auf dem Schlaf gerissen. Der Wecker stand auf 6.30 Uhr. Luigis Bass drang durchs Telefon und ließ sie schlagartig wach werden.

»Das ist ein einmaliges Angebot, Norma. Komm in die Puschen! Wir treffen uns um 7 Uhr beim Weingut.«

Als Norma eintraf, parkte bereits eine Reihe Streifenwagen entlang der Grundstücksgrenze. Milano stützte sich schwer auf das Gartentor, als müsste er für die Aktion mit seinen Kräften haushalten, und beriet sich mit einer Gruppe Kollegen. Die Männer trugen Schaufeln, Spaten und Spitzhacken in den Händen. Norma saß noch im Wagen, als hinter dem Polo zwei weitere Polizeiwagen hielten. Aus dem ersten Wagen stieg Wolfert aus und half Ruth heraus. Zwei uniformierte Polizisten, ein Mann und eine Frau, nahmen sie zwischen sich. Auf dem Rücksitz des zweiten Wagens konnte sie Bernhard Inken erkennen, der mit wütender Miene ins Nichts starrte, bis er von zwei Uniformierten zum Aussteigen aufgefordert und zu Milano geführt wurde. Er war mit Handschellen gefesselt.

»Was soll das!«, begehrte er kämpferisch auf. »Was soll ich hier?«

Wolfert schlug einen eleganten Bogen um den uneinsichtigen Gast, ohne sich um dessen Beschwerden zu kümmern, und eilte auf Norma zu. »Ich habe darauf bestanden, dass du dabei bist. Genau genommen ist es dein Fall, Norma.«

Sie begrüßte ihn lächelnd. »Sag bloß, du hast Luigi überredet, mich anzurufen.«

Fröhlich legte er die Nagezähne frei. »Mein Einfluss auf Milano ist viel größer, als ihr alle glaubt. Komm mit in den Garten!«

Er berührte ihre Schulter, was Norma mit stillem Erstaunen zur Kenntnis nahm. So übermütig hatte sie den biederen Wolfert selten erlebt. Milano wirkte, als er ihr zum Gruß zunickte, um einiges angespannter, als schien er von dem Erfolg des Vorhabens weniger überzeugt als der Kollege.

Ruth war sichtlich beunruhigt und wandte sich an Milano. »Was haben die Männer vor? Was sollen die Spaten?«

Milano räusperte sich. »Frau Diephoff, unsere Spezialisten haben die Tonqualität überarbeiten können. Uns liegt jetzt Rebers vollständige Aussage vor.«

»Heißt das, Sie wissen, wo meine Tochter ist? Doch nicht hier in meinem Garten?«

Mit ungeschickter Vertraulichkeit legte er die Hand auf Ruths Arm. »Ich weiß, Sie haben darum gebeten, informiert zu werden. Keinesfalls müssen Sie das mit ansehen, Frau Diephoff. Wir bringen Sie besser zurück in die Untersuchungshaft. Ich hätte auch nichts dagegen, wenn Sie im Haus warten.«

Sie verlangte mit fester Stimme, bleiben zu dürfen. Draußen!

Norma folgte Wolfert in den Garten. Die Tulpen standen in Blüte, und die Rosen auf dem Terrassenhang setzten Knospen an. Milano ließ einen Stuhl für Ruth heranschaffen. Inken musste stehen. In sein maskenhaftes Gesicht schlich sich eine erste Beunruhigung ein.

Einer der Männer hob den Spaten in die Luft. »Wo fangen wir an?«

Wolfert stieg die ersten Stufen zur Terrasse hinauf, kletterte auf die Stützmauer und balancierte voran, bis er auf halber Strecke stehen blieb und mitten in die Böschung deutete. »Sie muss dicht hinter der Mauer liegen. Habe ich recht, Herr Inken?«

»Ich habe keine Ahnung, wonach Sie hier graben wollen«, erwiderte Inken und gab sich unnahbar.

»Wie tief?«, fragte der Mann mit dem Spaten, ohne Inken zu beachten.

»Sehr tief«, murmelte Milano und blickte dabei mit gerunzelter Stirn zu Wolfert hinauf, der ungeschickt über die Lavendelbüsche stieg.

Unbekümmerte Kinderrufe schreckten Norma aus der Rückschau auf, und sie erspähte eine Familie auf dem Weg, den sie selbst gekommen war. Sie sah auf die Uhr. Eine gute halbe Stunde blieb ihr noch bis zu dem Treffen mit Ehlers. Er hatte darauf bestanden, sie im Kloster abzuholen, und sie wollten in der Klosterschänke gemeinsam essen. Am liebsten hätte er sie auf der Wanderung begleitet, ließ sich aber auf ein anderes Mal vertrösten. Er schien zu verstehen, warum sie allein gehen wollte.

Sie nahm den Rucksack auf die Knie und öffnete die Seitentasche. Zögernd zog sie den Briefumschlag heraus und hielt ihn in der Hand. Anstatt ihn zu öffnen, hob sie den Kopf und spähte in die Baumkronen hinauf, deren Grün noch zu zart war, um den Himmel abzuschirmen. Ihre Gedanken kehrten in den Garten zurück.

Während die Männer emsig gruben, hielt sie sich im Hintergrund und beobachtete sowohl Ruth als auch Inken, die sich gegenseitig keines Blickes würdigten. Ruth war auf die Terrasse hinaufgestiegen und harrte dort, im Beisein ihrer Bewacher, auf einem Stuhl aus, während Inken auf der Treppe hockte. Die Männer arbeiteten zügig und wechselten sich mit dem Schaufeln ab. Von ihrer Position konnte Norma die Grube nicht einsehen, doch die schnell wachsenden Erdhaufen bedeckten bereits einen Großteil der Rosenstöcke. Inzwischen waren die Beamten der Spurensicherung eingetroffen und hielten sich in weißen Schutzanzügen zum Einsatz bereit.

Inken wurde mit jedem Spatenstich unruhiger, bis er plötzlich aufsprang und rief: »Hören Sie auf damit! Marika ist ertrunken. Hier werden Sie niemals etwas finden!«

Milano befahl ihm barsch, sich zu setzen und den Mund zu halten.

Am späten Vormittag war es soweit. Einer der Männer meldete einen Fund. Er kletterte aus der Grube und überließ die Feinarbeit den weiß gekleideten Spezialisten. Wolfert, Milano und ein Vertreter der Rechtsmedizin umringten die Grube, bis ein weiß verhüllter und behandschuhter Arm einen vor Erde kaum erkennbaren Gegenstand ins Freie reichte.

»Eine Handtasche!«, rief Wolfert und gab den Weg für einen anderen Spezialisten frei, der das Fundstück entgegennahm.

Bald darauf wurde das Skelett geborgen. Ruth sprang auf, lief zur Treppe und brach noch auf der Terrasse zusammen. Inken erstarrte und gab keinen Ton von sich.

Der Inhalt der Handtasche ließ darauf schließen, dass es sich wahrhaftig um Marika Inken handelte. Der Zahnvergleich sollte diese Annahme später bestätigen. In der Handtasche befand sich ein Brief, in dem Marika ihrem Mann Bernhard ankündigte, dass sie sich von ihm trennen und fortan mit Martin Reber, dem Vater ihrer Tochter Inga, zusammenleben wollte. Außerdem lag in der Tasche die Goldkette, die Marika im Kampf vom Hals gerissen wurde. Der Täter hatte die Kette und den Brief in die Handtasche gesteckt und zu Marika ins Grab geworfen. Im Labor ließen sich Inkens Fingerabdrücke auf dem Brief und DNA-Spuren und Marikas Blut auf der Kette nachweisen, jedoch keinerlei Spuren von Reber. Aufgrund dieser Indizien gab Inken schließlich auf und gestand, seine Frau Marika im Streit getötet und, unter Einsatz des Baggers, im Terrassenbeet des Weinguts verscharrt zu haben.

Der Rechtsmediziner kümmerte sich um Ruth. Bevor sie in die Untersuchungshaft zurückgebracht wurde, bat sie um ein kurzes Gespräch mit Norma.

»Sie hatten Bernhard von Anfang an in Verdacht. Ich selbst bin niemals auf diesen Gedanken gekommen.«

»Mit Abstand sieht man manches deutlicher.«

»Immerhin bleibt mir ein Trost. Meine Tochter war all die Jahre in meiner Nähe.«

Der Wind strich durch die Baumkronen. Doch im Schutz des Holzstoßes hielt sich die Wärme. Unentschlossen drehte Norma den Brief in den Händen, bis ein Rascheln ihren Blick auf den Boden lenkte. Sie erstarrte. Keinen halben Meter neben ihrem Fuß lag eine Schlange. Der Ton der schimmernden graubraunen Haut verschmolz mit dem trockenen Laub, nur der helle Streifen, der sich an der Seite des Tieres entlangzog, hob sich deutlich von der Umgebung ab. Als suchte sie die Wärme der Sonne, reckte die Schlange den anmutigen Kopf in das Licht. Norma hielt still und freute sich an der Nähe des scheuen Reptils, bis es den Kopf senkte und mit einer Schlängelbewegung vorwärts glitt.

Norma wartete ab und behielt die Stelle im Blick, an der die Schlange ins Unterholz geschlüpft war. Als das Tier nicht zurückkehrte, öffnete sie den Umschlag und faltete drei eng beschriebene Blätter auf.

Endlich begann sie zu lesen.

E N D E

Weitere Titel finden Sie auf den
folgenden Seiten und im Internet:

WWW.GMEINER-VERLAG.DE

Privatdetektivin
Norma Tann ermittelt:

SUSANNE KRONENBERG
Weinrache
WIESBADEN-KRIMI

GMEINER SPANNUNG

WWW.GMEINER-VERLAG.DE
Wir machen's spannend